樱花乱——日本集

萧耳 著

广西师范大学出版社
GUANGXI NORMAL UNIVERSITY PRESS
·桂林·

樱花乱：日本集
YINGHUA LUAN：RIBEN JI

图书在版编目（CIP）数据

樱花乱：日本集 / 萧耳著. —桂林：广西师范大学出版社，2019.8
ISBN 978-7-5598-1924-6

Ⅰ. ①樱… Ⅱ. ①萧… Ⅲ. ①散文集—中国—当代 Ⅳ. ①I267

中国版本图书馆 CIP 数据核字（2019）第 131094 号

广西师范大学出版社出版发行
（广西桂林市五里店路 9 号　邮政编码：541004
网址：http://www.bbtpress.com）
出版人：张艺兵
全国新华书店经销
北京盛通印刷股份有限公司印刷
（北京经济技术开发区经海三路 18 号　邮政编码：100176）
开本：889 mm × 1 230 mm　1/32
印张：10.125　　字数：182 千字
2019 年 8 月第 1 版　　2019 年 8 月第 1 次印刷
印数：0 001~8 000 册　　定价：54.00 元

踏月而归，世上人稀（序）

李敬泽

《樱花乱》一部，写东瀛日本之花事人事，钱塘女史萧耳所撰。

东瀛樱花最盛，然西湖边亦有樱花。春三月，杨公堤畔，明月照人闲走，蓦然间，水边一树樱花，无人知，正放正落。

站在那儿看着，就觉得，该有一支笛子响遏行云，把心拔到天上去，就该有一支尺八，暗咽侘寂，把心一寸寸沉到水底。

樱花看罢，踏月而归，世上人稀。

萧耳是杭州人，应看过西湖樱花。对我来说，此樱彼樱皆樱也，天下樱花只是一棵，但萧耳是不一样的，萧耳爱远方，中产阶级爱月亮，萧耳浮槎于海，飞去飞来，也不知跑了多少趟，偏要看日本樱花。

关于萧耳如何不一样，有必要在此略说几句。

比如，萧耳此人，我与她相识十几年，一共坐过两次她开的车。头一次是什么车我忘了，第二次我记得清，因为那是一辆可上山可越野可以开着打劫或者亡命的雄壮的 SUV，萧耳就开着这么个庞然大物在杭州城里转啊转，那时尚未进入 4G 时代，没有导航，萧耳找路基本靠自问自答自疑惑：咦，怎么还没到啊？咱们现在到哪儿了？别急啊，慢慢走，总能到哒。

我不急，因为上一次坐她的车就曾迷过路，萧耳迷路一点也不奇怪，我只是觉得萧耳这么多年在地球上飞到东来飞到西，一直没把自己丢掉，这是一件奇怪的事。

萧耳喜欢的事，包括糊涂和迷路，不糊涂不迷路怎么会误打误撞进出桃花源或樱花源？除此之外，萧耳喜欢花，喜欢十几年、几十年的陈年老友，喜欢乱翻书，喜欢闲聊天，喜欢精致的器物，喜欢摇滚，喜欢茶……

总之，萧耳此人，历了几世几劫，本来大概也是什么山什么峰下一块废石，然后过了南宋，与姜白石为友，到了晚明，与张岱厮混，是个没用的人啊，是个讲究的人，她所讲究的事甚多，也可以说唯有一事，叫作美。

对萧耳来说，美是检验真理的唯一标准，以此为标准，她为自己建立乌托邦。这样一个人，写一部《樱花乱》，上卷名为《花落》，洋洋洒洒皆是花事草事，跟着萧耳看花去，诚为人间一乐，此人也不知读了多少日本书，也不知看了多少东瀛花，反正她是目送落花、手挥五弦、随口唱花名，想怎么写就怎么写，想写到哪儿就写到哪儿，怎么写都是一树花开没道理的好，怎么走都迷路，但路若不迷哪里有良辰美景奈何不了的天？

读着《花落》，忽想起这萧耳必也曾是紫式部的闺密、清少纳言的知心。《源氏物语》《枕草子》的好，也正在不用心。紫式部与清少纳言皆在深宫之中，经历盛衰兴废，看着高楼起，看着白茫茫，但奇怪的是、有意思的是、今日的读者观众理解不了的是，回首前尘，写一部书，竟然无宫斗、无机心、无谋略、无怨恨，只记得月色潮声，只记得人间欢好寂寥。所以，她们的书皆是随便无结构，因为并无执着的目的要成功要当皇帝或皇后，所以只是此生此世信马由缰一路走，走着便是好的，走到后来不复得路，书也就写完了，也不过花落、刀落，花离了枝头，人等来了命里的刀。

《樱花乱》的下卷是《刀霜》，写的皆是日本史上人事。写英雄写枭雄、写武士写名僧、写茶人写俳人……写花事无成败，花开了不是成，花落了也不是败，写人事难免成败，难免考究人生的路如何走。对此，萧耳实不在行，每当萧耳想谈谈，我就感觉是坐在她的车上，听着她自言自语地嘀咕——怎么回事啊……好在萧耳眼不在焉心不在焉，她看人也如看花，看的只是美不美，好也罢坏也罢、成也罢败也罢，她所见所赏的只是那风仪那姿容那刀光闪亮鲜血迸溅……

——这当然是有问题的，我很不赞同，人毕竟不是花，或者说，在人这件事上，美不美实在和好不好、对不对脱不了关系。当然，有时候，好不好、对不对判然分明，但有时，说清好不好、对不对也是天大难事，难言矣难矣哉！英雄如曹操、英雌如武则天，都是一眼看到了底，随你们说去，谅你们说也说不明白。越说不明白就越有人说，明白人相信自己说得明白，糊涂人如萧耳则只说一件事：美不美。她可真是精神上的颜控啊，她所要的是摩罗之诗摩罗之力，她要绝对和极端，生命便该是樱花，只有浩然盛放和断然凋零，只有这两个瞬间。

好吧，萧耳就是这样一个人。十年前，我给她的书写过序，那是《小酒馆之歌》和《女艺术家镜像》，书里都是西洋文化史上的奇人怪杰，是人性与天才与激情的种种灾难现场。那时我就知道，萧耳有一种峭拔偏至的趣味，她喜欢刀锋上的舞蹈。这么多年过去了，她一切安好，兴致勃勃，依然爱刀锋，爱刀锋上的花与人，而且文章越写越好，最好时如樱花之乱，令人深哀。

2019 年 6 月 9 日

樱花乱不乱（代序）

很快就到“花见”的日子啦。

日本古谚语说：“樱花先于其他花开放，勇士也要先于常人。”

吉田兼好称，樱花的花期，大体说来是从立春算起的七十五天，也有人说，是从冬至算起的一百五十天内。虽然日本人都相信“每一棵樱花树都是会开花的”，但樱花的花期通常只有七天，七天后就一日日地凋败了。生命的绚烂与短促一直是日本人的执念，所以有位死于肺结核的作家说，“樱树下埋着尸体”。

日本人爱樱花，爱到“感时花溅泪，恨别鸟惊心”。樱花最早亮相于公元712年的《古事记》中，托身于古老美丽的神话传说，乃天照大神的孙媳妇木花佐久夜姬化身而成。后嵯峨天皇首开樱花宴之风，于是有了名为“花见”的樱花节日。

有樱奴本居宣长，亦有樱花诗人西行法师。史书《日本书纪》中最早出现“樱”字，故事说某位天皇泛舟时，樱花落在他舟上的酒杯中。从此，樱花成为那唯一。中国人说“人中吕布，马中赤兔”，日本人则说“人中武士花中樱”。爱樱如梦，也爱樱落如梦断。樱花之美，直抵生死。

自称“樱奴”的本居宣长是江户时代的国学家，有和歌“人问敷岛大和心，朝日烂漫山樱花”。“物哀”一词，最早就是本居宣长提出的。他认为人的喜怒哀乐诸情中，只有哀情才是感受最深的。川端康成也认为“物哀”是日本美的主流。日本人崇尚物哀之美，是最易感伤的一个民族。春花秋月，夏露冬雪，清晨的苍苔，呦呦鹿鸣，浪涛拍岸声，黄昏时渔翁烧藻时所冒的轻烟，河上捕鱼的都鸟，夜间草丛里的蟋蟀，映于袖上的月影，都会惹动他们的物哀之思。

物哀之叹，构建了日本人一生的情感格局。日本人感叹“命犹露珠兮易消失”，各种绝美的、凄美的咏叹调绵绵不绝，流传到今世。《古今和歌集》中有一首，“吉野山兮宿无常 / 世事人事多忧苦 / 隐居岂得兮山他方”。又有《古今六帖》中的和歌云，“身自忧兮何足言 / 犹似芦苇生风里 / 飒飒饮泣兮处中原”。中国人说，“朝闻道，夕死可矣”，而日本人感叹生死无常，却不见有恰恰好的理性。有时候哭哭啼啼的，动不动眼泪就停不下来，和歌里也老是有“袖不干”之类的句子，都有些让人诧异日本人的眼泪竟如此之多。

日本的哀歌，真是多得漫山遍野啊。读一部《源氏物语》，那么华美的平安时代，上至天皇下至公卿，都是养尊处优的，他们却还在感叹世事无常，春花秋月地无尽感伤，动辄就想出家。这在中国人看来，似乎是有些过分。是日本人不懂得节制情感吗？或许感叹世事无常，只是自古以来的一种习惯，就像中国人过年必说“岁岁平安”。

中国人讲变中的不变，讲易逝后的永恒，日本人则像是反过来的。日本人说时光易逝，生命易逝，韶华易逝，爱情易逝。于是樱花、朝颜和夕颜、紫阳花等，统统被赋予了悲剧性的易逝感。

一休禅师说，插花不宜插盛开的花。因为盛开的花，令人想到的是盛大的悲。

忆起一则幽艳花事。《平家物语》虽是一部“战记物语”，里面却也有跟樱花有关的风雅逸事，说的是有位贵族青年藤原成范，被称作“樱町中纳言”，此人乃风流潇洒的藤原家贵公子，他钟爱吉野山的樱花，于是在自己的封地内种了连绵的樱花树，又在樱林中造屋居住。春天之时，前来踏春者便将此处唤作“樱町”。据说“樱町中纳言”惜花成瘾，于是向日本神道教的太阳女神祈祷延长樱町的樱花花期，竟然如愿，太阳女神将樱町的花期延长到了二十一天。这位“樱町中纳言”，正是平安时代大美人小督的父亲。小督号称“宫中第一美人”，色艺双绝，又是抚琴名手，大有其父风范，她深受天皇宠幸，但终因宫中斗争，二十三岁就被迫出家，幽居于嵯峨，一生也如樱花般易逝。

“樱町中纳言”的花事，不由令人想起则天女皇命洛阳牡丹提前开放的逸事。又有宋人林和靖，在杭州孤山结庐种梅，以梅为妻。《红楼梦》中晴雯死后成了芙蓉花神，黛玉是绛珠仙子，贾宝玉原为神瑛侍者。可见，古今中外之解语花，都能唤出花的灵性来。

日本文人中，从古到今都不缺爱樱花成痴者。生了十一个孩子的明治至昭和时代的女诗人与谢野晶子，最爱大岛樱，爱到“想到此花，虽死亦乐”，故请求人们在她墓前植大岛樱一株。她将丈夫与谢野铁干死后的诗集命名为《白樱集》。自己死后的戒名为“白樱院凤翔晶耀大姊”。

日本的植物，除了樱花和象征皇家的菊花，还有一种深受人们喜爱，就是松树。和式庭院中摆枯山水，松树是少不得的。樱、菊、松这些，怎么总让人莫名会想到生死？

但也有超脱了的。吉田兼好的《徒然草》，使平安时期的又一个女子青史留名。伊是平安时期有名的女歌人，书家藤原伊行之女右京大夫。右京大夫是侍奉皇后建礼门院的女官，类似写《枕草子》的清少纳言当时侍奉中宫定子的女官地位。右京大夫曾与太政大臣平清盛的孙子平资盛相恋。资盛在平家诸子孙中，文采斐然，擅作和歌。随着平清盛的权势日盛，平家诸子也在向贵族子弟的生活和爱好靠拢，竟渐疏于习武弄剑。于是悲剧不久就发生了，平清盛去世仅四年，平家就在平源两武士大族的战争中败于屋岛，平资盛也随之跳海相殉。建礼门院出家为尼，资盛的恋人右京大夫也只得在花样年华哀哀出宫隐居。之后，后鸟羽天皇即位，右京大夫再次入宫。这位右京大夫或许是位淡定的女人，看多了豪门沉浮，爱人已逝，她依然回到了过去的生活之中，写写和歌。

她写下了这样一句："世间之事也并无变化。"

日本的主流文化，却是咏叹万物变移不定。

日本人常说，"世事无常""紫阳花像世人的心，日日变迁"，悲叹命运之不可把握，但右京大夫在经历诸多生离死别之后，仍说"世间之事也并无变化"，不免令人狐疑。她是故意这么说来掩饰内心之波涛，凄绝之艳愁呢，还是一个女子的心胸，真的能海纳百川，任凭世事无常，而我心依旧呢？

木心也评说日本人，说他们有武士道精神，无论复仇、侵略、建设，都一鼓作气。中国人向来喜欢卖老，而日本人不卖老，也不太贪生。为了让年轻人活得更好，更有向前的勇气，他们毫不拖泥带水，古代时穷困的日本人干脆把年满七十岁的老人背上山遗弃，由着他们自生自灭。

今村昌平的电影《楢山节考》，说的就是把母亲背上山以省口粮的故事。要在中国，是最大的不孝。徐庶可以借口奉养老母出工不出力，曹操都拿他没办法。二十四孝图里居然还有郭巨埋儿奉母的故事，同样走极端，但与日本人走得南辕北辙。

木心说，"日本如浮萍，没根没底的。非常狡猾，头头是道，没有下文。日本人不可以谈恋爱，也不可做朋友。很怪，但终究是乏味的"。

我见过的说日本文化的，没有比木心说得更妙的了。《文学回忆录》中，木心又说，“日本国旗很有象征性，很倔强。有魔性，有恶意。很刻苦，也很享乐”。这话虽有些傲慢与偏见在里头，却是绝顶聪明的。当年的中国文化在日本势力最强盛时，远远超过今天西方文化在日本的势力，但日本人在“媚唐”“媚宋”之时，并没有被中国文化的灿烂所迷惑，而是十分聪明地引进，吸收。内田树教授的《日本边境论》一书中，说日本人是世界上最喜欢论述自己国家特殊性的一个群体。日本国歌《君之代》的歌词源于《古今和歌集》中收录的《贺歌》，而国歌的谱曲却与西洋人有关，始作俑者乃是英国军乐团教师约翰·威廉·芬顿，又说明了一重对立和统一。

木心说得有趣。日本本国没有一个伟大思想家出现，是因为在日本人的居所里待着，思想会停顿的，太恬淡，娴雅，太有情趣，思想就少了。那么中国虽有思想家，却没有真正意义上的哲学家，也有居所的原因吗？

尽管如此，对日本的许多事物，我是有喜爱之情的。这一层的爱慕，再追慕下去，还是喜欢中国自己的文化，如今你到哪里去追怀唐宋风流呢，不如还是去奈良、去京都，去日本的种种跟日常生活相关的仪式中寻觅、识别吧。

目录

第一辑 花　落

第二辑 刀　霜

第一辑 花落

菊 事

读樋口一叶的《暗夜》，读得着了迷。比如《暗夜》其九——

“秋暮，夕日灿烂，归鸟声寂寞时分，真稀罕的，有个黑衣装束的人力车夫带了装着信函的盒子来，说是波崎家差使。赶巧，阿兰正在欣赏着藩篱边夕阳照耀下的菊花。阿素把信盒子呈上，说：‘真难得，您有信呢。’阿兰接信顺口道：‘不是所谓“白纱袖”，竟然是信呢。’”

“白纱袖”典出《古今和歌集》，纪友则的咏菊和歌，意思是：“赏花待恋人，菊花的白色，疑似恋人的白纱袖。”这秋天，这白纱袖之比，让人一下子望见了白菊的古典美。

大文豪夏目漱石的小说《趣味的遗传》，也写到了日俄战争中在旅顺阵亡的男子小浩的恋人，一位十分美丽的小姐，默默在死去的恋人的墓地上献上白菊。夏目漱石的白菊意象就显得哀婉。那也是活着时的小浩的最爱。最终，同样思念亡儿的母亲，找到了儿子生前的恋人，两位爱着同一个人的女子，从此经常见面，她们谈着阵亡的小浩，也谈着他最爱的白菊。“普天之下，大概只有这位母亲和这位小姐在思念小浩”。这白菊，如此惹动了清澈之泪。

江户时代画家菱川师宣是浮世绘的创始人，画美人艺伎，画春宫，也喜画花草。师宣作《余景作庭图》中，有一别致园林，画满菊花，名为菊水之庭，并注明是以陶渊明之诗心而作。花事亦是人事，在中国，陶渊明可以菊寓隐，屈原于《离骚》中吟咏“春兰兮秋菊，长无绝兮终古”“朝饮木兰之坠露兮，夕餐秋菊之落英”，菊的意象便是高洁。

我们国家也是世界上最早种植菊花的国家。中国古代贵族家常有赏菊雅事，如《红楼梦》第三十八回，贾母领众钗藕香榭赏菊饮酒。蘅芜君薛宝钗有“空篱旧圃秋无迹，瘦月清霜梦有知”之句，怡红公子的“霜前月下谁家种，槛外篱边何处秋”，闲淡中也别有菊花气韵。

大约奈良末期至平安初期，菊花才由中国传入日本。从此平安时期的日本贵族也有赏菊雅事。直至江户时代，日本民间才开始栽培菊花。

宫中女官紫式部，有“哀此东篱菊，当年共护持。今秋花上露，只湿一人衣。一花一木，故人相植。一思一念，令人成痴”之句，一时想不起是托《源氏物语》中哪一位人物所作。紫式部自己曾受到一贵族友人馈赠的“菊着棉”，她便以和歌优雅作答：“长袖浸淫菊朝露，永寿献赠花主人。”“菊着棉”是什么？是日本重阳节前夜的风俗，将棉布覆盖于菊花之上，翌日以浸透菊露的棉布拭身，祈望长寿之喻。而日本取菊花的长寿之意，或许也是源自我们国家。南朝梁宗懔的《荆楚岁时记》中，就有“饮菊花酒，令人长寿”。

在《和泉式部日记》中，男女情人在深秋时节互赠和歌。恋爱中的男子有感于女子之悲，女子但闻雁声，悲叹“吾身脆危，犹似露珠之将消失”，于是男子答歌，有“谓似露兮将消失，君何沉郁怀此思，盼仿菊花兮寿久术”之句，以劝慰秋悲的女心。

同是平安朝，收录了热爱唐文化的嵯峨天皇二十二首汉诗的《凌云集》中，其中就有《重阳节神泉苑赐宴群臣，勒空通风同》，还有《九月九日于神泉苑宴群臣，各赋一物得秋菊》。平安初期，著名的花花公子平中爱种菊，被宇多太上皇召见，要他献上好菊花，还要配和歌一起奉上。可见咏赏菊的雅事，一路从唐土咏到了东瀛，依然是兴致勃勃。

某年去箱根时，曾探听有名的菊花庄，猜想那里的菊是否开得比别处明艳，因为菊花庄以前是天皇家的御用邸。菊花，在日本又是皇家的象征，菊花图案用于皇家的徽章，天皇家是十六瓣菊花。本尼迪克特也以“菊与刀”来命名日本。

提到日本的“菊”之源起，不得不说一个人，此人爱菊又多才多艺，是日本中世的和歌高手，他就是后鸟羽天皇。“后鸟羽”爱菊成癖，在宫中广种菊花，还指令在太刀上雕饰菊纹，名为“菊御作太刀”。据说日本古书《井蛙抄》中，就记载了这段皇家菊事。

其实平安朝的鸟羽天皇也是菊花爱好者。关于鸟羽天皇，有记载称“帝通天文及音律，好修容仪，亦好修饰，一时化风。凡朝服严稜，乌帽有额，皆始此时。又有内嬖及男宠，而美福后最幸，遂为乱阶云”。菊花也是鸟羽天皇的皇后藤原得子即美福后所爱，当时的中宫藤原璋子则爱水仙。璋子因与鸟羽天皇婚前已被爷爷辈的养父白河天皇宠幸过，与鸟羽天皇感情有隙，渐被皇后得子占了上风。宫中花草之盛衰贵贱也随之沉浮。宫里原来种植的水仙，换成了得势的美福后所爱的菊花，璋子见宫中水仙不再，忧伤而又无奈。

某个大河剧中有这样的煽情一幕。璋子临终前，多才又多情的鸟羽天皇似乎重新爱上了她，也打开了心扉，知道璋子平生最爱水仙，而宫中已不见水仙只见菊花成片金黄，于是他派人在不是水仙花的时节疯狂寻觅水仙，终于找到了几株水仙花，送到了璋子的病床边。此时，一生影响到白河、鸟羽和崇德三位天皇命运的红颜“祸水”璋子，也终于见水仙而瞑目。花事，终究还是人事。

藤原璋子也是渡边淳一的古典言情小说《天上红莲》的女主角。她十三岁时就遭遇了被养父白河天皇占有的可怜命运。一树梨花压海棠，白河天皇为掩人耳目，又将璋子嫁给了自己的孙子鸟羽天皇，她出嫁时，肚子里已经怀着白河天皇的私生子，也就是后来的崇德天皇。她是让丈夫和儿子都痛苦的源头，但一介柔弱红颜又能怎么样呢？人生无非只欠一死。她中年就去世了，她走后，身后的世界依然不得清静。

中国人会在农历九月九，蟹肥菊黄时，登高望远，“遥知兄弟登高处，遍插茱萸少一人”。而日本的重阳节则是菊花节，这一天，皇太子率诸公卿臣僚到紫宸殿拜谒天皇，君臣共赏金菊、共饮菊酒。到了十月，菊花开尽，天皇设残菊宴，邀群臣为菊花饯行。菊节上，君臣一起咏菊作诗便是风雅的保留节目。日本的《万叶集》和《古今集》都有咏菊诗，将咏菊推向最盛。

日本的菊事，都不过是君家事。如果不了解日本文化，你自作主张地送菊花图案的礼物给日本的朋友，是会令他们惶恐不安的，因为那是皇家的象征，平头小民除了结婚等大日子，岂敢冒犯？当然，菊花是日本国花，宫中有菊癖，民间也有爱菊成癖者。平民百姓也像张岱笔下《西湖七月半》的杭州市民，喜欢附庸风雅，菊节扶老携幼，盛装打扮了跑去菊园赏菊。

这万世一系的菊花王朝，在本尼迪克特的眼中，菊与刀密不可分，菊花的凋谢，就是刀的拔出。优雅与残忍，成为大和民族的两面。

有一个调子哀婉的日本小说，名叫《野菊之墓》，倒是与高贵的菊花诗无关的。小说中的一对少男少女正雄与民子，是表姐弟，一个十五岁一个十七岁。民子到表弟的家里帮忙做事，他们相伴到山上摘棉花。民子见到满地野菊高兴地叫起来，两人采摘着野菊，于是有了很有意思的对话。正雄说：“我从小就喜爱野菊。”民子说：“我从生下来就喜欢野菊，我大概是野菊转世的。”少男少女的心里，莫名的喜悦。后来正雄去读中学，与民子依依惜别后，民子时常背地里哭泣，表弟也相思成愁，只能写信。民子被迫出嫁，不久就因流产死了，临死前手中还拿着表弟的照片和信件。正雄去民子的墓前哭祭，却发现表姐的坟墓周围长满了野菊。朦胧纯洁的爱情，朴素的语言，有点像《伊豆的舞女》。民子不是艺妓，只是个普通邻家女。作者伊藤左千夫因这篇小说一举成名，小说还被多次搬上银幕。其中，1977 年的电影版《野菊之墓》最令人难忘，因为是山口百惠演的少女民子。电影主题曲也是山口百惠唱的，婉转好听——

如果用花来比喻爱情，
你就是春风，
我就是野菊
飘落的细雨让我伤感
我提着灯笼等待你的到来……
开在墓地上的野菊
是我流下的泪水。

一想起山口百惠演的少女民子，野菊花的清香，就美丽又惆怅。这一朵天真温柔之菊，终究是盖过了皇家之菊，更让人舍不得。

红 叶

白居易的“林间暖酒烧红叶”之诗趣，日本人是懂得的。最贵的红叶知音，乃是平安时代的高仓天皇。高仓天皇爱红叶成癖，有年秋天他行幸至红叶山没见到红叶。原来一夜大风，红叶被吹落满地，又被仆役扫去引火温酒。这位年轻俊雅的骚客得知，便吟了这句诗。

红叶于飞的季节，日本红叶以京都为最，庭院、野道或溪涧边，唯飘舞的红色，美得人灵魂出窍。但这最美的印象或者还是来自读《源氏物语》时所留下的。花草四季，除了自然美景，还是有些故事更好。日本的“红叶狩”“红叶祭”，都是每年的赏秋盛事，听起来有一种词语和仪式之美。若明日出发，我们去吉野山或清水寺赏枫如何？

最美的一幕，莫若《源氏物语》。十月之秋，笛声清越，红叶飘飞，桐壶帝行幸朱雀院，举办红叶贺盛会，年少的光源氏与头中将两位美男子，盛服合舞《青海波》，在红叶纷飞中尽显俊美。起舞时，插在光源氏发上的红叶尽行散落，仿佛那红叶都因光源氏的美貌而退避三舍。这一美男与红叶齐舞的场景，观者中略解风情者，都感动落泪。

日本古代仪式多，而仪式之美，又升华了日常和四季之美。立田姬是日本的司秋女神，秋林红叶是她染成的。红叶贺是秋天举行的仪式，为年满四十岁以后的贵族长寿祈福而设。这一幕景象，直到光源氏人到中年，权力也达巅峰，正好四十岁，也举办红叶贺时，依然是庭前红叶飘舞。只是年年红叶好，起舞吟唱的美少年却已换了一茬，于是触景生情，想起当年红叶贺时与老友共舞的一幕，遂折取菊花一枝送予如今已是太政大臣的老友，共怀往昔。

红叶的唯美，胜比樱花。《源氏物语》中，九月，处处红叶竞艳，秋好皇后院内，犹有秋景之美。于是这位皇后用砚盒盛了各种红叶，派一个女童送给紫姬。这在当时是一种极风雅的仪式，一般是派年长的女侍致送红叶，但秋好皇后因这女童从容优雅，又落落大方，便派了可爱的女童送红叶与诗。

如此想来，日本的仪式之美，自古确实犹甚中国。

鲁迅先生收藏的浮世绘中，有歌川广重的《叶隙之月》，题的是白居易七绝《秋雨中赠元九》中的两句“不堪红叶青苔地，又是凉风暮雨天”。虽有些秋天的凄清意味，可广重的画真是美得叫人窒息，每一片红叶或深或浅，或舞或静，与白月相称。也难怪日本人如此深爱红叶。

红叶可以说盛，也可以道衰。平安后期有位风雅人物，一生中的许多时光都待在宇治的别墅钻研学问。被称为“宇治左大臣”的这位藤原赖长，美姿貌，为人严厉深刻，故有“恶左府”之称，是摄政藤原忠实的次子。赖长自幼奋发读书，博学多才，收藏了大量珍贵书籍，建有“赖长文库”，大概其作用相当于中国后来的“四库全书”。可惜这样一位人物，后来在“保元之乱”中因拥护崇德上皇沦为叛臣，最终事败战死。大河剧《平清盛》中，赖长事败后四面楚歌，父亲因惧祸都不敢让身负重伤的赖长进家门。赖长于战败的途中凄凉而死，死后灵魂化为鸽子，飞入父亲的园中哀鸣，其父见鸽便知是儿子灵魂来告别，隐忍的父亲在那一刻悲伤欲绝。后来赖长的反对派去抄他的家，发现赖长写给儿子们的书信和日记《台记》。藤原赖长虽有断袖之癖，却也是位十分值得尊重的人物，不由让人肃然起敬。

在宇治不会想樱花，只会念晚秋的红叶。曾见过一幅浮世绘画作，画中人乃平安时代的歌仙在原业平，望着一川宇治红叶感伤喟叹。

《源氏物语》后十回“宇治十帖”中，多次提到从京都去宇治观赏红叶。宇治的红叶之美，完全不同于源氏鼎盛时期，其养女秋好皇后所住六条院中的灿烂秋景。宇治山中枫叶红透时，红叶飘零，川江奔流，却正逢八亲王在山寺中病故，应和着秋之萧瑟，此后，便是“人亡山路寂”的冬日凄清。

宇治现在是一座小城。此刻赏玩着歌川丰国的浮世绘《源氏香之图桥姬》，见画中著名的宇治桥，想起了关于宇治桥姬的传说，以及“宇治十帖”中的桥姬，日本愿望清单里，又添了一条：秋天到宇治去看红叶，在宇治川上坐一回小舟子，品一品宇治的抹茶，在宇治桥上吹吹风。

今宇治有“宇治十帖”的纪念碑，紫式部文雅读书的女子雕像，还有匂皇子抱浮舟在深夜的舟中渡过宇治川前去橘岛私会的雕像。宇治的野与幽，潜藏的激流和涌动，相对京都的冠冕堂皇，真是不一样的野调子。

光源氏名义上的儿子薰君第一次来到宇治山庄，待惯了京都的六条院华第，忽见八亲王的山中庄院，只觉得简陋得如想象中的草庵。八亲王本在京都也有府第，但失势之后又遭回禄之灾，只得避居山中。日本古代的房子是木结构，火灾很多。“宇治十帖”中，源氏的三条宫邸也发生了火灾，薰君就移居到原来源氏的六条院中。八亲王带两位女公子迁居宇治的山庄居住，从此远避京都，一味静修佛道，人称“在俗圣僧”。八亲王亲手带大的两位女公子，闭月羞花又长于音乐，一个精于琵琶，一个精于弹筝，一旦被窥得真容，便搅动了山庄的幽禁岁月。宇治两姐妹与京都的贵族子弟之间，隔着几重山水，反而激励着京都的贵公子薰君和匂皇子的爱情。

薰君生来带香，身上有奇香，又是源氏正妻三公主和柏木的私生子，薰君的身世隐情如他自带的香气一样，要隐也隐不住。薰君十几岁时，就有些厌恶尘世，有学佛之心，于是频往宇治与八亲王谈佛学法。有一回，薰君深夜入山拜访宇治，闻得琵琶声飘来，又有筝声隐隐流出，此时八亲王正好闭居山寺，从此两位宇治的美人藏不住了，空谷幽兰，只得历尽人间的情劫。

八亲王去世后的秋天，宇治川上红叶飘零，秋意萧瑟。匂皇子本想在红叶盛时去宇治游玩并乘兴赋诗，因八亲王去世，匂皇子找不到理由去宇治追求佳人，闷闷不乐。而薰君痴情的爱，也得不到大女公子的回应。

次年红叶纷飞时，薰君派人送信给大女公子，信系在一枝枫叶上。这枝枫叶一半青色，一半深红。薰君以青叶和红叶比作姐妹两人。大女公子想把比自己更妙龄的妹妹嫁给薰君，薰君却专情于大女公子，他设计让自小的玩伴匂皇子暗度陈仓，抱得二女公子。

第四十七回《总角》，讲到了匂皇子与二女公子联姻后，十月初，薰君劝匂皇子前往宇治欣赏红叶，借机可去探望宇治姐妹花。宇治山庄获悉后，也为这位尊贵新婿的造访忙碌准备。匂皇子去宇治所乘坐的游船顶上，装饰着锦绣华丽的红叶，还有众多文章博士随船同行，赋诗奏乐助兴。众人头上都插着或浓或淡的红叶。这趟红叶游华美风流，但两位想去看望宇治姐妹的贵公子，却是愁绪满怀，因为人多口杂，无法找到机会私入八亲王的山庄。听到匂皇子的船队开路唱道之声渐远，大女公子更加消沉。加之匂皇子回去后，他热恋二女公子的隐情泄露，被母亲明石皇后禁足，无法再到宇治走婚。宇治的姐妹，不知内情，望穿秋水，作为长姐的桥姬为妹妹的前途更加担忧，以至一病不起。这一年秋的红叶，唯美妍丽，却空怀惆怅。

又一年红叶季节，薰君去宇治山庄怀旧，将宇治的红叶送去给二女公子。这红叶，默默诉的是薰君对亡人和往昔宇治日夜的思念。而宇治的红叶，随着二女公子和浮舟，一个迁居京都，一个自杀不成出家的变故，物是人非，终将成为渺远的落叶。

在宇治荒凉之境，爱情是压抑扭曲的。八亲王的大女公子与薰君的爱情，在八亲王周年祭后，依然不见明朗。被薰君比作桥姬意为宇治桥的女神的大女公子，不愿接受薰君的爱情，看似无情，却是大女公子感于自己身世飘零，失去倚仗，要维持自己骄傲的最后那一点尊严罢了。直到病重，将近临终，大女公子似乎才愿意与薰君交心，让他贴身看护。这分别说明她是爱他的，只是一个华丽家族因政治斗争极速衰落，品尽失母丧父之痛后，桥姬的内心过早看透了人生的虚无和幻灭，担忧着炽热的爱情也终究消逝，还不如不要。

读“宇治十帖”，会觉得其实桥姬与薰君是最好的一对。他们有情有义，爱得深沉，彼此是可以成为知己的。但是桥姬却固执地拒绝了与薰君的世俗之爱，也给宇治姐妹未来的人生定下了悲哀的基调。

据说世上唯一一家《源氏物语》的博物馆，就在宇治。这大概都是受《源氏物语》后十回“宇治十帖”的影响。初读“云隐”之后的“宇治十帖”，并不太喜欢，十年后再重读《源氏物语》，发现“宇治十帖”竟比前四十回更好。“宇治”的地名，日文中与“忧世”同音。灰暗的宇治山居，川边不绝的水流声，宇治爱情中迷失的可怜人，与人生到四十岁才举行的“红叶贺”一样，都有一种忧郁的中年灰度。

后十回“宇治十帖”的作者，或是紫式部，或是紫式部的女儿藤原贤子。“宇治十帖”与《红楼梦》的后四十回颇有神合之处。更倾向于《源氏物语》后十回乃是紫式部晚年所续。“宇治十帖”的凄凉悲苦，正吻合了紫式部自己中年后的处境：在藤原道长去世后，她不再担任宫中女官，远离了京都的繁华和权力中心，个人处境也转为凄楚孤独。与紫式部似有私情的藤原道长，在宇治的山庄也确有别墅，很可能紫式部是去过那里度假的，所以她对宇治的山川风物并不陌生。

梅花

清寒之季，日本也是有花可赏的。一月下旬正逢“梅花祭”，探梅问梅，应是别有一番花趣。从南至北，梅花佳处在京都、大阪、东京。静冈的热海梅园是日本最早的赏梅名所。

日本文人都爱樱花。但平安时代，梅花在贵族文人圈还是有很高的地位的，文人贵族中爱梅者众。因梅花移植自中国，由遣唐使自中土带回日本，日本人便觉得它是舶来品，后来逐渐让本土出产的樱花取代了梅花的地位。

最古老的《万叶集》中，有咏梅诗一百二十首，在植物诗中仅次于咏胡枝子。而樱花最早亮相于公元 712 年的《古事记》。到《古今和歌集》时，樱花诗增加到百余首，梅花诗却减至二十余首。再看小说，我们在平安朝较早的《源氏物语》中，还能处处看到梅花的影子，但到了平安末年、镰仓初期的《平家物语》中，与樱花有关的和歌比比皆是，却几乎不见一丝梅痕了。

从梅花占主流到樱花占主流的转变，可以看成是日本本土文化意识渐渐觉醒的过程。

奈良时代和平安时代前期，是唐宋文化影响力最强的时代。公卿文人都极爱梅花。如《枕草子》中，“树花”一则有云：“树木之花，无论浓淡，以红梅为佳。樱花则以花瓣大，色泽美，而开在看来枯细的枝头为佳。”——清少纳言生活的时代，梅花位列第一花，而樱花紧随其后。

“高雅的事物”中，有“雪覆梅花”。清少纳言又记在宫中的某年二月，曾住在梅殿。殿前的梅花，西边是白梅，东边是红梅，恨不得邀人来欣赏。又记从前宫中赠梅雅事：“村上天皇时，曾遇雨雪霏霏，遂令人以器皿盛之，插上梅花，赐予兵卫藏人。”又提及，皇宫的梅花凋敝时，有人赠一首咏梅诗给她，她只简单答以“早落”二字。

还有喜作汉诗的爱梅人菅原道真。道真的祖父菅原清公曾经漂洋过海入唐，日本史家内藤湖南认为他的汉诗要胜过道真，因为毕竟是在中国居住过的。菅原道真推崇白居易，也喜爱温飞卿，自己也做过多首梅花诗。

道真少年时第一首汉诗就是咏梅花的，有“月耀如晴雪，梅花似照星”之句，后来也有“望鹤晴飞千万里，思梅艳发九重门”之句。道真向往着宋人的梅妻鹤子，但他身上虽有梅的清骨，却也有樱的脆弱易落。宋人林逋那样的超然世外，终究不是日本人道真能做到的。一到“寂寞开无主”之境，心气孤高的道真便也零落了。

菅原道真在平安时代位居右大臣，被称为“学问之神”，受几代天皇宠爱。骨子里道真是个才子，少年时就以文章扬名。后来，他的政敌藤原时平说他有废醍醐天皇而立自己外孙的企图，因而被贬到了离京都很远的福冈。道真心里总是凄凄惨惨，两年后就忧伤而死，大约是想不通自己这么才华横溢又人品优雅，为何会遭此命运吧。

如今，福冈县的赏梅佳处太宰府天满宫，种有成片梅树，供奉的就是爱梅的菅原道真。至于为什么道真一贬到福冈就到了贫病交加的地步，他的两个孩子还因水土不服死了，有点让人想不明白——也许是平安时代的士大夫都是贵族世家，当时还是文官政治，道真在京都从没受过什么苦，有点像《世说新语》里美貌柔弱的卫玠，普通百姓能受的风霜，世家子弟从小锦衣玉食的，恐怕完全经受不起。伤风感冒的小病，在凄楚的心境下也会让人变得形销骨立，很快像樱花那样，被风吹落了吧。

道真的绝笔："盈城溢郭几梅花，犹是风光早岁华。雁足粘将疑系帛，乌头点着思归家。"字字泣血，百转千回，却如思念故国的李后主一般了。

《源氏物语》中，与源氏一起共舞《青海波》舞的好友头中将，有一个儿子名字就叫红梅。《和泉式部日记》中，冬天下了雪，恋爱中的男子在积雪的树枝上系着给女子的情书，中有"一时盈盈兮疑梅花"一句。女子收信作歌答曰："雪纷纷兮降枝丫，见梅早绽试攀折，散落殆尽兮知非花。"雪中传情书，古时日本人风雅起来，赏雪，赏梅，作歌，答歌，那系在梅枝上的情书，才是极致。这也是爱梅人道真喜爱的日常生活吧。

梅花虽然后来式微，但也有日本文人一直固执地爱着这种更具汉味的花。室町幕府时期（大约中国明初时期），一休禅师爱咏梅，也爱用宋代杭州孤山隐居者林和靖的典故。如这首《画梅》，就有些以林和靖自况的意味——

> 画出横斜吟里肠，孤山风月在扶桑。
> 先生可悔千秋誉，犹有梅花渡海香。

令人纳罕的是，一休宗纯还将高洁的梅花与露骨香艳的情诗结合在了一起。如他晚年写给盲歌女森的情诗中，有“梦迷上苑美人森，枕上梅花花信心”等艳句，这在中国文人是不可想象的。要香艳入诗，自有梨花、海棠、桃花等入诗，而梅花则属清流无疑。但狂僧一休才不管这些，自谓“名妓谈情，高僧说禅，实有异曲同工之妙也！”他的诗集也叫《狂云集》。一休的诗中，梅、桃、菊、雪等四季之物都有入诗。梅诗，也体现出日本人人格的多重性。

宵待

日本“三十六歌仙”之一的纪贯之写有这样一首和歌：“葛藤覆兮遍神垣，红叶深浅应时节，叶色随秋兮奈何言。”一句“随秋兮奈何”，便让人觉得没有更好的东西，可以将秋天安放了。

清少纳言是极会品草的平安朝仕女。她说到品草，以菖蒲、菰、葵为最可观。车前草，其名奇异，想到其矜持之心，便觉有趣。三棱草、蛇床子、苔、羊齿草也很好。在残雪间露出的青青嫩草、木蚋、酢浆，因为时常作为绫罗绸缎上的图案而趣高一等。危草，因长在悬崖而显得无依无靠。万年草，因长在峭壁间而令人怜恤。忍草可怜，而蓬草可爱。莲叶，最是田田可人。山蓝，被风吹起时露出白色背面，也好看。鲜艳的龙胆草，在霜后众花枯尽时尤显可爱，抚子花和藤花，都是有情趣的花。抚子花常用来比喻自己的孩子，藤花在《源氏物语》中常用来比喻天真烂漫的美丽女子，而夕颜，仅听名字，便要人叹赏了。

菰是长在水上的，菖蒲也是。它们也是中国江南的乡村常见的水中生长的草。春天的时候，江南水乡舟子上的人可随意撷取，遇细雨时，划船人头戴斗笠，烟雨蒙蒙中，归舟宁静，这是江南人氏儿时的家常记忆。

一日于灯下读到日本《古今六帖》的一首和歌："枕上眠兮未恢恢，枕中菰草高濑淀，岂知离别兮不可留。"想起儿时的江南水草，又多了别样情味。《源氏物语》中，源氏朴实温良的侧室花散里曾吟诗句："我似菖蒲草，稚驹不要尝。欣逢佳节日，出谷见阳光。"源氏便以菰草作对，吟："君似菖蒲草，我身是水菰。溪边常并茂，永不别菖蒲。"两人的唱和，显示出彼此的知己之感。

葵草，姿态丰妍。平安时代的葵草，贺茂祭时常被人插在头上。《源氏物语》中，与源氏妻三公主有私情的柏木，在贺茂祭时见一女童拿着一枝插头的葵草走近，心中伤感，便吟道"葵草青青好，神明不许簪。我今随手摘，痛悔罪愆深"，以葵草比喻因他逾礼而失贞的三公主。

古代的花草，似要比今日所见多得多，连名字也透着雅意。若要说草之美，认为名称之美，比实物的美更要紧，供人遐思，比观赏更要紧。中国有香草美人之喻，最早出自大诗人屈原。在日本，香草即兰草，兰草是菊科植物，初秋开花，高高的一丛，开的是淡紫色小花，团簇在已见枯的草丛上盛开。《源氏物语》第三十回就名"兰草"，其中有源氏长子夕雾向玉蔓赠送兰草表心意的情节。日本还有一种叫无耳草的，听着不十分动人，《诗经》里称为"卷耳"——"采采卷耳，不盈顷筐。嗟我怀人，置彼周行"。

又，一听虞美人草，就让人有了香草美人之思。擅长俳句的文学大师夏目漱石，有成名作《虞美人草》。讲的是日本20世纪初，明治维新之后，上流阶层中年轻人崇拜西方文化，遇到的东西方文化冲突。小说中的女主人公藤尾因爱情幻灭而自杀。虞美人草是什么草呢？此草和罂粟同属一科，从外形上看和罂粟还很相似。虞美人花未开时，蛋圆形的花蕾上包着两片绿色白边的萼片，独生于细长直立的花梗上，极像低头沉思的少女，故成为作家的灵感用作书名。又，中国人以桃花联想美人面孔，而日本人则爱以棠棣花说美貌的女子。

有一年看铃木清顺的电影《梦二》，知道了宵待草。名字真美呀！

宵待草是什么？原来是一种黄色的小花，据说是开给月亮看的，黄昏后开，天亮前就谢了。宵待草被广为传唱，与竹久梦二的诗《宵待草》有关。日本关东千叶县的铫子市，是一座三面环海的小城。这里有很多日本诗人、歌人的诗碑和歌碑，梦二的诗碑就在海鹿岛。明治四十三年，梦二二十七岁，他与妻子分手后到铫子散心，对下榻旅舍的隔壁邻家女一见倾心，两人有了交往。到第二年，梦二旧地寻芳，去年的姑娘却已嫁人去了，伤心之下，就写了《宵待草》。后来，这首诗成为日本演歌，女声唱得哀伤清澈，特别有日本古韵。

歌词唱："等待啊，一心地等待，那人不再来，盼夜幕，宵待草煞是无奈。今晚的月亮，似乎也不愿出来。"写这诗时的梦二，与唐朝诗人崔护的心情相似，去年相识的姑娘，今年再来时，已经出嫁了。

据说那姑娘十七岁，曾与梦二有过一段似是而非的感情。第二年，她就嫁与一音乐家为妻了。

竹久梦二是让人喜欢的日本画家，也是诗人。他的画中有腰肢柔软、烟视媚行的女子，令人印象深刻。川端康成也喜欢梦二的画，据说丰子恺的画风很受他的影响。他画中的女子，与莫迪·利亚尼所画的女子气质相似。梦幻的、无辜的神情，淡淡的哀愁，女子的命运感就流淌在丰艳的色彩中。

梦二又是介于太宰治和荒木经惟之间的一类艺术家：男性，妒心重，深怀恐惧。文字和摄影皆有阴柔美，妍，艳。想在三十七岁时死去，注定长寿不了。大约也喜欢王尔德。用沉迷的眼光欣赏女人，即便纵了欲也不快乐。他用自己的一生表明：人生是艺术的模仿。

铃木清顺讲梦二的电影，还有一些记忆。影像色彩极浓，明丽中带诡异，如湛蓝的天空、鲜红的枫叶。翠绿的湖水中，飘着艳黄的小舟。女子和服对比鲜明，大红大白。古老的和式屋顶上，晒着花花绿绿的被子。不过看铃木清顺将梦二折腾成电影中滑稽荒诞的样子，他一会儿做梦，一会儿跟女人做爱，感觉仍有不适。梦二是神经质的、脆弱的、忧郁的一个日本人。但电影里的梦二，看起来傻得有些弱智。喝酒，画画，与女人相处，总像处于神智不正常的状态。读梦二写的一些文字，如书信、日记时，想象中的梦二，该是个真挚的、具有诗人气质的画家，一个厌世又贪生的孤独的男人吧。他是个典型性悲剧，却并不滑稽。

20 世纪 80 年代，日本作家连城三纪彦有《宵待草夜情》之小说，听名字便知是凄美爱情故事。但宵待草的底色，不仅仅是无望的等待、凄凉和枯萎，也有从尘埃里生出的温暖。

竹久梦二的《宵待草》出名了，日本小提琴独奏家川井郁子也有同名小提琴曲。静夜倾听，也是弥漫着浓郁的忧愁。偶像级的川井郁子在中国粉丝很多，宵待草就这样以一种通感的方式，东西合了璧。

又有《平家物语》中的一个故事。宫中有一名年轻女官名叫待宵，其名有个由来，因某次有人问她："等待心上人的夜晚，与清晨的离别相比，哪件更令人伤心？"这位女官以和歌答道："宵夜苦待良人至，钟声听闻悠悠长，朝归鸡鸣哪堪提。"于是众人便叫她"待宵"。这位待宵，仿佛就是竹久梦二的前世知音。

宵待草之后，又在西双版纳认识了几种植物：九里香、跳舞草、绞杀树、曼陀罗、紫蕉、金凤花、白蝉、鸡蛋花、腊肠树、三角梅等。觉得只冲着这些名字，均可以进入人生，演一段植物和人的故事。

绞杀树又怎样？绞杀树某些时刻也有一种不动声色的优雅，当它们只是些藤萝之时。

上海衡山路高安公馆的窗前，望出去有婆娑小景，树影、花影、栏影，恍惚着一时又一时。曾见过吴冠中两幅画。一名《纠葛》，一名《情结》，画尽人间纠葛与情结，然吴老仍嫌画之不尽。

这是吴冠中他老人家的某一幅题画词：情结。

“我画过不少藤萝，惑其曲折多变，每写生命之藤，即便刻画得真实细致，淋漓尽致，事后总感到未能曲尽其缠绵。图画有情思未尽，情结未解。于是奋力抒写，忘却藤萝，舒解情结，无奈情结永难解。”

读之，或许可以稍稍抚慰宵待草带来的忧愁之心。

百合

夏野繁开者，鲜红百合花，

花开人不见，单恋芳堪嗟。

这是日本的《诗经》——古代诗歌总集《万叶集》中的一首。咏的是红色百合花。花开人不见，爱而不得的忧伤嗟叹。

在关西，6月下旬正是百合花适时的花季。日本本土的百合花品种叫笹百合。每年6月17日，日本奈良有一座名为率川神社的小神社，会举行祭祀。神前会供奉上笹百合，四名巫女手持笹百合在神乐中舞蹈。此祭祀又称“三枝祭”。虽未见过“三枝祭”上的笹百合之舞，想想都觉得十分古雅浪漫了。

日本特有的笹百合是清丽脱俗的，虽芳香亦浓，但绝不甜腻。不由让人想到夏目漱石笔下百合花一般的日本姑娘三千代。而三千代正是《其后》中的女主角。《其后》是森田芳光的电影，原著出自夏目漱石的同名小说。

雨中百合的意象不断地闪回，他与她的爱情，欲说还休。一朝错过，错嫁，三年后，“罗敷”有夫，正是由于他当年为了兄弟义气让了

“贤”。她芳年才二十三岁，而丈夫眼中的她，再也不是曾经心目中的女神了。她失去了胎儿，还有心脏病。他已经厌弃她，在风月场所鬼混，或因自己职场的不如意，时常喝得烂醉如泥。在冷漠中，百合花一般的女子，唯有低头静默，熬着苦涩的时光。

她在哀怨与寂寞中接受他的关心，向他借钱应付丈夫失业欠债的窘境。此刻她是憔悴苍白的百合，然他对她寂寞际遇的怜悯，更将往昔深沉的爱意激荡起涟漪。他们独处的时间，越来越多。而他也终于明白，做一个寄生虫式的富贵闲人，其实并不自由。

她的一举一动都安静如百合。煮茶，倒酒，陪坐，细语，劳作。只有那一次，梳了未嫁时留下最美好记忆的发髻，捧着两枝百合花去拜访他。他从前曾在雨夜中，与她在一柄伞下深深地嗅过百合花香，如今却不敢靠近，她难得地像姑娘时那样使起性子来，要扔了花。他只得赶紧接住，像做错了事的恋人，沉默细致地扔了花瓶中的那枝，插上她送来的百合花。笹百合最宜搭配玻璃钵，他插花时，用的正是精致透明的玻璃钵。

那一刻的他们多么像宝黛，他们是精神的贵族。

那一场豪雨，考验着雨中百合花般的爱情。雨夜，他和她在静静的和室独处，中间隔着的茶几上，两枝白百合盛放。他鼓起勇气倾诉全部的心曲，他一直都爱她。她回赠他：若不知道，她可能现在就活不下去了。她嫁给他的朋友，就是为了惩罚自己。而现在彼此相爱的人又当如何呢？

“代助在雨中、在百合花香中、在重现的昔日情景中，找到了纯真无邪的和平的生命。这生命的里里外外不存在欲念、不存在得失、不存在遏抑自身的道德成见，这生命像行云流水那样自由自在。一切都是幸福的，所以一切都是美好的。”这是夏目漱石原著中的一段话。

森田芳光的百合，也是夏目漱石的百合，在静静的和室，盛开得像狂乱又不得不压抑的心跳。

那是在明治末年的东京。他是生活优渥、不事职业的富家公子长井代助，她是兄长去世后无依无靠的三千代。电影的尾声，他被赶出豪门，独自走在街头，而她已病重。他们都是豁出去的，勇敢而又脆弱，夏目漱石却没有告知最后的命运。

一休禅师说过，插花不宜插盛开的花。盛大的悲，也会从空无静寂里开出花来。

《其后》的剧本与小说原著略有不同，尾声是颇有意味的，独自在两个场景里的相爱的这一对——

一瓶洁白的百合花。

一只戴着珍珠戒指的细手伸入画面，用手指抚摸花瓣的边缘。

三千代毫无血色的苍白的脸凑近花瓣。她闭上眼睛强烈地嗅着花香，然后把花瓣送入口中。脸上流露出微弱的一线生机。

三千代抱着一种挑战的心情将百合花瓣吞入腹内。

三千代不仅仅是一个顺从柔弱的日本女人。脆弱的生命与这弱质生命中巨大的勇气同在。吞花这一幕，足够惊艳。黛玉焚稿，是绝望，要“质本洁来还洁去”的不留一点余情；三千代的吞花，却是要付出全部生命拥抱爱情的决绝与坚定。

男主人公呢？此时的他，也已与豪门决裂，“代助孤独地走在荒凉的大道上”。

是夜，大寒节气，天欲雪。合卷时，大约不到子时。读夏目漱石的另一本书《杂忆录》，《杂忆录》是文洁若译的。在杭州见过文先生，八十出头却像个小姑娘，穿得漂亮，天真俏皮，译的文字也干净漂亮。《杂忆录》黑与白的素色封面，插图有些《雪国》的意境。

冬夜读俳句，《杂忆录》里也有一些，比如“乡村露水重，静病在乡村”。便有些向往着可以静病一阵子，再静养一阵子的乡村，这是独向静闲了。又，“薄粥如春雨，滋润我肠胃”。深夜里，也觉得生活是好的滋味。

夏目漱石自己活得并不长久，只活到 49 岁。他是日本近代的文学巨匠。原名夏目金之助，笔名漱石，取自《晋书》的“漱石枕流”。

他一生著文，坚持对明治社会的批判态度。他的理想是一种尊重道义的个人主义，《其后》的男主人公长井代助就是这样一种人。而夏目的底子又是感伤的，或许到后期更是。

《杂忆录》也是夏目在东京养病时期的日记集，从他的文字中你会发现《其后》这小说也带着很多夏目自己的知识分子的身世之感。他体弱多病，家中又有两个哥哥早逝。而《其后》中三千代温柔的哥哥，一个近乎理想中的日本近代知识青年也暴病身亡，在最青春绽放之季，凋零如雨中落花。

夏目漱石也是爱花的。漫长的病期，他床头的花瓶插的是四季的花，故有“日似三春永，主随野水空，床头花一片，闲落小眠中”。这是他的病中岁月。三千代这个多愁多病身，难道不是夏目自身所寄？

有人说，日本人生活中的90%是审美，虽夸张但也真实。日本文人因着“物哀”的传统，于自然界的花花草草要比中国文人更有亲爱之心。中国文人似乎更关注人与人的关系，物的地位便后撤了一步，而日本文人更关注世间万物与人的联系。

病中的夏目曾叹息说，想穿过山饱览遍布盆地的百合花，无奈病倒在床上了。只能在床上想象无边无际的花盛开的样子，想象着百合花深处沉没着沉重的香。有客人从山上摘了一朵给他插在瓶子里，于是他说，“从这的白、大小和香气来推测，我在头脑里描绘了缥缈的辽阔的画”。

百合花般爱情中的三千代和代助的感伤，也是夏目漱石的感伤，他感伤文明的肉在社会的快鞭下萎缩了。他的感伤看起来并不激烈，消逝易散，又幽深绵长，是“桐油纸下，不见野菊”。

他说，只有失去了的事是明显的。读到这一首：

点上迎魂火，
穿罗纱和服外套，
只为等待君。

“穿罗纱和服外套，只为等待君”的女子啊。不过大寒节气，一件软和的披风是必要的。

月 色

《樱花乱》从早春写到秋天，时节正是赏月时。日本南北朝歌人吉田兼好云，“高人雅士幽居之所，月光流入时，自有一股沁人心脾的气象”。

又云，“秋月为绝佳之物。月固然无时不佳，但仍以秋月为甚。不知道其中差别的，可谓不解风雅之至”。

如今的人，大约都是吉田兼好眼中不解风雅之至的庸俗之人。

赏月的讲究，在中国有中秋。秋月与桂香交融，是一种人人喜爱的景致。《万叶集》中有一首和歌云“目明明兮虽得见，伸手不及争奈何，似月中桂兮君可恋”，就是将意中人比作月中的桂树，可望而不可即。而月中桂的典故，正是源自中国的传说，吴刚学仙有过，谪令在月宫中伐桂树。如此一来，中国的月亮，和日本的月亮，就有些不分彼此的近乎了。

咏月是中国诗歌的常见主题之一：“月上柳梢头，人约黄昏后。”“海上生明月，天涯共此时。”“我本将心托明月，谁知明月照沟渠。”“深林人不知，明月来相照。”月可诉情，亦可空灵。月之多变的意象，就像中国人的复杂。

日本有说法，阴历十七的月亮，即为“立待之月”，意思是站着等待月亮升起。阴历十八的月亮，称“居待之月”，意思是在屋中坐着等待。阴历十九的月亮，称为“寝待之月”，只因阴历十九的月亮，要比满月出来的时间晚两个时辰，只好躺着等待了。从文辞之中，略可见待月之美了。词人纳兰性德咏月，伤感于“辛苦最怜天上月，一夕如环，夕夕都成玦”，在日本人眼里，即便是八月十五之月，满月亦瞬间即亏。日本赏月的风俗，在农历八月十五和九月十三。说是此两夜当娄宿，主清明，方是赏月的良夜。

不由想到《平家物语》中，平氏家族盛极而衰，正是月满即亏。平清盛和其父平忠盛通过两代人的努力，从武士一路到公卿，直至大权在握，位极人臣。平清盛成为天皇的岳丈还不满意，又逼高仓天皇让位于年幼的儿子，使自己的外孙当上天皇，而此时源氏领导的反抗也终于爆发。平清盛死后，源氏崛起，平氏一门仓皇离京逃亡，末路穷途中，月升月隐。潮涨潮落时，见月则更深地浸于乡愁之中。月下见秋霜打苇叶，又感叹生命何其脆弱，尽是物哀之语。深秋之哀虽四海皆同，而飘零之人却愈发难忍。

书中讲到在平清盛的带领下，治承四年，皇都从京都迁都福原。转眼清秋过半，新都的公卿贵族们去各地的风景名胜赏月。有的追慕《源氏物语》中昔日光源氏的足迹，在绘岛看海矶月色，或去白良、吹上、住吉、难波等地赏月。也有大臣如藤原实定，心念着旧都月色，特地在八月十日后赶回旧都京都，而当时“两代为皇后”的藤原多子还住在京都。实定去探望妹妹多子，见多子在窗下弹琵琶。此刻的多子，仿佛是《源氏物语》的“宇治十帖”中宇治亲王的大女公子，整夜弹着琵琶，待到明月天，又用琵琶的义甲向月招引。兄妹两人在月下忆往事而唏嘘。可见日本自古传统中，对中秋赏月之事也是很重视的。

平氏一门衰落后，逃亡途中，今非昔比。九月十三日夜，月色迷离，平家武士们想起往昔在大内殿堂赏月之事，泪眼蒙眬，万千心事一时俱涌上心头。其中有平经正作歌一首云：

别来羁异乡，荒野露珠伴孤旅，心系故都月。

这位平经正是平经盛之子，年少时曾侍奉一位亲王，随平氏一门仓皇离京时他仍不忘去拜别那位亲王，又将亲王昔日所赐名器青山琵琶物归原主，怕的是名器颠沛流离。而这青山琵琶原是皇家之物，曾被多才多艺的村上天皇在月色皎洁之夜弹奏过，其名也与月色有关。琵琶的紫藤拨面上绘有青山绿树，一轮明月悬于其上，故名“青山”。这一个君臣琵琶相别的故事，正应和了月之阴晴圆缺。

白居易所咏“三五夜中新月色，二千里外故人心”，在《平家物语》中每每于伤感的离别中，也浸润于儿女情长。平氏一门离京逃亡，兵败之后的大将军平维盛与娇妻幼子离别，悲从中来，缠绵悱恻。维盛是当时的美男子，其正室是名门出身的大美人，这一对璧人少年定情，门当户对，相爱多年，从未分离。维盛随平家军逃亡之时，再三关照若自己身死，妻子当改嫁，而妻子倒卧于地，痛哭失声。维盛临行见妻子儿女悲啼如寒风凄号。这一层悲，悲得淋漓尽致，直入肝肠，也使“一夕如环，夕夕都成玦”，到了一种比中国的月亮美学更极致的凄美之境。

平安朝著名的歌人在原业平，以月叹年华老去：“月虽美兮莫赏戏，赏月多时岁时流，岁月冉冉兮老将至。”在望月兴叹这件事上，日本人骨里子依然表现出浓厚的物哀精神。在原业平写此歌时，刚至不惑之年，便有此“不忍多赏月”之叹，也难怪吟出“我歌月徘徊，我舞影零乱”的浪漫主义诗人李白，与崇尚物哀之美的日本人有些“性格不合”了。

浮 舟

西洋画中浮在水上的舟子，让人想到的是人生的享乐主义，是绅士淑女的乡村度假时光。日本浮世绘中的浮舟，却能唤起人孤寒冷寂、身世飘零之感。

浮舟。这两个字的意象来源于《源氏物语》之“宇治十帖”，从京都的繁华岁月移步换景，深入到宇治的野趣和风月。一个叫浮舟的女子，是出身低微的私生子。她本是八亲王的女儿，却因为母亲是八亲王正夫人的侍女兼侄女，八亲王不肯承认这个私生女。而且，八亲王与其母的情人关系很快结束。浮舟的母亲成了粗鄙的常陆守夫人，浮舟在新家中遭继父嫌弃，唯有母亲的怜惜。因为尴尬的私生女身份，浮舟被薰君的家臣左近少将退婚。无奈之下被母亲带着，投奔她的异母姐妹，也即八亲王正夫人的女儿。她的人生像江河上飘浮的小舟，无谓来处与归程。我们常说生如浮萍，但浮舟，毕竟比浮萍多了些重量。宇治的川流使她艳丽，给她不一样的激情，又使她如激流中的小舟，终将荒凉游离或覆灭于这激流之中。

浮舟也是个文学史上的“多余人”。于生父，她是不被认可的私生女。于母亲，她是嫁时带的拖油瓶。于两个疯狂追求他的男人，薰君只把她当成大女公子的替身，因为她们长得颇相似。于三皇子匂宫，她是猎物，初时追她只为与薰君竞争，并且染指小姨子求新鲜刺激。后来的激情，两人都始料不及。浮舟为亲王的恋情烦恼，信中有诗吐露心声：“身如浮萍难留住，欲上山头化雨云。”匂皇子读后，号啕大哭，回信说，纵然遁迹到层云里，也一定要寻到她，与她同归于尽。

匂皇子在浮舟失踪之后大病一场，憔悴得形销骨立，这是一场在出身、两地等重重阻碍后被点燃的青春之爱。浮舟自己的情感也是飘浮不定的。她委身于薰君，成为薰君的情人后，无奈失身于深夜假冒薰君闯入内室的匂皇子，却挡不住匂皇子的风流俊秀，迷上了他。她既重君子又爱流氓：薰君要将她正式迁居京都，作为他的妻子；而匂皇子要带她私奔，要将她隐藏起来。在两个男人间难以抉择的女子，又怕留下轻浮的恶名，最后在情与欲之间一了百了。

浮舟失踪在宇治的深夜或拂晓前。山寺的钟声隐约可闻，在两个男人之间迷失的浮舟，迷恋于匂皇子激情澎湃的性爱，又对背叛了薰君充满愧疚，决定了断一切赴死。雾色弥漫中，钟声尽处，浮舟走向她的宿命。

电影版《浮舟》拍摄于 1957 年，服饰场面等非常讲究，华美得令人眼花。电影以大女公子的葬礼开场，马上给宇治笼罩上一层深秋的悲情。改编的尺度也很大，匂皇子成了一味好色浅薄的登徒子，浮舟于他全是被迫，是被压迫与被损害者，对他无丝毫迷恋。失身后痛不欲生的浮舟，在清晨或黎明前捧着一束白菊花，哭泣着走在宇治桥上，消失在浓雾之中。最后，一身白衣的薰君，悲伤地在岸上的苇丛中寻觅浮舟的芳踪，薰君的一声“浮舟”，催人泪下。

但还是觉得原著“宇治十帖”中的浮舟形象更高明。小说中的人性要复杂得多。匂皇子虽轻浮，风流倜傥，却也并非只知采花的混蛋，他也是个有生命激情的人，在点燃浮舟的同时，也在燃烧自己的生命。他是爱的时候爱得死去活来，赴汤蹈火在所不惜的人。而薰君的个性正好相反，他温柔敦厚，却犹豫不决，在爱情面前行动力不够，往往错失良机。《源氏物语》原著中，年轻时的光源氏曾带上情人夕颜私奔荒宅，不顾一切跟从的夕颜竟在荒宅意外送命，源氏一生都怀念柔顺的夕颜。而浮舟与匂皇子发生关系后，也曾不顾一切地由情人抱着，半夜冒险在宇治川的激流中渡去橘岛。在与世隔绝的岛上，两天的激情性爱，被作者斥为“不堪入目”，但从中也可以看出这里面有一对男女的互相给予和付出。这种爱更多是肉体的，但并不猥琐。哪怕只是“爱你九周半”，激情之火也是如此艳丽。浮舟的身上，有原始的性感，是整部古典的《源氏物语》中一抹耀眼的异色。

紫式部在那个年代写出这一“三角恋”，观念上堪称超越时代的现代。如此一来，宇治的秋天，灰色山雾重重之中，不仅有死神之手，有伤感红叶，也有激情之火。浮舟与匂皇子的激情之爱，有点像罗密欧与朱丽叶之恋，在他们最爱的时刻，可以超越阶级和出身。

浮舟投水不成，决意出家为尼。薰君心灰意冷，而风流多情的匂皇子却病得死去活来，形容枯槁。但两人痛苦一阵后，跨过梦浮桥，生活还是继续。浮舟，那飘浮于河上之舟，终究不是他们的唯一之爱。她，只是替代之爱，幻影之爱。

“宇治十帖”的最后一帖，也是整部《源氏物语》的最后一回，叫“梦浮桥”。梦浮桥，意为梦见浮桥，有类于《红楼梦》的青梗峰。《源氏物语》的大结局，竟落在浮舟这位身份低微的八亲王私生女身上。因爱大女公子桥姬而移情到浮舟的薰君，在得知浮舟自杀失败又出家为尼后，执意寻找浮舟。他找到了浮舟的隐居地小野庵，却被浮舟冷淡回绝。在一种爱情幻灭、世事无常的气氛笼罩下，这部日本的“《红楼梦》”，在薰君对浮舟的种种猜想中结束了。浮舟的未来会怎样，是否会走出小野草庵，与两个男人会不会继续纠缠下去，或许，连紫式部也不知道。“心已远离浮世岸，轻舟犹未辨去向”，浮舟的心境，竟有几分像出家时的贾宝玉。

从此，常念念这两个字：浮舟，浮舟。浮舟的意象缠绕很久。在柬埔寨也是。在越南也是。

说点别的。歌川广重画中的浮舟，也曾跳跃至柬埔寨洞里萨湖的水上人家。破旧简陋的小屋静静浮于湖上，漂浮着东南亚最穷困人家的水上营生。当地孩子们难以言说的眼神，大人们降到最低处又有几分蛮横的眼神。与其说是浮舟，不如说是浮屋。

浮屋上的人们，他们的希望仿佛来自外来者，一切善良的、猎奇的观光客。湖里的鱼，缠绕在小小孩子身上的蟒蛇，不停地被游客打断的水上课堂，换来糖果、美金或柬币，以及难以为继的同情心。

在船顶看风景。泥流滚滚的河道，是湖，是河，分不清楚。丽日，堤岸，流水，从狭窄到开阔。以为自己身处南美洲，一个叫秘鲁的国家，或许还有亚马孙河。马尔克斯笔下的《霍乱时期的爱情》中，在半个世纪那么长的执着之后，相爱的一对老人，和他们的游船一起飘浮在霍乱肆虐的河上，一条死亡气息弥漫的河流，是绝望，还是最大的相守到死的欣慰呢？

在吴哥，烈日肆无忌惮地照在原野，热烈而又原始，恍如身在非洲。一个年轻的母亲悠闲地坐在一片树荫之下，身边是六七个孩子。他们都很小，大概每个只差一两岁，像热带的水果，迅猛地生长，也像这里的椰子树，一直在结椰子，停不下来。那些孩子从不知道娇贵是什么，但他们都笑得很灿烂。

烈日下，石头堆砌的、留下精美雕刻的遗址，早已被拍进一部又一部电影。吴哥窟，难以想象是这样一个东南亚小国留下的文化遗产。它为这个小小的王朝，为现在的柬埔寨人赢得了尊严。

印度教，湿婆神，是我们难以进入的宗教秘境。飞机上，女友在读一篇释迦舍身饲虎的故事，三太子饲虎的动机，乃是对肉身的厌恶，以为肉身是罪孽的腌臜物。于是他在饲虎的行动中，带着巨大的灵魂的幸福。读完后，我们都是茫然的。

在云端，想起了一种叫蜉蝣的生物。《源氏物语》中有“蜉蝣”一回，薰君忘不了浮舟，忘不了宇治姐妹花。暮色沉沉中，他见许多蜉蝣忽隐忽现地飞来飞去，便赋诗云：“眼见蜉蝣在，有手不能取。忽来忽消逝，去向不知处。”《后撰集》中有“蜉蝣生即死，似有亦如无。世事皆如此，莫谈荣与枯”，都是禅意。不过虽说人命亦若蜉蝣，那南面的炎炎土地上，哪怕是那浮屋上，都是有信仰的民众。

一个“浮”字，在于浅，在于无定所，无扎根，轻如浮萍。那么芸芸的，尚未确立信仰的一类人，也是浮之舟呀。

紫色

读完《源氏物语》，方知日本人自古尚紫色，他们以红为美，红到极致即为紫。平安时期，深紫和深红是贵族方能用的禁色，普通人不能随便穿的。光源氏的女人中，身份最高的是朱雀天皇宠爱的女儿三公主，最完美的女人却是紫姬，作者叫紫式部。这个紫，相当于中国的大红了。近日读京城才女扬之水的《无计花间住》，文中提到某女毕竟是着“绿衣”的，绿衣意为如夫人，在中国的色系里，虽有“绿肥红瘦”之说，绿却比红要卑微。

咏紫的和歌如这首——“紫草根兮色转深，此时草木遍野绿，何能分辨兮缘同心”。乃知紫草是种让人觉得温雅美好的植物。

《源氏物语》中的女人，要按大观园形制，亦也凑个十二钗，分正副册。女子的名字，很多与花草有关，如槿姬、夕颜、常夏、葵姬等。江户时代画家近卫豫乐院曾画杜若，此花生于空林，芬芳幽静。《源氏物语》中，杜若花喻光源氏生母桐壶更衣。她虽得天皇专宠，却因身份低微，没有外戚支持而过早凋零。这是美丽中又含着忧伤的花。

最令人感喟的，乃夕颜。夕颜花黄昏时悄悄开放，清晨就凋落。

江户时代画家歌川丰国，有一画名为《源氏香之国夕颜》，画的便是《源氏物语》中的一个故事。光源公子有一次在陋巷的墙角边，看到在郁郁葱葱的蔓草中开着许多白花，便吟“花不知名分外娇”，随从告诉他，这白色的花叫夕颜，就像人的名字。光源氏十分喜欢，便让侍从为他摘取。这时，墙门里走出一女童，请求用纸扇盛放这枝条很软的夕颜花。而这把纸扇的主人，正是名唤夕颜的美女，扇上的题诗“夕颜凝露容光艳，料是伊人驻马来”，正是夕颜所题。这女子初是光源氏的朋友柏木的情人，后被柏木正妻恐吓而逃离，隐居起来，又被源氏偶见了。她好像也喜欢源氏，某日与源氏私奔至一处无人的荒宅，却在半夜遇鬼祟而暴毙，她的死也成了源氏一生之痛。夕颜花，真乃红颜薄命之花，朝开而夕散，幽美，苦短，脆弱。

与之相对的朝颜，俗称牵牛花。《源氏物语》“宇治十帖”里，源氏之子薰君夜里入睡时未关格子窗，故在天亮时看到了朝颜花的开放。朝颜与夕颜，一样的花枝柔软，娇美。风雅的源氏之子薰君，也将朝颜花轻放在扇子上欣赏。古歌云：“天明花发艳，转瞬即凋零。”晓露未消尽，朝颜已惨然，不免令摘取朝颜花的薰君思念起亡故的恋人，像朝颜花般消逝的八亲王家大女公子，叹息世事无常。朝颜是比樱花更短促的花，朝开夕落，在花谢花开与露珠消散中，言尽物哀之美。

不知道文艺鼎盛的平安时期，不事劳作的贵族女子到底怎么个美法。脸要涂白，牙要染黑，眼睛以细长为美。为了显示脸的白，眉毛要剃掉重画。最美得惊心的，当属头发了，很长很长，和衣裳一起披垂着，大概一出生都不剪。即便是看破红尘出家为尼的，如光源氏正妻三公主，如与光源氏生下私生子的滕壶皇后，如《源氏物语》“宇治十帖”的浮舟，漆黑的头发，都与我们现在的及腰长发不相长短。至于梳成发髻的样子，可能是武士时代幕府掌权以后的事吧。

末摘花小姐是《源氏物语》里的异类。“末摘花”是什么花？日本古书《万叶集》中所指的末摘花，是一种菊科植物，红颜色的花。末摘花小姐是已故常陆亲王的小姐。光源氏初见她，是一灯如豆下的美人，“傅粉翻为脂夜妖”，是夜色成全了一个美丽的末摘花小姐。光源氏去访末摘花，先有琴为铺垫，以为末摘花弹琴了得，后来在昏暗的内室，看不清楚真人，只感觉末摘花小姐的头发是美的，便摘了这木讷之花了。《古事记》中定位了日本女子以长直发为美，但末摘花只靠一头美发，还是不能挽留郎意。

末摘花身份虽贵，但后来男人发现她长了个滑稽的红鼻头，因那鼻上一点红，就被戏称为“末摘花”。她是个丑女，迂阔守旧，而且家道中落后穷得响叮当。但末摘花小姐连祖宗的一碗一皿都不肯变卖，在荒草遍园的家中死等光源氏到来。不计结果的守候，成了没落贵族小姐的最后一点尊严。

日本女子的衣服呢，女孩成人有个“着裳”仪式，相对于男子的冠礼。裳，是指穿在最外面的衣服。平安女子，穿得很像《莎乐美》

中的七层彩衣，就是很多层彩衣叠在一起穿，露出各色衣袖，繁花似锦。而天皇大婚时，皇后要穿很隆重的十二单衣，层层叠叠，艳色叠于艳色，这端庄的气度，也是十二单衣穿出来的吧。

还有膝行，就是跪在地上行进，因她们坐也是席地跪坐，膝行也是自然的了。但很少看到男子膝行的。膝行送别的女子，长衣长发委地，大约也是柔顺与尊重之意吧。

这种种细节，让人觉得古代的日本女子如站在纷落的樱花树下，是美的，但转瞬就迟暮。

日本男女，虽在俗世时更贪欢，但对俗世的贪恋，却也是当断即断。瞧，人生生死如浮云，欢爱如朝露，万物总是要消逝，喜一阵，悲一阵，泪尽，离尘，甚至离世，就是那样的哲学思维了。

读罢《源氏物语》，想起了皇帝的比较。日本古代的天皇，好像不如中国的皇帝那么恋栈，很容易就有出世之心。感觉自己稍老，便急着想退位当太上皇，而不是等死了才让位给继承者。难道日本的天皇在位时干得比中国的皇帝辛苦，宁愿当太上皇安逸享乐？当然，这个判断的依据并不充足。后来知道，日本的天皇家族为什么万世一系，因为大多数时代天皇只是个象征，是在人间的神，真正掌握实权的，平安时期有藤原家的摄政和关白，战国时期有幕府的将军。有一段时期，天皇只有在退位后成为太上皇，才能实施院政，掌握实权，所以天皇们更想早点让位了。

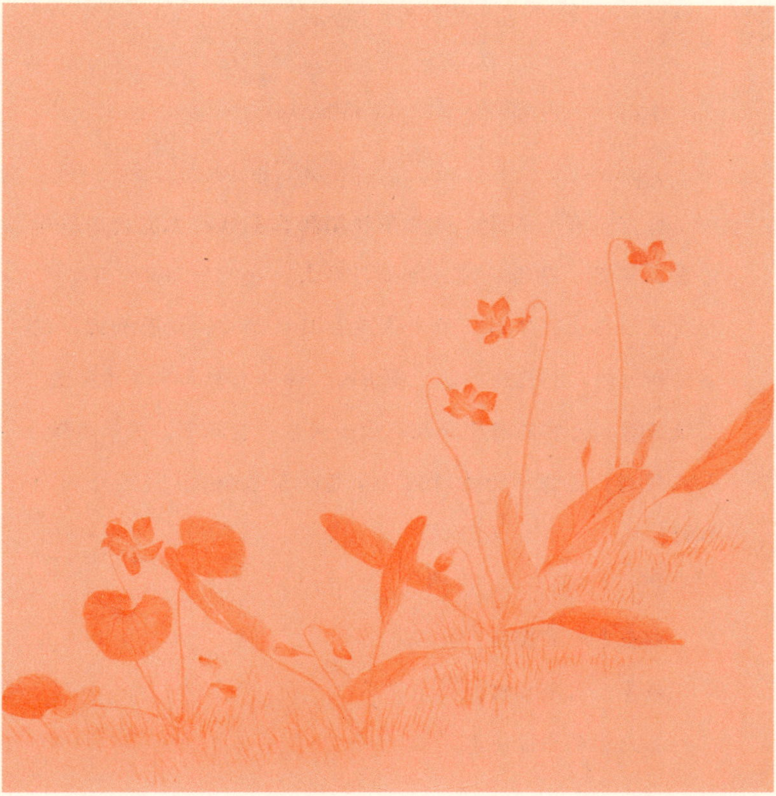

将雪

从前，有一男子，自童年时期既已奉仕的主君，忽然而落发出家了。每逢正月，他必行参上。身既任朝廷之职，平时自无法参上；不过，他并未改往日之忠心，故而如此。过去侍奉过的人，无论凡俗，或僧人，许多人都来参集于庵室。因值正月，乃赏赐酒于众人。雪如倾盆一般降下，镇日不停。人人醉酒，遂以“为雪所困”命题，各咏和歌。这男子所口咏为：

心虽思兮事有困，
分身乏术争奈何，
喜此雪积兮遂吾愿。

读此咏歌，亲王深受感动，脱下袍衣为赏禄。

这一则是《伊势物语》中的《雪积》，全文抄录，因为太喜欢了。

被既是君臣，又是知己的惟乔亲王和在原业平两个男子间的情谊打动。古雅的美，人情的美，就在这一场平安时代纷纷扬扬的大雪里了。

惟乔亲王是文德天皇长子，与异母弟维仁亲王争位失利，失意之下，遁居京郊比睿山麓的小野庵，后来出家，年仅二十九岁。这位亲王从此远离政治，诗酒风流，他身边形成了一个类似曹操身边“建安七子”的文学集团，同为皇亲的在原业平便是其中一员。大家一起狩猎、郊游、赏花、赋诗，倒也悠然自得。

比起《世说新语》中王子猷任性的雪夜访戴，惟乔亲王与在原业平之间更见惺惺相惜。王羲之的儿子王徽之大雪夜醒来，忽忆戴安道。时戴在剡，他即便夜乘小船就之。经宿方至，造门不前而返。人问其故，王曰：“吾本乘兴而行，兴尽而返，何必见戴？”可见这雪夜的访与不访，只发乎王微之自己的情，自己的率性，与他的朋友戴安道是无关的。也是正月，在原业平忽闻亲王出家后，踏雪去小野庵探访，一路上风雪勉行，到了亲王不再奢华的庵室，两人闲说往事，不由感慨万千。杯酒之间，不觉已至日暮，不忍分别的业平只得告辞归去。归去咏和歌，“疑是梦兮忘现实，踏雪来谒亦伤情”，不觉泪水涟涟。比起晋人“雪夜访戴”的自我与矫情，小野庵的君臣，更让人觉出雪夜温暖的人情。若在国画家的笔下，这一幕的雪天欢会，也将十分美好吧。

将雪的前夜，读完了《伊势物语》。相比《源氏物语》的极繁艳，

《伊势物语》是极简和古拙的。在原业平这个人，也是日本平安朝的亲王之子，他一生所涉猎的，感觉比光源氏更有意思。或许因为地位相对较低，他比光源氏也更自由地接触到几分民间的野朴。

《徒然草》中，吉田兼好提到一位故去的友人，因一件小事，令他十分难忘。这位故友某个早晨起来，见白雪飞舞，顿觉意趣盎然，又因有事要告诉某人，就写了一封信去，信中却只字没有提到清晨的飞雪。对方回信说："对这场雪做何感想，尊驾真是吝于一言。如此俗物，岂能与我言事？君胸中甚少情趣也。"这回信的雅士，感觉比我魏晋诸爱雪名士更添三分风流。

平安时期的日本，男女婚姻是走婚制。男去女家幽会，天亮前要回到己家。这风俗很有母系的特征。

《伊势物语》里有个男人，去情人家的次数很多。女子初时用心打扮，渐渐就放松了，居然自顾自从饭桶里盛饭。男人厌弃，再不去看她了。两人南辕北辙，男人要的还是偶尔幽会的艳丽，女的却想过日子。想起中国古时，贵族女子多不以素脸面夫，早早梳妆，让丈夫一看到就是一张艳丽的脸，真是辛苦。

《伊势物语》的另一个男人，却因春宵苦短，贪恋销金窝，天已亮了才回自己家，结果被别人看见。好事的街坊对他的不守规矩议论纷纷，他只好写和歌辩白，"月既明兮似昼日，人其不知夜实深，见我归来兮有此叱"——说是月光太亮，让人们以为天亮了，其实天还没亮呢。真是有趣的辩月哩。

《伊势物语》中，有一则《西厢》的和歌中，没有张生与崔莺莺，却也隐藏着一位如露珠般消失了踪影的佳人："月岂异兮春如昔，此月此春已皆非，唯有吾身兮独未易。"很像崔护的"去年今日此门中，人面桃花相映红。人面不知何处去，桃花依旧笑春风"。两首诗都是倾诉寻心慕女子而不得的怅然。中国式审美哀而不伤，日本式呢，总是要泣啼着回去的。《源氏物语》里的男女，就老是哭个不停。看来日本人之不懂情感节制，易走极端，是向来如此。日本人喝酒，也是非喝到醉了哭为止的。

日本浮世绘中，雪景的音韵静默悠远。曾看过歌川广重的《雪中的马队》，画中是日本江户时代的冬夜冒雪赶路的行人。松枝上的雪花，行人斗笠上的雪花，漫天的雪花，被深雪淹没的马蹄，别样的清幽远寂，仿佛尘世的每一丝喧嚣在此时都是多余的。川端康成小说改编的电影版《雪国》中，只留得一个茫茫白雪的北国村庄，像被遗忘的世界。至于痴情艺伎的流年，又得另一个晚上细品了。不过次日晨，窗外真的是大雪纷扬了。

雪国，温泉旅馆，终究要出发的男人，终究要落空的女人。一点不远啊。日本北国的雪，下得大时，都下出了蛮荒的感觉。战国时代织田信长的妹妹织田市，第二次结婚时，远嫁给盘踞北国的柴田胜家。日本北境一年中几乎有半年的雪天，大雪封山堵路，柴田胜家纵是战国英豪，冬天也只得囿于北境，困守愁城，无法主动出击攻打丰臣秀吉，以致失去战机。

《红楼梦》中，琉璃世界雪白梅红，诸闺秀起雅集，诗酒兴浓。市井人家，《金瓶梅》中西门庆家下了雪也是欢喜的，妻妾张罗着，也要扫雪烹茶。文人墨客，喜雪中探梅，雪中磨墨画丹青。金圣叹喜雪夜闭门读禁书，最严肃的也就是“程门立雪”了，但日本人的雪世界，却是另一番的寂与静。

《雪国》是川端康成的名著，可以一读再读，或者一到雪天就翻出来读。川端康成是当之无愧的诺贝尔文学奖得主，这一部经典《雪国》足可以传世。以《雪国》为原著的电影，也可以一路地拍下去。

细雪

谷崎润一郎是东京人，在东京上的大学。1923 年关东大地震，谷崎随家人迁居到了关西，不然，就没有后来的《细雪》。

一册《细雪》，他写活了明治后期的关西风土人物。《细雪》中的大阪趣味，在新与旧的交织之间。莳冈家在全盛时代曾经是大阪的望族，鹤子、幸子、雪子姐妹都执着于父亲晚年的豪奢生活方式。大姐和二姐招赘了夫婿，大姐夫辰雄是银行家的儿子，二姐夫贞之助是大阪会计师事务所的会计师。会计师是一个现代的、中产阶级的职业，不过贞之助的爱好却是写和歌。幸子夫妇赏樱花回家，夫妻俩有雅兴以樱花连歌。这家人中秋赏月，也会以和歌俳句应景。他们住的房子也是传统的和式建筑。

莳冈家的日常生活，包括四姐妹穿着隆重讲究的和服去京都赏樱花，有时也去听西洋的钢琴演奏会。四姐妹的母亲是京都人，属于那种娇小柔弱风雅的京都美人。所以，最像母亲的鹤子和雪子，都有几分京都人的遗韵。雪子是怎样一个女子？她穿起最合适的衣服，是贵族人家侍女穿的那种织有花鸟草木图案的绉绸料子的和服。

作为大阪没落的大家闺秀，尽管已到新时代，但四姐妹对礼节之类的事仍然非常重视。大姐鹤子，年轻时出类拔萃，高大漂亮，长长的头发垂地时，像平安朝仕女。鹤子也有名门长女的风范，为了体面地给夫家亲戚回信答谢，她一味苦练书法。书信要写得有古风，但毕竟已是生活在新时代里的女子，那点古雅才调要信手拈来是不可能了，于是鹤子的桌上摆满了辞典和尺牍文范。二姐幸子，长得像他们的父亲，小时候就是见过世面的女公子。她常被放荡游冶的父亲带到京都的祇园征歌选舞，还认识好几个父亲熟识的艺伎。哪怕是四姐妹中最叛逆新潮，平时爱穿西装不爱和服的妙子，也会在山村流舞会上穿上德川幕府时代的舞衣，梳个考究的岛田髻，跳那种三味线伴奏的古典“雪”舞。

可以说，《细雪》中几乎所有人，都跳跃性地生活在传统与现代的二元对立中。姐姐幸子要陪雪子相亲，夏天乘火车，也得耐着暑热，系上一条博多腰带。相亲的女主角雪子着夏天的出客和服：袖子有两尺多宽，里面衬一件淡雅的有胡枝子图案的紫色内衣，礼仪为上，热不热倒在其次了。四姐妹身上所有的古典美，都体现在这些点滴的日常细节里。

大阪人有着自己的光荣，作为西国人，他们对东国人的东京颇有疏离感。三姐妹对大姐鹤子一家移居东京的事都有些想不通。一向以老大阪自居的二姐幸子，从小就喜欢太阁丰臣秀吉与他的侧室淀君，因为安土桃山时期的大阪城建于秀吉，毁于淀君，她偏爱这一对大阪的英雄美人是有道理的。而大姐夫辰雄，也为有一门姓菅野的亲戚而骄傲，因为地方武士菅野的姓名曾出现在描写关原合战的小说里，辰雄觉得脸上有光。

大阪人对京都却有着血缘一般的亲近感，京都风情是他们在新时代里依旧恋恋不舍的。四姐妹的母亲是京都美人，雪子最后的相亲对象御牧的父亲也是京都人，有着公卿血统的风貌，并且在京都嵯峨野拥有别墅。

古典美人雪子出场，她从三十岁起相亲了四年，总也不成功。雪子就是以婚姻为职业的富家小姐，不会出去工作。父母不在了，她出嫁前就住在大姐家，后来不想跟大姐家去东京，就寄居到了二姐家，到差不多三十五岁方才出阁。谷崎润一郎安排了雪子最后与留洋归来的御牧子爵相亲成功。这样的相亲，首要是门当户对。御牧家是明治维新时期的华族功臣，出身名门的庶子，有藤原氏的高贵血统。御牧在国外游荡多年，对时髦的东西很有兴趣，深谙西方文化，浪荡半生到四十五岁未婚，性情颇似《倾城之恋》中的风月高手范柳原。小说中有这样一个场景，相亲的双方一起去剧院看歌舞伎表演，御牧对歌舞伎旧剧一无所知，偏偏喜欢上了四姐妹中容貌做派很有古典美的雪子。这歌舞伎演出，却惹得大姐鹤子因为没被邀请观看而像孩子般伤心哭泣。可见，大姐无论在忙碌操持中变得如何世故，曾经大家闺秀的那点文化趣味并没有改变多少。

《细雪》的时代是“二战”胶着时期的日本。彼时莳冈一家已经没落了，战时的生活水平也越来越差，股票等动产也一路大跌。在东京生活要操持一大家子的大姐鹤子，都写信问妹妹们索要旧衣物节省家用了。读者不免为曾经历过豪奢生活的大小姐唏嘘。

小说中还有一处细节，说新与旧的不协调：大姐鹤子移家东京后，在接待客人的屋子里挂着大阪带来的画家竹内栖凤的香鱼立轴，还有江户末期的儒者赖春水的字幅。可在二姐幸子眼中，这些书香的遗泽，反倒衬托出了大姐东京家屋子的质量低劣，像鹤子眼前坠落下去的境遇似的。没落的豪门，在新的时代里，每个人都想保持往昔的尊严，却往往是徒劳。谷崎润一郎年少时富贵，后来家道中落，生活陷入窘境，这样的细节，或许正是谷崎的切肤之痛吧。而旧派人物与新派人物彼此对上了眼，在“二战”时期的日本，谷崎的言外之意又是什么呢?

小说末，莳冈雪子终于要出嫁了，却还在拉肚子，似乎也暗示着莳冈三小姐对新家庭会有不适感。而渐上年纪，玩够了想收心生活的御牧，在和日本作家永井荷风一样流连西洋文明多年后，似乎有了一种回归的趋势。他重新发现了大和文化之美，特别是对和式建筑设计情有独钟，立下了将来事业的方向。伴随着这种审美上的回归，御牧才会对雪子一见倾心。

《细雪》的书名也别有一番幽深意。昨天樱雪灿烂，而今日细雪霏霏。谷崎润一郎完成此作之时，日本也正一步步迈向最终的战败。设想几年之后，雪子和御牧这一对乱世里的新夫妇，也将经历他们的“倾城之恋”。小说最后是在一首幸子的喜中带愁的短歌中结束的——

此身行作出岫云，日暮犹试嫁衣裳。

无论是美的时代，还是美的人，总要告别。电影版中，对雪子暗藏暧昧小情愫的二姐夫贞之助即便再舍不得美丽的小姨子出嫁，也只能在酒馆暗自落泪。而眼下，人们记得的最美一幕，还是电影中的四姐妹，穿着艳丽的和服盛装，从高到矮站在缤纷的樱花树下。虽是暂时的，也有那一刻的岁月静好。

旧豪门到后来总是溃不成军，成为一首感伤的挽歌。英伦剧《唐顿庄园》里的西式挽歌情调，与遥远东方的莳冈家的东方情调倒是相映成趣。西方与东方，都是没有儿子的豪门，唐顿庄园里的三姐妹，和莳冈家的四姐妹，都注定要经历时代风云，面对豪门之衰。古风依旧飘荡，然即便是上流社会名媛，适者生存也已然成了新旧文化更替之际的铁律。

回想日本国宝级女演员吉永小百合演的雪子，最是那一低头的温柔中，又有别样的哀婉静默。日本老一辈导演市川昆与黑泽明、小林正树等人齐名，这部 20 世纪 80 年代拍摄的同名电影就是他的经典作品。电影中，四季的樱、月、秋叶、细雪、雪舞、和室、寺庙，还有四姐妹的服饰之美，大阪、京都、东京三地的不同风物，丝丝入扣地在市川的镜头中铺开。在日本式的物哀调子里，一切是急不得的。就像雪子的婚事，那些细微的涟漪，终会一波波地漾开。

谷崎润一郎有短歌："谁知此人，谁识此心；知我心者，舍我无人。"类似《诗经》中《黍离》之句："知我者谓我心忧，不知我者谓我何求。"他是《细雪》的原作者，也是《春琴抄》的原作者，但《细雪》和《春琴抄》的审美感觉大有不同。《春琴抄》里的残忍奉献和对女性的身体崇拜，极致得让人怕看。电影版《春琴抄》是山口百惠和三浦友和演的一主一仆。《细雪》却是优美古典，清新如吉永小百合其人。

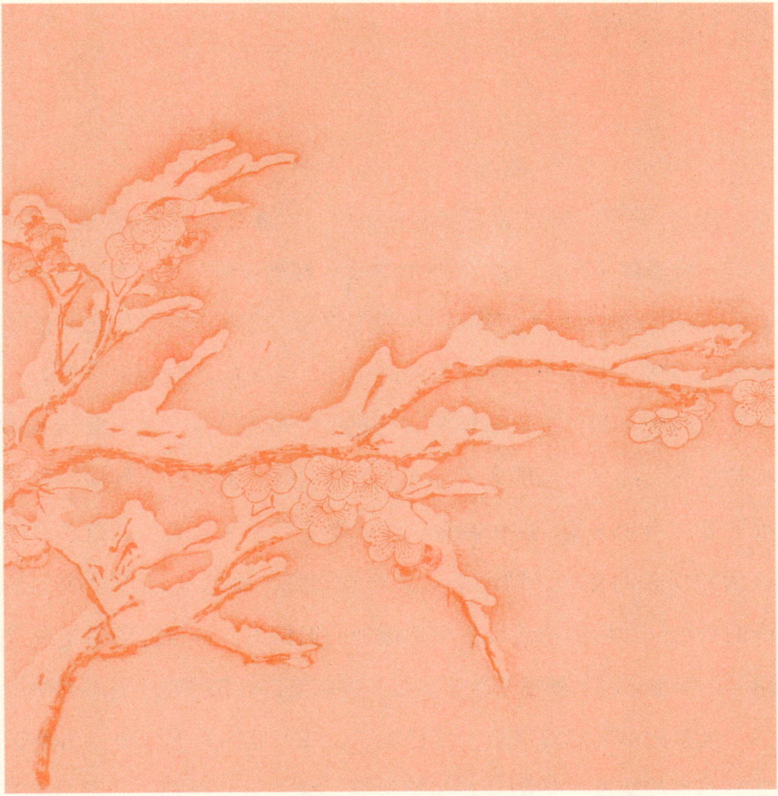

樱桃与蒲公英

深夜，看根岸吉太郎导演的日本片《维庸之妻：樱桃与蒲公英》，不知不觉看到了凌晨一点。《维庸之妻：樱桃与蒲公英》改编于太宰治1947年创作的《维庸之妻》。电影很像是一生都在自杀的日本作家太宰治的自传，但第一主角却是他的妻子。片名的隐喻也很有意思，把与死亡纠缠不清，又没有家庭责任感的无赖派作家大谷比喻成樱桃，而把包容又纯真坚强的妻子佐知喻为蒲公英。蒲公英不艳丽，跟“香艳”等词是无关的。剧中唯有一次，妻子为救和情人一起自杀未遂又被指控谋杀的丈夫，特地去买了一支口红。她给自己的唇涂上了艳丽的颜色，然后去找已经是成功律师的旧情人，她自己知道是在“色诱”，等出来时，就擦干净了口红，将那支口红扔弃在小花草丛中。

太宰治本名津岛修治，是日本“二战”后的重要作家，出身于青森县的贵族家庭。他的祭日叫樱桃祭。太宰治好像这几年忽然很红，电影是以他的小说《人间失格》为蓝本的。他自杀过好多次，总也死不掉，总是在喝酒，醉生梦死的，但他的才华又让很多人折服。

电影中又一次自杀未遂时，他说感觉自己能够活下去，但也就活到了三十九岁，终于还是和不知第几任情妇一起死掉了。他的自杀倾向在死前已路人皆知，可谓事先张扬的死亡事件。演太宰治的是日本男演员浅野忠信，他喝酒时的神态，自言自语，拖着木屐走路的样子，据说都蛮像那个真实的太宰治的。

片中的太宰治形容妻子为向下的流水，随处而生，他苦恼自己看不透她。蒲公英一样的女人，像生命力旺盛的素朴之花，吃苦受累却依然乐观。她从不娇贵，把自己无赖又天才的丈夫当成孩子照顾，既不抱怨，又能从他的无赖懦弱中发现男人本性的纯良。这样最传统意义上的温柔之极的日本女性，不知安慰了多少战后日本破碎忧郁的灵魂。

电影有一段夫妻间的对话，在椿屋打工替丈夫还酒钱的佐知，觉得这样在酒屋中工作比家里更容易接近丈夫，也是幸福的。大谷听后就说："对女人来说，没有什么幸福和不幸福。而男人就只有不幸。"

《人间失格》是太宰治的绝笔。小说中的三篇笔记主要描写的是昭和五年至昭和七年的东京风情。当时正值日本"军部"越来越露骨地走向战争的时期，而太宰治的反战立场是鲜明的。小说中的主人公叶藏，出生于一个富贵家庭，从小却不快乐，与大家庭格格不入，只是以耍活宝的方式刷着存在感。长大之后，因为身上有一种无法倾诉于人的孤独气息，他总是能引起女人的关注。他想进美术学校，父亲却希望他将来当官，让他上普通高中。于是他厌学，并与女人鬼混，但又觉得女人是不可思议的奇怪动物。还是高中生的时候，他就和一个酒吧女招待一起去镰仓跳海自杀，女人死了，他却被人救了。结果被学校除了名，只能沦落为给粗俗杂志画画儿的无名漫画家，靠老家的哥哥们的接济度日。后来他被一个有五岁女儿的女记者静子领回家里，过上了“男妾般”的生活，画的漫画用来换钱买酒。之后，他遇到十七岁的纯真善良的姑娘良子，和良子结了婚，却依然缺乏爱的能力，活得很麻木。无论做什么，他得到的都是失败，只能徒增羞耻。良子因为“纯真无瑕的信赖之心”被一个商人在家中奸污了，他们也只能肩并肩坐下，隐忍地吃蚕豆。他坚定地认定自己是个废人，而且已经完全没有做人的资格，不配做一个人了。小说止于叶藏二十七岁时，“由于白发增多，大凡见到我的人，几乎都认为我已经四十多岁了”。

太宰治的另一部《斜阳》更为迷人，简直是一曲“二战”时期日本没落贵族的唯美哀歌。书中主人公和子的弟弟直治，在大学期间就被征召去南洋打仗。他本是个热衷文学的青年，日本战败后回到家里，却成了一个多余的人。他深深地暗恋着朋友的妻子，却不敢说出来，情愿与完全不爱的女人鬼混。后来他自杀，在遗书中才说出心上人的名字。直治留下了一册《夕颜日记》，是他在戒毒痛苦不堪时写下的。颓废、挣扎、堕落、优雅、自尊、贵族精神，是《夕颜日记》的基调。直治自喻为一枝有重大缺陷的草，他的遗书中写道——

我是拼命想要摆脱那如影随形的贵族味儿，才这样放荡无度、自甘堕落的。

“我是贵族。”直治最后的遗言，仿佛就是为太宰治发出的。他身上映照着贵族日益衰败的美。直治、大谷、叶藏，他们都只是太宰治本尊的分身。

与直治相对照的是，直治的姐姐和子却能放下贵族的身段，在俗世里过上自食其力的生活，就像蒲公英在风雨中坚韧生长。离婚之后，她又大胆追求爱，并且坦然地无视旧的道德，为自己如愿以偿地怀了孕而感到幸福。看来，所谓“无赖派”的太宰治，反倒在日本女性身上看到了更多的柔韧和希望。

且让我们目送这个渐渐走远了的，又优雅又无赖的没落贵族太宰治。如秋叶静美的思绪飘零一地时，索性抄下《枕草子》的第一百七十二则《远而近》，收个梢——

远而近的东西：

极乐净土。

行船的航线。

男女之间。

牛 车

牛与车都是交通工具。《源氏物语》中，因为牛车之争而起争端，后来竟闹出人命来。本是在贺茂祭那天乘牛车出游，结果光源氏的情人六条妃子与正妻葵上的牛车不期而遇，两方的仆从为停车位大打出手。已经失势的六条妃子的牛车争不过左大臣的女儿，即情郎已经怀孕的妻子。于是，看热闹变成讨羞辱，六条妃子回去后就生了病，后来，她的生灵作祟，竟害死了产后的葵上。

到“宇治十帖”时，匂皇子心痛于情人浮舟的“身亡”，派人将她的侍女请到府中，详细询问浮舟出事的情况。这种派牛车相请的待遇，对于一个侍女来说是非常隆重的。因为日本平安时代，贵族阶层才有资格使用交通工具牛车。紫式部这样写，说明匂皇子对浮舟的爱确实深厚。

看来，牛车事小，牛车事也大，因为牛车事便是人事。

清少纳言似乎对牛车之风情情有独钟——

正月初七，“为着争睹白马，退居于自宅的人，则又无不将车辆装饰得美轮美奂”。

“八日，人人为答礼奔走忙碌。车声喧嚣，较平时为甚，十分有趣。”

“看热闹的归途，牛车上挤满了宫女，裳袖缤纷，自车厢溢出，随车有壮男多人，御者又技高一筹地稳稳驾驶车辆。”——她觉得这样是美的。

她是个品牛车的高手——“槟榔毛牛车，以缓缓进行为佳，跑得太快，未免轻率。至于篷车，则疾驶为宜。”反正她觉得就该这样子，才美。

她爱“月色分外明亮之夜，以牛车渡川。随着牛车过处，水波漾散，仿佛似水晶破裂”。

《徒然草》中提到了京都贺茂祭的情形，说是妙不可言。现场到处悬挂着葵叶，秀雅可人，驾牛车前来者，早在天色未明之际已悄然云集于此。牛车中人怀着一分好奇，左顾右盼，看有无旧相识。一众牛车错杂相陈，大家等待时，已将牛车泊处，变成了男男女女情愫暗生的风月场。如果看中了谁家的姑娘，要真正追求，那是之后的功夫了。贺茂祭热闹了一天，到了日暮时分，一排排牛车与刚才还拥挤不堪的人群不知何时已不知去向，变得稀疏零落。牛车们，也载着他们尽了兴的主人各自归去了。

清少纳言小姐也爱贺茂祭，说最讨厌乘敝陋的牛车。为了这一天，她要车辆和车帘子全都是簇新的，要是看到别人的车子比她的好，还会后悔，怎么就这般出行了呢？看来，这般节日坐牛车，也是贵人淑女争相出风头的时候。

再看《平家物语》，当时京都的贵族们出门，只道都是坐牛车。平家公子平资盛年方十三岁，在郊野围猎，黄昏时回家途中遇上摄政大臣的牛车车队。资盛本应下马致敬，但他或因年轻气盛，目空一切而不肯下马，由此引起两方纠纷。资盛的父亲平重盛识大体，想息事宁人，但飞扬跋扈的平清盛不肯罢休，惹出了更大祸端。他将摄政大臣的牛车随从们的发髻全割了，以雪资盛被拉下马之耻。这牛马之争，背后正是平安时代末年新兴武士阶层与摄政关白制度下的贵族文官之间的权力之争。

男人坐牛车把帘子卷起，女人坐车却要放下帘子，但是既然盛装出了门，无声无息毕竟有些不甘心。于是，贵族女子们便很有心机地把和服艳丽的下摆露出一截来，招摇过市，偏要让人遐想里面坐着绝色女子。所谓牛车的诱惑，只是那一截艳丽和服的衣摆罢了。

《伊势物语》中的一则别致的牛车故事，煞是有趣。说平安朝初期，有位皇女崇子内亲王过世了。送葬之夜，一名住在宫殿附近的贵族男人想去参加葬礼，就与一女子同乘女车出门。他们等了很久不见柩车出现，哭泣了一会儿就准备返回。刚巧这时候，风流多情的著名花花公子源之至也来送葬，他看到这辆女车，以及溢出帘外的女子的裳裾和袖端，就胡思乱想是何等美女尤物隐于帘中，于是靠近女车搭三搭四，卖弄风情。因为是晚上，帘内一片漆黑，这源之至还捉来了

萤火虫放进女车之内，而车中的神秘女子，怕被萤火虫照见，让源之至看见了自己的模样，就想扑灭那火光。这萤火虫的一放一扑，使夜幕冲破了悲伤，显得生动起来了。这时车中的男人，就吟了一首和歌，意思是“愿君倾耳听车中人思念亡者的啼泣之声吧”。这源之至见女车中还有男子，只得收敛了适才的轻佻，优雅地回了一首得体的和歌。这真是平安时代奇妙的浪漫夜，男男女女，似多有天真烂漫，少有道貌岸然。这位想勾引牛车内女子的源之至，本是个风雅人物，和歌唱咏的高手，牛车内的姑娘未必不解风情，真的会讨厌他。

据说有个平安时代的贵族妻子右大将道纲母抱怨自己独守空闺，她的夫君藤原兼家出身名门，妻妾成群又英俊过人，是当时右大臣的第三子，一直做到关白和太政大臣，后来还成了天皇的外祖父。在一众美人中，这位名门公子冷落了并非正室的道纲母。道纲母是平安中期有名的歌人，“三十六歌仙”之一，又是位美人。她十八岁就嫁给了兼家，后来却写了《蜻蛉日记》，叹息人世虚幻，就像难辨生死的蜉蝣。日记第一句，就说“有一位女性无所依赖地度过了半生”。右大将道纲母于孤寂之中，曾多次动念出家，却不舍儿子藤原道家。日记中有一则，是她抱怨夫君的牛车从自己门前经过，却过门不入，去了别的女人那里。这位寂寞的女子还写下了著名的和歌——“叹君疏往来，枕夜待黎明，不堪侯门耻，何求解我心”，来抒发自己的心曲。她和他的关系时近时远，热一阵冷一阵。兼家有朝廷要务，娶道纲母前已娶正妻藤原时姬。道纲母的家族是中等贵族，自然比不上兼家门第显达，所以虽然不是正室，也嫁了他。这位公子要对付七八位妻妾，年轻时还有情人，而渴望爱情的道纲母，则被丈夫的三心二意折磨得心灰意冷。

有次道纲母前去初濑的山寺参拜，归期未定，男人倒是担心起她来，又是写信慰问，又说要去接她，派接妻子的也是牛车。这一次在宇治的山中，因为要渡河，要先将牛和车分开，把牛和牛车分别装上渡船，过河抵岸，仆人们再把牛车抬下来。这趟牛车载贵妇渡河，她，浅紫色的薄绸裳，朽叶色的上装，命人卷起牛车门上的竹帘，幼子坐在牛车尾，想来也别有情趣。这一回，他是在岸边等着她的。但此后的朝暮，道纲母依然在等待夫君的牛车中度日。

平安时期的贵族女子，能否幸福似乎都要靠男人的情谊有多长。读完整本《蜻蛉日记》，让人感觉道纲母像多愁多心又爱吃醋的林黛玉，但她的才思又是别的妻妾无法取代的。加上聪明的藤原道纲也颇得父亲欢心（后来道纲娶了村上天皇的三皇女保子内亲王），所以夫君对她还算是长情的。《蜻蛉日记》中还写到道纲母非常介意的丈夫的情人町小路。她后来生下的儿子夭折了，很快被兼家冷落。如果道纲母没有这才女的光芒，或许会更早地“秋扇见捐”。道纲母非常真实地道出了自己每夜盼望牛车声，听到牛车声近时的激动。多情总被无情恼，这一段“牛车公案”，也是一种酸楚的风情。

《徒然草》中说，四十岁以内死了，最是得体，因为过了这个年纪，便将忘记自己的老丑。日本古时女子的一生，基本上在四十岁之前就算过完了，此后的女人，不再是真正的女人。

又读另一部平安时期才女的日记——《和泉式部日记》。和泉式部与紫式部同时代，同样是才女，和泉式部在个人爱情上比道纲母略微幸福。与为尊王热恋之时，亲王已有正室，是左大将藤原济时之女，但两人感情一般。和泉式部曾有丈夫名橘道贞，曾出任和泉守，因此她才有和泉式部之名。两人有过一个女儿，在丈夫外地做官分居两地期间，发生了和泉式部与为尊亲王的恋情。长保五年的夏天，京都正瘟疫流行，但热恋中的为尊亲王仍不管不顾，夜出幽会恋人，以致染疾病死。这位俊美多情的冷泉院匂皇子，去世时才二十六岁，这也惹得周遭有很多说有夫之妇和泉式部轻浮的传言，说她与太多男人缠扰戏谑，名声不佳。情人死了，丈夫离异了，连父亲也与她断绝了关系，和泉式部当时处境十分艰难。一两年后，同样风流倜傥的为尊亲王的胞弟道敦亲王便扮演了安慰者的角色。敦道亲王派小童送菊花给和泉式部，式部见花，便咏出“怀故人兮”之句。道敦送菊花予和泉式部，是取古人嗅花香缅怀故人之意，既安慰悼念亡兄的女心，又暗示自己对女子的情意。一段新的恋情，便从送菊作歌开始了。

两人初恋，钟情，遂有月夜同车而行，到他的别院幽会，天亮时分，缱绻难分到连惊醒鸳梦的鸟儿都想杀了，然后又悄悄同车相送。

之后，道敦亲王误会和泉式部情人多，冷淡一阵后，两人情爱渐复苏，又有七夕赠歌，黄昏造访，他的牛车来了，他的牛车走了。农历八月，女子想排解寂寥心情，就独自上山去石山寺祈七日之愿。这一走，反倒激起了亲王的爱情，于是思慕的书信一封追一封地来，碍于身份才不敢造次赶去相会。想起道纲母的遭遇，似乎女子一出深闺，就会勾起男子的思念来。平时总是她等他，现在总算是他在等她回来了。总是被动地长坐深宅等君上门，再美的美人，都会不被珍视的吧。

爱情又炽热起来。“约莫过了两天，亲王乘坐女用牛车来访，以往从未在白昼里相会，故而十分腼腆。”道敦亲王坐女车，只为白天避人耳目，因为那时男女私会都是在夜里的，白日去会情人，倒有些“白日宣淫”的不正经了。这孟浪的情人坐女车，垂着帘子，人影隐约的一幕，想来也是有趣。白露之后，这对情人又相约一起“赴山中兮赏叶红，舍其车乘就舟楫，如何可达兮峻岭崇”，这是两个人一起出门的，牛车里尽可绵绵情话，比道纲母的山中独行，后丈夫途中来接则更有情致了。

平安时代贵族是有闲阶层，谈情说爱最需时间，男人除了恋爱之外总有些别的事。像敦道亲王这样，也是有官职的，任太宰帅。闺中的女人比贵族男人更有闲。果然和泉式部等待情郎的日子，也时时像道纲母那样的焦虑和哀怨了。与道纲母相比，和泉式部的身份只是情人，连侧室都不算。那种等待中患得患失的心境，似乎已是贵族女子的日常情绪。一年之春夏秋冬，在等待情人来访的日子中无声地消磨着。在和泉式部入亲王邸居住前，两人情意正浓，但亲王也未必能时常躬自造访，和泉式部也不免在等待的日子里时有孤凄之感，于是开始作歌答歌地往来。式部写着“恨自恨兮盼莫绝，虽云信爱能无疑？吾正情深兮徒觉拙”的情话，心中最盼的声音，还是他的牛车声在静夜渐近。

和泉式部是不幸的，为尊、敦道兄弟俩都死于二十六七岁的美好年华。之后她虽然再婚，也曾入仕彰子皇后，但作为女人，再未有过爱情。一生种种情事，所有思与情，只能寄托于和歌。和泉式部又是幸运的，因为两位英俊多情的恋人去世时，都还在全心全意地爱着她。同时代更多徒然在牛车远近声中寂寞等情郎的贵族女子，可能宁愿像和泉式部那样度过朝朝暮暮呢。

说了这么多牛车主人的逸事，想起中国的田园诗歌中，经常提到清新可爱、会闲吹笛子的放牛牧童。那么驾牛车的日本牛童又如何呢？牛童乃底层小民，很少有他们的传奇。倒是在《徒然草》中看到一则室町幕府时期牛童的风采。当时太秦殿的侍女之名，都与牛有关，叫：膝幸、饱腹、乙牛等，听来离奇又富有野趣。这则说的是有个有名的侍奉太秦殿的专用牛童，名叫赛王丸。有一天他在有栖川渡口时，赶着牛疾驰而过，牛蹄踏水，溅到了赴嵯峨途中的今出川大臣牛车的横板上。于是，这个大臣的侍乘破口大骂。但这位大臣一见是以驾车之术闻名的赛王丸，反倒对自己的仆人斥道："你的驾车之术未必胜过赛王丸，你才岂有此理。"看来一招鲜的牛童，也是能让人折服的。这位今出川大臣，可能就是先出家后还俗的室町幕府第九代将军足利义视。

中国有没有牛车出行的习俗呢？对于一般老百姓来说，宋朝时陆路最好的交通工具是驴子。一幅《清明上河图》，你可以仔细观察下，是驴子多还是马多。非游牧民族，缺马无论在中国还是日本，都是必须面对的。汉朝初年，刘邦登基时，大臣们上朝一般都乘牛车。如此说来，牛车的习俗也是中国传过去的吗？只是没听说日本的歌人爱驴的，爱牛还是爱驴，国民性还是不同的。

唐衣

古代日本人，恋唐情结十分执着。衣裳叫唐衣，往来中日之间海上的船只叫唐船，贵族阶层好唐诗，爱从唐朝移植过去的梅花。《伊势物语》中有一首和歌：“未及思兮袖尽湿，只因罕见唐船来，汹涌港口兮巨浪袭。”竟用唐船的意象代表情敌。因为当时大唐之旅海上艰险，一些有见识的人，就以老子的“不贵难得之货”，以及《尚书》中所云“不宝远物”为教诲，认为如果尽把些无用之物运回日本，是极愚蠢的事。而大唐的货物，除药材外，其余的没有也无妨。至于书籍一类，已经有大量的从大唐传到日本，那些还没有的，可以转抄下来。此中可见古代日本人慕唐学唐，又不贪恋大唐奇珍的理性心态。这样的大和民族，日后证明了是很可怕的。

唐朝张鷟所著传奇《游仙窟》，是最早传入日本的中国文学，被称为日本第一淫书。鲁迅评价它，“文近骈丽而时杂鄙语”。这本书有伤风化，但是在嵯峨天皇时期传入日本后，慢慢还是流传开来了。书中使用第一人称，说的是“我”奉使河源，与崔十娘相遇于仙窟，调笑野合，一宿而去。这仙窟，或类似于《红楼梦》中的太虚幻境吧。这是一场华丽的艳遇，女主人是崔十娘和五嫂。中国民间有一种俗文化，这个故事，令人想起后来流传民间的戏文《游龙戏凤》，讲明朝皇帝朱厚照微服出访，于梅龙镇调戏李凤姐的故事。唐朝有那么多传奇，如“红拂夜奔”、“红线盗盒”、聂隐娘的故事等，为何偏是这个听起来低俗情色的《游仙窟》能传到日本？这是否可以说明，古代的日本人像最开放的唐朝人一样，对性有一种坦荡荡的态度？

余问曰：“此谁家舍也？”

女子答曰：“此是崔女郎之舍耳。”

余问曰：“崔女郎何人也？”

女子答曰：“博陵王之苗裔，清河公之旧族也。容貌似舅，潘安仁之外甥；气调如兄，崔季珪之小妹。华容婀娜，天上无俦；玉体逶迤，人间少匹。辉辉面子，荏苒畏弹穿；细细腰支，参差疑勒断。韩娥宋玉，见则愁生；绛树青琴，对之羞死。千娇百媚，造次无可比方；弱体轻身，谈之不能备尽。”

现在看来，这样写一场普通艳遇次日分别的故事，实在太波澜不惊了。以今人看，就是个一夜情故事而已。不知那古时的日本人，为何愿意重金买这位张鷟的香艳故事。

德川时代中期，日本很盛行中国的小说。当时流传有《水浒传》

的训读本，后来日本作家北方谦三也写过日本版《水浒》。北方版的宋江不再整天想着被招安，而是坚持反宋，这部以中国为背景的小说还得过司马辽太郎奖。德川时期，李渔的《肉蒲团》也传入日本，且有多种翻写刻本，很符合对性事大大方方的日本男女的胃口。

在大阪这座活泼泼的商业经济城市，市井阶层鲜衣怒马，声色享乐。江户时代的俳人、小说家井原西鹤就是大阪人。他在大阪这样的浮世绘水土之上，创作出“浮世草子”，最有名的当属艳情小说《好色一代男》和《好色一代女》。他的“好色物”，在当时看起来很是开放。自由不羁，而且浅白易懂，达官贵人和下里巴人都能看得明白。井原西鹤自己三十多岁丧妻，从此专志于寻花问柳，在花街柳巷流连。浪荡到四十一岁，写成《好色一代男》。主人公世之介与三千七百四十二个各阶层女性发生性关系，最后道出“色道”。

再看《好色一代女》，成于1686年。七十余岁老妇经历色界沧桑，老妇所居何处？两个青年男子“渐行渐远，竟来到了山坡的北边背阴一面，被一方人迹罕至的荒地勾起了强烈的好奇心……远处有一用破败的胡枝子搭成的旧篱笆，上面开了一扇用细毛竹编成的门扉，竟然还留着一个专供狗进出的小洞。目之所及，尽是荒芜之色。院落深处，是一个天然生成的洞穴，上面简陋地覆盖着一些茅草作顶，俨然一座闲静的居所”。这笔法，不是也很像唐朝传奇《游仙窟》吗？于是空气中飘着名香“初音”的幽香，隐居七年，优雅端庄的老妇出场，开始娓娓道出红尘一生，称自己“我没有丈夫，没有子女，是个孤苦伶仃的女人，所以往事无须隐瞒”。那世外仙境般的雅静居所，名字却叫“好色庵”。

老妇回忆过往一生，觉悟便是——“美女……如凋谢辞枝的樱花，到了晚上就成了委地之樵一样，有色有香的年轻人也是不久就迎来人生的夕阳，于是付诸荼毗，化为一缕青烟。这是任何人都无法逃避的命运。”

书中写一女子“我”，长得漂亮，因歌舞与陪酒侍宴，得以成为大名的艳妾。之后色衰而爱弛，沦落为娼妓，还当过和尚的姘头，沉浮一生。能以女人美丽之凋谢想到樱花的盛衰，也是美韵。《好色一代女》让人联想到清朝禁毁小说《痴婆子传》，或许井原西鹤受过《痴婆子传》的影响？日本著名导演沟口健二，曾在 20 世纪 50 年代将西鹤此作搬上银幕，拍成黑白电影。沟口健二被称为女性电影大师，他的御用女演员田中绢代饰演了妓女春子。电影版的春子本是一贵族家的女佣，因与一武士相恋，她和家人被赶到京都郊外。后来她又被江户的大族松平家的老爷纳为小妾，生下一子，却被妒火中烧的正妻赶出家门。春子被自己的父亲卖到妓院，历经沧桑后，从良嫁与贤良的商人，丈夫却意外死了。春子万念俱灰地出了家，又因事被赶出庵堂，晚年再次沦落最底层，仍当妓女，甚至乞妇。而她在贵族家生下的儿子长大，继承了家业，凄凉的春子，只能远远地看上一眼。春子，一个被侮辱、被损害的最底层女性，有点像中国最可怜的底层女子祥林嫂。沟口健二是对温柔顺从的日本女性抱有深切的同情的，他赋予春子日本女性忍耐、牺牲的美德，让人忘了妓女应有的风尘味。他让春子的儿子当上了松平家的继承人，虽母子不能相认，但也给了绝望中的母亲一些希望。沟口健二改编后的电影，讲的不再是风月，而是弱者的苦难人生，比井原西鹤的原著倒是高了一层境界。

井原西鹤的风月，也非全是轻风月，也有深入到社会肌理和人性深处的。如其《好色五人女》中，就有街知巷闻的社会新闻的影子。天和二年，有个叫阿七的卖菜家的女儿，因大火避居檀那寺，与寺里的年轻僧人吉三相爱。情火燃烧之下，她竟纵火以求与情人相会，结果被处火刑。这为情欲走火的阿七之大胆胡为，与大岛渚电影《感官世界》中与主人私通的女仆阿部定倒有骨子里的神似。女人一旦爱疯，比男人更惊世骇俗。

井原西鹤落拓一生，只活了五十二岁就死了。所幸他遇到了一个完全配得上他的中文译者钱稻孙。他学识渊博，涉猎音乐、戏剧、美术、医学，精通日、意、德、法等多国文字；他译《井原西鹤选集》用的是元明小说的风格，文采俊秀，也增加了中国读者对井原西鹤的好感。

中国的小说和话本中，最早出现日本人的形象，不知是什么时候。至少唐人传奇中就已经有了渡海而来的日本人。侯孝贤的电影《刺客聂隐娘》中，磨镜少年是从扶桑来的，随遣唐使的船只来到中国。在中国大陆上映的版本，把日本演员妻夫木聪饰演的磨镜少年入唐朝前在日本的经历删除了。磨镜少年是个日本工匠，离家出发前，他是有一位温柔娴美的日本妻子的，妻子为他生下了孩子。磨镜少年的妻子是日本女演员忽那汐里饰演的，戏份惊鸿一瞥，却给人无限遐想。节度使分权和地方豪强纷争的中国晚唐，在日本正好是奈良时代末平安时代初，唐风大兴，唐朝的各种典章制度，诗歌礼仪，衣冠服饰，日本人无不效法学习。当时从日本到大唐不容易，但一批批的遣唐使闯过了海上险恶的风浪，已经陆续地登陆了。

晚清任渭长所绘的《三十三剑客图》里，聂隐娘排行第九，比红线女排名更靠前。唐传奇《聂隐娘》中，提到她夫君的只有寥寥几笔："忽值磨镜少年及门，女曰：'此人可与我为夫。'白父，父不敢不从，遂嫁之。其夫但能淬镜，余无他能……至门，遇有鹊前噪，丈夫以弓弹之，不中，妻夺夫弹，一丸而毙鹊者……"并没有交代磨镜少年乃是平安时期的日本人。据说道教中有"镜道"一词，镜子似乎是有神奇力量的，那么这个无为的磨镜少年，似乎又有点玄乎了。

唐朝诗人刘禹锡曾作《磨镜篇》，其中有"流尘翳明镜，岁久看如漆。门前负局生，为我一磨拂……"之句，将磨镜称为"负局生"，用的是宣扬道家思想的《列仙传》中"负局先生"的典故。侯孝贤的电影《刺客聂隐娘》中，则安排磨镜少年途中出手相助，与聂隐娘一路同行。电影中还有个经典的“青鸾舞镜”的故事，“琴前镜里，孤鸾别鹤之哀”，这是一个有关孤独的故事。所谓刺客，即便是玉颜花貌，也是只身仗剑走天涯的孤独客，隐娘无法躲开这样的命运。电影中舞镜与磨镜两个意象，正好互为补充。也许这看似平常的日本磨镜少年，是位镜道高人也未知。即便平平常常，那又何妨？他可能代表的就是刺客聂隐娘所渴望的平常日子。最后，放弃刺杀任务的聂隐娘选择与磨镜少年双双隐遁，与刺客的世界相忘于江湖。他们的下一站，说是朝鲜，再下一站，会是日本吗？

以当时唐朝的开放，中国女子嫁个日本来客，是不算惊世骇俗的。

磨镜少年是传奇，史上确凿有之的。在登上遣唐使船只的日本人中，不畏艰险又坚毅执着的僧人们，是遣唐的先锋。其中就有僧人空海法师。他是第十六批遣唐使中的一员，也是在大唐最有名的日本人，日本佛教真言宗的创始人。空海出身贵族，因醉心于佛法，二十岁就出家为僧，禅定于日本和歌山县的高野山中。他在日本无人不知，在大唐也是街知巷闻，杭州的灵隐寺就有高僧空海的像。空海是在唐德宗的贞元二十年，乘遣唐使的船只登陆福建赤岸镇的，当时他三十一岁，身份是留学僧。留唐两年多，访寺择师，于长安青龙寺慧果处受益颇深。

另一位日本高僧最澄，是日本天台宗的创始人，与空海法师是同一条船入唐的，那又是另一番故事了。

空海的大唐往事被日本人梦枕貘写成了小说，还有 1984 年出品的黑白电影《空海》。电影由北大路欣也饰演空海，他身披袈裟，形象中有日本男子特有的那种坚毅。中国导演陈凯歌也对空海感兴趣，将梦枕貘的《沙门空海之大唐鬼宴》改编拍成了电影《妖猫传》。空海是书法大家，尤好王羲之，也爱唐诗。《妖猫传》中，空海是诗人白居易的朋友，他是亲眼见证了大唐盛世，追溯李杨爱情的东瀛来客。归乡之际，空海有题诗留别长安青龙寺云：“同法同门喜遇深，空随白雾忽归岑。一生一别难再见，非梦思中数数寻。”中日之间这一衣带的水，自大唐以来漂来漂去，似取之不尽，用之不竭，看来果真是滴之不尽。

窥 香

相比现代西方电影中的偷窥主题，如《十诫》《芳芳》等，日本古代的偷窥要风雅多了，凡是恋爱几乎都是从窥香再到窃玉的过程。男子想方设法偷窥深闺女子，女子只要不讨厌，便也顺水推舟，成为情侣。《源氏物语》几乎从头到尾都是讲偷窥的风情及后果，露骨地说起男女关系，日本人却无条件地喜欢，令人匪夷所思。或许可以说，这本宫中女官写的奇书，有一种开放坦荡的态度。构成这本奇书的本质的，既非中国的道德，也非印度的道德，而是能够满足日本人某种需求的，使之沉迷的东西。

《伊势物语》的第一则“初冠”，就讲了一个窥墙的故事。一男子初冠未几，前往奈良京春日里去狩猎，春日里住着一对标致的姐妹花，男人路过，无意间自墙垣缝隙中窥见了她们。他发现这残旧乡里，竟有如此美丽的两姐妹，便忍不住心猿意马起来。因是打猎途中，竟撕下猎衣的下摆写和歌，也不知是否打动墙内小姐的芳心——

春日野兮信夫染，窥得卿貌心乱迷，若此紫纹兮情难敛。

古代日本人率真，偷窥这种上不了台面的行为，在他们也可以坦荡荡说成乐趣。日本人的性观念，比起中国多少年压抑人心的伪道学，倒是多了几分可爱。

中国式的深闺里，要不是丫头小厮们暗通款曲，是挺难窥到真容的，所以大多是“墙里佳人笑，墙外行人恼”了。大户人家的闺房重地往往门户森严，古典戏《碧玉簪》中，新夫婿王玉林因捡到一封伪造的情书，便怀疑新婚妻子、礼部尚书之女李秀英与其表兄有染，因为也只有表兄这样的近亲才有接近深闺小姐的可能性。《西厢记》中，张生私会崔莺莺的艳事，也只可能在崔莺莺随母亲护送父亲崔相国归灵途中遇阻，在暂住普救寺时发生，否则纵有热心红娘，豪门的高墙也是不可逾越的。

日本的豪门家族虽也讲究男女授受不亲，贵族女子的一张脸是轻易不让男人看见的，但日本古代的走婚文化似又在鼓励浪漫的男女幽会。日本古代的和式建筑较开敞，也就是屋室并不严丝合缝。那和屋的纸门和纸幔，其实只能阻隔目不斜视的君子。勇敢或鲁莽的男子，一旦靠贵族女子身边的女侍内帮忙接应，很容易就能潜入闺室，进而“授受不亲”，发生关系。之后男女或成为情人，或开始走婚。和式建筑在漫长的古代充当了有意无意的淫媒，让男男女女窥来窥去间，生出无数艳情，也制造出神秘女神的间离效果来。古代长夜漫漫，对于贵族闲人来说，谈恋爱是最好的消遣。等到男子与女子情书往来一番后，深夜摸黑探入香闺，与意中人有了肌肤之亲，却仍不知对方长什么样，只能在幽香的氛围中，在想象中生出无限艳光。女子为了爱情保鲜，则千方百计想要延长神秘性的时间。有些丈夫要在走婚一段时间后，才能识得妻子的庐山真面目。有些男子须请求无数次，贵族女子才会移开日常用的遮挡自己容颜的扇子，让丈夫看到自己。这种犹抱琵琶半遮面的神秘性，也激发出幽暗中的诗意。

《源氏物语》中，髭黑大将和另一位亲王都追求光源氏的养女，也即源氏暴死的情人夕颜之女玉蔓。他写了无数封情书，对方都不冷不热。髭黑大将终于鲁莽行事，靠女侍进了玉蔓的香闺，成其好事，玉蔓只得不情不愿地嫁给了他。而光源氏中年后娶的妻子三公主的悲剧，却是因为三公主养的猫惹出的桃色之祸。那只淫媒猫戏耍之间，挑起了三公主室内的帘子，使正躲在帘后窥视园中的三公主整个人暴露在公子柏木面前。窥得真颜的柏木相思成疾，甚至辗转得来了三公主的猫聊以自慰。最后，也是靠着女侍的内应，柏木强入了三公主的内室，两人结下孽缘。柏木因忧惧源氏责怪而病死，三公主则生下与柏木的私生子后悲伤出家，而源氏的心境也萧瑟如秋。

《源氏物语》中，又由窥得到和窥不到，比较了紫姬与三公主的高下。从小被光源氏教养成的美人紫姬门户谨严，从未让人偷窥到真颜，连源氏的长子夕雾都不见其容颜。而三公主却疏忽大意，在隔帘观看贵公子们蹴鞠时，让柏木看到自己的真容，被讽为举止轻浮。古代的日本淑女也不好当啊。

谷崎润一郎晚年的情色文学《钥匙》，也是延续了偷窥的主题。看过情色导演丁度·巴拉斯拍的电影，剧中人从东方人变成西方人，但很不喜欢丁度那种猥琐又弱弱的老男人感觉。倒是他的《罗马帝国艳情史》虽荒淫无耻，却有罗马帝国时代的那种阳刚和张扬。好像那也是人类的青春时期，虽淫艳，却是见得了阳光的那种畅快的无耻，色情也色得舍我其谁。

阴翳之美

谷崎润一郎是江户子，东京人，生于1886年，与艺妓多有情感关系。若在中国，他或许能和写《海上花列传》的韩邦庆交朋友。因为上海、苏州的弄堂光线和阁楼厅堂内里，也颇有些符合他推崇迷恋的阴翳之美。

平生不爱光明，偏喜赞颂阴翳之美。他的名作《阴翳礼赞》歌颂一种神秘和禅味。日本古代的房子，细格子门可以敞，可以闭，四隅所设的窗户，称为妻户。古代的日本人，住在和式屋子里，即使在白天，室内光线也时常昏暗。那时节，涂得墙白、点着红樱唇的女子静坐在和式房屋中，和服艳丽，长发漆黑。月影清澄的静夜，将“妻户”推开来，一些月光洒进女子的闺房，前来拜访的男子，于朦胧长夜和她对坐，谈论着过往的事，现今的事，以后的事。雾里看花，对面的女子便成灯下美人。这美是空灵的，也饶有午夜朦胧的情趣，因为一半是男人自己想象出来的美。谷崎润一郎痴迷的女人，需“古时的夜垂神秘的黑幕把女人的姿颜笼罩”。估计只有在黄昏之后，在迷离的光线和女人打开折扇“犹抱琵琶半遮面”之间，才是这“阴翳之美”。

他在这暧昧的光影中，对美人产生些狎思绮念。以中国人的审美看来，却是有几分变态了。

川端康成说谷崎是“牡丹花”，这也奇了，“从明治至今的文学兴隆中，谷崎是最豪华、最成熟的一大朵，百花之王牡丹花”，这个评价不可谓不高。或许是因为谷崎的一种趣味主义吧。茶人千利休也深谙阴翳之美，他让丰臣秀吉只看到幽暗和室中的一朵朝颜花而感动流涕，将美推向极致，这阴翳的奇葩，也就成了艳丽的牡丹花了。

读《少将滋干之母》《武州公秘话》，还有《春琴抄》等，谷崎日本式的奇异趣味独一无二，具有妖魅惑众的力量。明知道那不健康，但也不能否认，或许如此敏感的谷崎润一郎是对的呢？

《盲目物语》中，谷崎润一郎写阿市公主失去丈夫浅井长政后，回娘家的第七年、第八年，出落得比在小谷城时更美了，连女人看了都要着迷。说阿市肌肤雪白，谷崎润一郎的怪异私趣味又泛了上来，说小谷夫人“长年累月窝在不见天日的室内过着像积雪般安静的日子，自然变成了透明的一般，黄昏时分在昏暗的地方沉思默想时脸色之白，据说会让人吓得全身寒毛都竖起来”。这种美，是否已变成了一种凄凉中有几分恐怖的味道了？但他依然一味地沉溺于此。

《武州公秘话》是一部怪异的书，简直是恶趣味了，但日本文化中偏有很多这样变态的美，对应着很多肃然的美。

《武州公秘话》，说的是室町幕府时代的事儿。在这本书里，谷崎润一郎提供了幕府时代大名夫人的标准像——那个时代的大名夫人都在被称为“北之方”的光线不足的内殿过着单调的生活，日复一日，直到老去，正是谷崎眼中的阴翳美人。这类美女的容貌眉清目秀，容姿端丽，却常伴有一种苍白的冷峻，涂着白色颜料的脸颊，即便是丰满多肉的圆满，看起来也生气全无。而闪烁着清冷的双瞳，在透露出高贵智慧的同时，也令人不寒而栗。她们的一生，寂寥、孤独、无趣，因而都是这样一种表情，和相似的气质。这些女性之像，多为彼时理想佳人的翻版，无论是战国名将细川忠兴的夫人，还是大名别所长治的夫人，或者武州公夫人松雪院，都是这个样子。

《武州公秘话》，被称为“历史画卷中的私人生活绮史”。谷崎润一郎神神道道渲染的，是战国时代尊贵的武州公怪异的性趣味。武州公小名法师丸，作为大名的嫡子，他自幼离开父母，是作为人质在别的大名那里长大的。少年时在幽暗的深夜偷窥女子们清洗敌人首级的经历，使他有了种奇怪的性癖，就是想着“女首”就兴奋不已。此后他开始迷恋起缺了鼻子的“女首”。当他面对“女首”时，连声音都会变得女性化，仿佛装上了颤抖假音一般，脸上露出诡异笑容，而且要找小和尚模仿女首。只有这样，这位武州公才能与年轻的松雪夫人在帐中酣畅交欢尽兴。再是重口味，这样的性变态也是人间少有的吧。他的正妻松雪夫人和情人桔梗夫人受自身道德感折磨，后来都不再配合他这恶趣味，他便另找新鲜女子，追求刺激。

《武州公秘话》中提到，当时京都的武士，自幕府将军以降，渐受公卿贵族的熏陶，开始仿效士绅的生活，热衷于举办赏月之宴、赏樱之宴、赏菊之宴、枫叶之宴等风雅事，在战事上的表现反倒不如作和歌的能力，而这一切的始作俑者，直可追溯到平源时代的武士。

《平家物语》中，平家第二代平重盛、平重衡等已是公卿之相。世人开始以花喻平家人，平重衡精于琵琶和朗咏，风流俊彦，被喻为牡丹花。平家第三代比第二代更像贵公子，平维盛、平资盛、平敦盛等平清盛的孙辈们，个个都是美男子兼歌人才子。他们从粗豪的武士向精致优雅的贵公子华丽转身，而兵剑之事却已不甚在行。平维盛，是平清盛嫡孙，平家最强势时，他少年意气风发。这位小松三位中将帽簪樱花，足踏《青海波》舞，眉目如画，风采如花露娇媚，如深山万树中杨梅独俏。舞姿翩跹之美少年，疑如光源氏再世。

可惜优雅之美，终是凋零于刀剑之霜。平家兵败，平维盛随平家逃亡，与娇妻稚子凄然而别，最终兵败，投海而死。平敦盛年十七岁，是京中上下都为之击节倾倒的风雅人物。他擅长吹笛，有一家传名笛“小枝”，常携身边。后来敦盛就义，留下笛子遗物，见者无不感叹流泪。这些平家美少年的陨落，正如斩下敦盛头颅后悲伤难禁的武士熊谷直实所叹：“汝生于武家，诚为可怜之事。若非武者，少年俊彦岂会顷刻化作离魂？”一语道破了平家武士的宿命。

一部《平家物语》，读完后最令人惆怅的是武士的和歌之心。且说平家落败，举家离京西去逃亡之际，平家武将平忠度又半途折回京都。忠度拜访朋友著名歌人藤原俊成，特地从铠甲下取出自咏和歌一卷奉上，希冀藤原俊成编撰和歌集时能够收录一二。他的朋友藤原俊成不禁感叹“阁下去而复返，竟是为了这风雅之事，令人不胜感慨落泪”。后来平忠度在著名的“一之谷合战”中战死，而俊成果然奉后白河法皇诏编撰《千载和歌集》。他想起了平忠度的托付，却因忠度是朝廷罪人，只得从中选了一首名为《故乡花》的歌，且不得具忠度之名，思之又是一件恨事。《故乡花》歌大致可译为：

志贺旧都成残阙，昔时山樱犹绽放。

一种无可奈何的今昔之感。那么，骚人墨客的和歌之心与赳赳武士之心，真的难以兼容吗？

谷崎润一郎的《武州公秘话》中，提到的那位被削鼻的主人弹正政高，与其说身份是武士，不如说他更像公卿。武士得权后，优雅渐渐代替血性，迈向贵族生活，平家如此，室町幕府的将军及以下也是如此。武士阶层要走上更高的阶梯，仅有武力肯定是不行的，可一旦勇武不再，江山也是坐不稳的。这时的武家子弟渐渐蜕变为优雅美少年，与贵族子弟渐渐混为一谈。他们走向了文明，走向了美，连神经也由粗壮变得纤巧柔弱，但当他们失去野性，连性趣味都开始变态时，也就走向了灭亡之路。

谷崎润一郎这样的人，让人猜不透他脑子里究竟装了些什么，然而他也是典型的日本人之一。他阔过，穷过，跟太宰治、永井荷风等几位浪荡子一样，他极阔，或极穷，都不太让人大惊小怪。

花魁

好几位作家都写到日本的游女。井原西鹤之后又有明治时期的永井荷风、樋口一叶。江户初期，东京吉原一带是娼妓集中区，即红灯区。游廓有大门，四面设沟渠，以示与非红灯区间隔。

吉原的娼楼兴盛，天天歌舞通宵达旦，妓女们坐着人力车往来接客，而入了迷的嫖客，还在大门的柳堤上依依不舍。正如永井荷风的风月小说中所描绘的那样，当时较高级的妓院，都是客人先到附近的一家茶楼等待，再由妓楼的人带路，领到妓楼，与妓女相见，以此有间离效果的辗转“求见”的曲折，从而抬高接客妓女的身价。《比肩》中有个叫大卷的花魁，就是吉原地区的当红妓女，她的老主顾中有银行家，有老板，也有议员。花魁最好的归宿，就是趁年华尚好，找个有钱有地位的男人从良。

“所谓勾栏花魁，就是在这儿称宠受敬，外头的人还真不容易晓知的。”

最近看的日本古装片还有《樱花乱》，是根据日本著名动漫女作家作品改编的电影，导演蜷川实花也是女性，电影唯美精致，讲究至极，配的却是现代的电子乐，艺妓花魁踩着极高的木屐，一手扶着小厮，一步一摇，婀娜缓慢地游街。那场景美轮美奂，有一种樱花树和长烟管一起绚烂的浮世之美，是日本特有的艳。

日本的艺伎与人们通常说的艺妓是两种人，有明显的分界线。分界线在哪里？前者卖艺不卖身。后者中高级妓女，也常有吹拉弹唱之技艺傍身，但本质上，她是卖身的青楼女子。但艺伎与客人间就完全一尘不染吗？那也不一定，灰色地带也是有的。

江户时期的日本，艺伎、歌舞伎和相扑被并称为“浮世三绝”。艺伎是明治时代以来的官称，专指那些在筵席上用歌舞乐器陪客助兴的职业女子。江户时代比较太平，俗世的享乐便成了人们的追求，于是就有了花街。比如京都的祇园，如今仍是各地游客的必到之地，为的就是祇园的古风。在那里你可以遇上花团锦簇拖着木屐的艺妓。外出走路时，用左手提起和服的下摆，表示卖艺不卖身，但毕竟还是身在风尘之中，年轻貌美的当红艺妓，与恩客之间总是会有些故事的。

虽在风月场，艺妓也是种技术活，要懂歌舞、吟唱、乐器等以娱乐客人。小泉八云概括过一个日本艺妓的养成记：从贫穷人家里买来那些长得标致的女孩子，卖身契的服务年限从十八年到二十五年不等。主人提供食宿，女孩开始接受各种培训：礼节、舞蹈，学唱各种流行小调，学各种游戏，还要练就穿衣和化妆术。她们还要学习乐器，八九岁开始敲鼓，弹三味线，在宴会中给客人倒酒得姿态曼妙。这一切本领都需要苦练加悟性。十二三岁，是雏妓阶段，开始引人注目，到十七八岁时，她们便以最美丽的身姿与最精湛的技艺与客人周旋，其中翘楚会成为花魁。然后，等待一位满意的客人为自己赎身，获得自由，开始从良后的人生。而大多数成不了花魁的艺妓，在过了盛年之后，都会晚景凄凉。

但男人还是喜欢嫩的。花，要是盛放之前的花。江户时期，艺妓过了二十便开始感叹红颜易老，到三十岁就是老妓了。年华易老！世人眼中最美的，头上总是插着各时令鲜花的雏妓。《伊豆的舞女》里，山口百惠演的雏妓清纯朦胧，低眉含羞，临去秋波。最让人恋恋不忘的，还是纤毫未染过的雏妓。

影片《樱花乱》中日本青楼文化鼎盛时期的大红大绿，到永井荷风的风俗小说《各显神通》时，色调变得淡雅起来。纸隔门内的艺妓，上等的和服，华丽的发髻，日本女子的衣料之美，在永井荷风笔下可见一斑：夏季的长衬衣保留白绉绸的质地，一大片鸭跖草聚在水流中，靛蓝色花朵，嫩绿的叶，以及淡青色露珠点缀的美。艺妓中担得起花魁的，才艺也是极要紧的，琴、三味线、和歌与俳句，总要精一样。学戏要学得跟名伶一般，舞蹈的步态要配得上和歌或俳句诗人的雅兴。虽是身份低微的烟花中人，也要舞得出“怨旅长空孤怅望”的意境，唱得出《夕雾》《桂川》小调的哀愁。

永井荷风小说中的花魁芳名叫驹代，她的一个恩客叫吉冈的，年渐长之后便流于油滑，但想起自己的二十五岁和花魁的十八岁时，不禁也要产生出一种观剧或读小说般的美感。因那美妙，便有如梦如幻到虚无的感觉。

中国有《卖油郎独占花魁》的戏文，日本古时，花魁中也多诗才、诗妓。《新史太阁记》中说，镰仓时期，丰臣秀吉出生的萱津村作为交通要道上的一个驿站，曾繁荣一时，有一位叫阿粉的游女就是水平不错的诗妓，她的恋歌还收入了《续新古今集》中。可见日本古代妓界，也常出薛涛、严蕊，并有和歌等流传下来。

花魁也寄托着男子的想象。钟情的，要千辛万苦地追到手，赎身，娶回家做妾。也有的被遗弃了，因已被达官贵人过了一手，结局倒并不一定潦倒，而是冷寂。《平家物语》中，京堀川的花魁祇王失去平清盛的宠爱后，只能和母亲、妹妹一起隐居嵯峨祇王寺，削发为尼，了却残生。

永井荷风的小说中，花魁驹代先被留学归来的老相好包养，又爱上相貌比浮世绘中英俊小生更美的演旦角的戏子，等到一心想嫁时，却又遭戏子始乱终弃，心爱的男人已琵琶别抱了。正灰心之时，却又峰回路转，当起了艺妓馆的老板娘。传统的花魁出路，无非嫁人，或自己当老板两条路。这种情状，跟清末《海上花列传》中上海滩的长三书寓娇客们也是相似的。名妓沈小红背着花大把银子养着自己的恩客王莲生，与戏子偷情。花魁们要任性使气，就得担得起此后的落寞潦倒。

《樱花乱》中的艺妓清叶，自小被卖到一家叫玉菊屋的妓院，初不甘心，一次次逃一次次被抓回。后来她从小丫头混到花魁了，对待客人也十分傲慢，甚至无礼。这故事安置在江户时期艺妓云集的吉原游廓，清叶的艺妓人生便有了佻达张扬的资本。清叶最终是在玉菊屋那棵多年不开花的樱花树开花时，和自己的恋人奔去新生活了，这也是风月业全盛时期的生机勃勃吧。不像晚清《海上花列传》里的男男女女们，抽着鸦片烟而英雄气短，最后只剩几许失意和怅叹。

花魁清叶红了后，改名叫日暮。包下清叶玉菊屋初夜的，是一个老迈但还算懂得人情世故的嫖客，那老人正是暮年的日落黄昏。老人对年轻艺妓的目光中有色欲的享用，也有长对幼的慈爱。慢慢地，清叶的道行渐深，内心又有凄凉感喟，就配得上叫日暮了。想想看，日暮，一个艺妓的艺名，终于变成了端肃高远的样态，而惆怅、萧索又是骨子里的，载得动黄昏里的东方美学了。

后来在小泉八云的书中，还看到过名叫“君子”的艺妓名。艺妓的名是有讲究的，“一个不幸或不成功的艺妓所用的艺名，绝对不会传给后继者用”。

樱花乱，一念之下，花雨纷纷。有老者又有类似禅语：“每一棵樱花树都是会开花的。”浮世季节花乱开，又是一幅怎样的画面呢？

小 町

樋口一叶的《十三夜》中，一个高坂的烟草店少爷成了浪荡的车夫。他偶遇曾经暗恋的阿关，说起自己的浪荡经历："就算是小町和西施联袂而来，衣通姬在面前翩翩起舞，我还是不会改变我那放荡的性格。"

这里说的三美人，其中有二美是日本的。衣通姬是日本古代允恭天皇的妹妹，美到什么程度？她的艳光能透过衣袖而外放。小町名叫小野小町，是平安时代的美女、才媛，"平安六歌仙"之一。

松尾芭蕉有一句"浮生尽头皆小町"，是什么意思呢？是说浮生若梦，梦的尽头是太虚幻境中的美人吗？还是浮生之世，寻常人物也都成了小町呢，有些令人费解。小野小町，像一个传说中的美人，却又是真实存在过的。她曾在仁明天皇和文德天皇的宫中担任女官，是位女歌人，传下来多首和歌。那些和歌背后的动静，便也有了些画影。那画影里，小町的一笑、一颦、一思都渐有眉目。

《伊势物语》中，出现过几首小野小町的和歌。大约可从这些讲述男女之情的和歌之中，看出小町一生不乏恋情。有情浓之时，秋宵亦苦短，情人归去之际，小町慨叹秋夜不可恃，曾咏"曰秋夜兮为长更，徒具其名实亦短，会时匆匆兮已天明”。分手之后，她还给旧日情郎写去和歌，“思念君兮就寝幄，遂竟梦中见郎君，早知是梦兮愿勿觉”。

也是秋天，那时候小町的恋人是小野贞树，木叶飘落，秋雨淅淅，小町感觉情郎的热情转淡，就寄了首和歌给他，感伤红颜渐老。这位小野贞树已不可考，只知出身贵族，当过日本平安朝的肥后国国司，官品列从五位，但两人交往多长时间，已无从知道。

小町的恋人中，最有名的是深草少将。小野小町所处的平安时代，最是佳人与吉士的言情舞台，男女之间恋爱有一定的自由度。爱慕小町的深草少将，应是位平安时代的贵族男子，据说他的原型是平安时代“六歌仙”之一的僧正遍昭，也可能是大纳言在原业平的儿子在原业宣。深草热恋小町，两人都在京都，当时从深草少将的住处京都伏见区墨染的欣净寺，到小野小町的住处京都山科小町御灵町的随心院，距离大约五六公里。深草每夜或步行或坐牛车，一连九十九夜都去探访小町。平安时代男女的幽会，其实对双方而言都是件辛苦事。男的要星夜上门，鸡鸣归去，第二日还要派人送诗给女的，表示人去而情意不减。女的则在幽暗的闺房内室，从等待开始陪上一夜，等男的走了才能真正安寝。在女家的长夜里，有情话绵绵，也有枕畔香风。深草除非是像贾宝玉那样的贵公子，否则总会有些公务，要上个朝什么的，所以离开情人后，毕竟须白日高卧来补元气。这样连续九十九夜的激情不消，可见爱情之火在男女两方面都是十分高烧的。但在连访小町九十九夜后，深草在第一百夜却因下雪受寒而死，算是为爱情牺牲了。不能确认深草是否真有其人，不过因为爱情炽热，雪夜访情人而染病殒命，平安时代的才女和泉式部的情人为尊亲王正是这么死的。

明治三才媛之一的樋口一叶，在她讲风月界情事的小说《浊江》中，也引用“九十九夜”来试男子情意真假的典故。平安时代的深草少将或为尊亲王为爱牺牲，在日本男子里实属难得了。女人的心里，或许难免要向往这样一位把爱情看得大过生命的情人的。不过深草死后，日本人还是将他塑造成又怨又爱的样子。日本能乐中，有关于小野小町的谣曲，其中有一段是深草少将死后的灵魂附身在小町身上所唱——

那么吾将化身为烦恼恶犬
宁遭棒打也不愿离开
多么骇人耳目的姿态呀
这样竭尽心思
这样尽心尽力
不知踏破多少牛车凳
啊呀思念情人，啊呀思念情人

这样奇幻的中世纪爱情，或许只有在玫瑰色的平安时代才有可能。在刀光剑影的战国时代，小野小町这样的女人，可能难免遭遇西施、貂蝉的命运，被男人当作政治的工具，而深草在第一百个夜晚的死，是轻于鸿毛的。到了战国时代，爱情黯淡下去了，只有武士的荣光，才配得上死亡。小野小町的时代，真乃女性的好时代——平安时代有一种别样诱惑的光芒，是容得下“夜半无人私语时”的柔情小时代。爱情很大的时代，世界总是美的。爱情变得很小的时代，“渔阳鼙鼓动地来，惊破霓裳羽衣曲”，世界就是乱的了。

读了很多传说是小町所作的和歌，如“忧思逢苦雨，人世叹徒然。春色无暇赏，奈何花已残”。怎奈是按汉诗的样子翻译过来的，已品不出小町原作的美妙之处。只是一些情爱的患得患失，借花喻人的呓语和叹息，叹息樱花徒然飘零，人生亦如是之类，似失之于闺秀体的单薄。《古今和歌集》中评价她的和歌“艳而无气力，如病妇之着花粉”。看来，小町的气质也接近于林黛玉，活得长真是奇迹。但平安朝的文学家藤原定家却赞小町的和歌有一种“幽玄之美”。因为语言的障碍，读她的和歌总有一种隔靴搔痒的感觉，终究没法知道小町歌仙和歌的真面目了。所以从人至诗，小町始终是一个雾里看花的小町，就像曹植《洛神赋》中咏叹的洛神。美则美矣，依然还是虚幻得抓不住。

小野小町的飘，又让人想到日本人的“嫦娥”赫奕姬。赫奕姬是日本古代传说《竹取物语》中的女主人公，她从竹子中诞生，由伐竹老夫妻抚养长大，竹女初长成，不肯下嫁帝王贵族之家，到八月十五夜，便像中国的嫦娥一样奔月了。

能剧里专门有一出唤作《卒都婆小町》，描述小町孤独飘零的暮年。好事的日本人，让小町活到很老很老。所以她的晚年，只能是怀念当年自己的风华绝代和自己风华绝代时光中的人和事了。在中国人的审美里，“美人自古如名将，不许人间见白头”。至于感伤起来很像林黛玉的小町是否真的能活得很老很老，再正常不过地晚景凄凉，也不得而知了。

小町的传说中，只有《清水小町》最得吾心。故事中的在原业平也是个平安时代的风流骚客，因为《古今集》中的一首和歌被认为是小野小町作的，故日本历来有传说，小野小町与在原业平也发生过一段恋情。往事渺渺，不可考知，《清水小町》的故事却说某天，在原业平造访住在草庵的年老小町，劝她皈依佛陀。在原业平语毕消失，小町悟佛道，于是离开草庵，四处流浪，最后在日本陆奥的玉造小野之里逝去。他为什么要去造访她？或许年轻时真有过交集？那么这最后的一晤，就有着绵长时光的力量。在日本，这样一位著名美人的归宿，比起中国才女苏小小、冯小青等，已经十分幸运了。

最爱的这首小町的《风入松》，超越了红粉的小世界，有几分魏晋诗人阮籍的味道，也让人想起嵇康的琴曲《风入松》——

常磐林青兮
星霜重染未易容
遍操秋弦兮
飘红尽落之曲终
支离可闻风入松

小野小町的影响力，在现代日本仍是不容小觑的。2016 年大火的日本动画电影《你的名字》，创作者新海诚就说他的灵感来源于小野小町的一首和歌。大致可译为：心念君，入梦中，梦里若能与君会，但愿梦不复醒。此歌收在《古今和歌集》中。新海诚本人的文学素养也离不开《古今和歌集》和《万叶集》的熏陶。《你的名字》中有一幕，古文老师在课堂上讲解，写在黑板上的一首和歌，大致译文是：黄昏时，九月露沾身，待君也，莫问我是谁。此歌与小野小町的和歌呼应，不论古人今人，都会在梦与现实中寻觅自身的另一半，也在寻觅中最终找到归属感和认同感。传说中的小町没有等来深草少将，但新海诚却让在梦里互换身体的泷和三叶，终于在黄昏时通过时空的穿越相见，又通过心灵的感应，在现实中找到了彼此。这或许正是小野小町最向往的唯美爱情吧。

清小姐

清少纳言又是一个什么样的女子？要是你看完《枕草子》又抱着一颗侦探的心，大致是可以猜出清小姐的模样的。

虽然没有平安时代的淑女画像，清小姐应该是长得好看的。因为长得好看，她也自恋，曾坦率地说，人的脸部当中，那特别好看的部分，即便是每天看，还是会觉得，啊，真不错啊！若是图画，看过几遍后就不再会受吸引了。不知她说的是看自己的脸，还是看情人的脸？

自己不好看的话，她就不会刻薄那些长得难看的人了吧。她说的，肤色黝黑又骨瘦如柴的丑女子，戴了假发，同一个干瘦多须的男子睡午觉，也不知究竟是看上对方哪一点而躺在一起的呢？倘若是夜间，反正也看不清容貌，大家总要睡觉的，所以也不必因为自己长得难看而硬撑坐着，早晨早早起身就走，这样才是上计。否则的话，两个丑人睡一起互觑着，才真正叫作活得不耐烦啊。——丑人都没敦伦的资格了吗？有些事，哪怕你再想也不能说出来的。清小姐这样口没遮拦，不知要得罪多少人。这一张翻云覆雨的刻薄嘴，又让人要笑倒。

清小姐好色。她赤裸裸地喜欢美少年，有时候看成年男人也色眯眯的。伊的眼中，穿着好看直衣的平安贵公子是优雅的。清俊的年轻人，不论他穿直衣，或是外袍，或是狩衣，都十分讲究，里面穿的衣服也颇多，袖口看来厚厚的。他骑着马匹，侍从的童舍人追随在下面，捧着信，仰望在空中的主人的脸，好一幅刻奇的画面。两个清秀的男子玩双陆棋子，也是美的。孔夫子说，“吾未见好德如好色者也”，女子好起色来，要一路看男子的细节，甚至还要看能烘托美男子细节之美的细节。

她对世间自然万物都讲究。爱红色唐衣、紫色织物、葵叶花纹。是否有点像唐朝女诗人薛涛？她说高贵的事物，如雪覆梅花；说池中莲花逢着骤雨乃得意畅快之事；品四季风物、山川花草、飞鸟虫鱼，那一种挥洒才情，理所当然，又恃才傲物，毫不谦让。

又是个浪漫的女子。大雪天，且是夜里，极冷，与情人在外面约会，却不舍得放下牛车的帘子，因为这样月光才能直射入车厢深处。她又自恋地觉得穿着七八件美裳，在月光下的自己特别好看。这样雪夜的月下，伊身边的男子，也是一身的华服，且是纽带松开，直衣滑落的慵懒风度，暧昧风流可赏，且能为她一遍遍地吟诵“凛凛冰铺”的诗句，再将被月光照得害羞的她拉到身旁。这风情可爱，可像在临安城大胆约会的才女朱淑贞？

清小姐也爱来自唐朝的玩意儿。看到坤元录的屏风兴味无穷。看汉书的屏风，宛如见到历史。说辉煌的事物，以唐锦来喻。又喜欢舞姬身上白底青花的唐衣。

她也是个多愁善感的女子。连蔷薇这种花的名字，都让她觉得是恐怖的。即便在皇后定子身边很得宠，也常有宫中不同政治势力的纷纷扰扰，遂起隐居的念头，却又贪恋着宫廷生活的优雅、华丽、精致。若真的彻底隐居，再追求品质精致的生活，难免不能如意。于是，即便是定子皇后在世时，她也会出宫入宫地任情折腾。有时候还要皇后写殷切的信请她回去，方肯动身。生病的时候，她也希望有个所爱之人在一旁安慰。也爱怀旧，言语说不忘过去之人，总是饶多情趣，妇道人家，每常如此。

年少的时候，清少纳言大致是个傲娇的女生，仗着有才有貌，皇后定子又宠爱自己，她是有些爱显摆的。她自视清高，不怎么待见比自己平庸的女子。她不谈普通人热衷与信赖之事，却以优雅和情致为上，津津乐道风花雪月。她的知己也甚少，与同样冰雪聪明的定子皇后却甚为相得，好得像闺中密友。可惜皇后难产早逝，清少纳言失去了护佑，从此便离了宫中，不再仕宫。

清小姐倒有几分神似才华横溢、尖酸刻薄的林妹妹。虽不像黛玉妹妹那样易伤，葬花，焚稿，但也时常感喟着流逝不消停者，如扬帆的船，人的年龄，还有春、夏、秋、冬。即便是月亮，她最爱的也是黎明时分清冷的晓月。

她不像黛玉那样，视功名权贵为粪土。清小姐似乎不可能喜欢上白衣秀士，她真正在意的还是公卿达人、贵族公子。她说，至于男人

嘛，要趁着年轻时候飞黄腾达的好。黛玉和宝玉听到这话，又得叱为混账话。不仅如此，她还赤裸裸地说，官位，可真是了不起的东西，那些有一定官位的，会莫名其妙地感觉尊贵，倒也坦率得可爱。这样子功利的清小姐，宝黛是要骂她浊气势利的，但是湘云和宝钗会喜欢她的吧。

清小姐又是那年代少有的女权主义者。她最看不起那些没什么志向，只一味老老实实待在家伺候丈夫，自以为幸福的女人。又说身家不错的千金小姐都应当出来见见世面，这观念，放在今天也是毫不违和。

作为贵族淑女，清小姐并非不关心民间疾苦。伊也同情海女，就是三岛由纪夫的《潮骚》中描写的捞海谋生的潜水海女。清小姐议论说，海女潜水，可真是叫人担忧的工作。万一她们腰间系的带子断了，那可怎生是好？如果是男人做这种工作倒还好，为什么非要女人去做呢？男人乘船，哼哼歌把那救生的绳子抛到海面上，自己却在那儿晃来晃去。她于是愤愤然说："这些男人可真叫人不能相信眼睛所见啊！那简直不是人干的事儿嘛！"她一边为袖手的男人们愤怒，一边为海女们落泪。在中国南部沿海，曾经也有这样叫人难过的海女，为什么是女人潜海而不是男人，这是个多么野蛮的习俗。

像黛玉那样的小性儿，也有教香菱写诗的热心。清小姐也是个热心肠，替别的女官代写情书这种事也乐得为之。

定子皇后难产早逝，她随即失去庇护。等日渐老去，只好出家为尼。晚年，她住的是十分简陋的茅庐，美人迟暮，寿多则辱，在她心中不知曾激起怎样的波涛。身虽已不在红尘，然终有不甘。据说年老的清少纳言远离京都，投靠乳母之子去了阿波国。有一回头戴斗笠外出晒菜干之时，她幽幽自言："好令人回忆从前直衣官服的生活啊！"

人生朝露，谁都是从青丝到白发，伊人的感伤，也是徒劳啊。

心气极高的清小姐，说过一段话："凡事，若不是受人第一恩宠疼爱，便没意思，反不如遭人嫉恶算了。教我屈居于第二、第三，那真是死也不甘心，必定要第一位才行。"这样争强的心性，要内心快乐，真不是简单的事。

清小姐的尖酸刻薄，得罪了平安时代另一位大才女紫式部。她在《枕草子》中毫不客气地批评紫式部的丈夫藤原宣孝，闲话宣孝曾穿着不得体地去参诣金峰山，被人嘲笑。这开罪了他的未亡人紫式部，以至于后来紫式部评论清少纳言这个人时，也颇多微词。这两大才女，一位含蓄蕴藉，气长绵密，故能作出《源氏物语》这一部大书来，而清少纳言敏感尖锐，气短，故能作才情令人拍案叫绝的小品文《枕草子》。可惜她们身处彼此竞争的后宫集团，又不能惺惺相惜，所以就不能像潇湘妃子和蘅芜君那样，成为彼此的知己。

清小姐似乎未能像紫式部那样，在丈夫去世后收获一段藤原道长的爱情，并因此催生出了旷世巨著《源氏物语》。看《枕草子》中提到的，也多似露水姻缘。清少纳言心归何处？似乎也不甚了然。这些约会过的有过男女之情的人物，好像没有一个她真正能爱到“低到尘埃里去”的。

她谈恋爱也是个趣味主义者，清小姐说情人幽会，以夏季为宜。冬天与情人共眠，要卧听钟声，才觉得有意思。她好像也没有深刻地爱过一个人。有个叫右卫门尉橘则光的男子，似乎曾经是她的情人或丈夫，但这位先生才情不够，不擅长咏和歌，长久交往大概乏了情趣，最终两人黯然以终。还有藤原栋世，可能与她有过婚姻。清小姐二十五岁左右仕宫之后，似常在恋爱的状态。平安时期男女交往本就自由，清少纳言的女官身份更添了自由。清小姐的私生活应不会寡淡，伊与藤原实方、藤原行成、藤原经房、藤原成信诸贵公子，似乎都有过暧昧的交往。《枕草子》里，也有软色情的描写——“她身着杏黄色的单衣，暗红色的生丝裙裤，那腰带长长，从衣裳下面伸出，看来仍一任其解开未系回的样子”——与情郎一夜温存之后，任昨宵的衣带宽解着，沉醉在缠绵的慵懒情态里。她又自言男女在晓别的时候，最是风流多情趣，倒有几分唐朝女道士鱼玄机式的豪放熟女风情了。

舞 伎

岁末看的一部很火的日本动漫电影《你的名字》，是被视为宫崎骏接班人的新海诚的作品。很喜欢这部涉及交换身体、时空旅行、彗星撞地球的奇幻唯美电影。它也触及了日本传统文化的部分。故事里的女主角宫水三叶，住在一个叫系守的古老小镇，出生于一个神社传承人的古老家庭，这个神社已经传承了一千年了。三叶从小和外婆、妹妹生活在一起，因母亲去世，入赘的父亲离开家当了小镇的镇长，而这个家庭依然维持着传统。三叶除了是高中生，还是宫水神社的巫女，每年神社大祭时，她都要穿上特有的服装跳一种敬神的社舞，还要制作口嚼酒。但身在现代社会，巫女身份的少女三叶也向往着外面的世界，她想去东京。

因为少女三叶，就想起古代有一个和新海诚的系守镇一样美的地方叫出云，出云有一个叫阿国的会跳舞的巫女。

吉田兼好的《徒然草》中也提到，丹波有个地方叫出云，有个大神社迁移来此，建筑极为雄伟。正是因为这个神社，此地萌发了最早的日本歌舞伎表演。

日本歌舞伎起源于 17 世纪的江户初期，有点像中国的京剧，将历史、服装、道具、戏剧、唱腔、文白、表情、姿态等多种元素熔于一炉。诞生之初是下里巴人，后来渐渐发展成阳春白雪。日本歌舞伎艺史上，有很长一段时间是男扮女装，据说男演员演出的“女形”，虚幻妖艳，如梦如幻，比女人还女人，就像京剧名伶梅兰芳，男扮女偏能倾倒众生。

出云的民间女子阿国，是歌舞伎之母。有传说她是铁匠的女儿。

在 NHK 制作六集时代剧《出云的阿国》中，阿国是个孤儿，父母因门不当户不对，私奔至出云，很快都亡故了，留下阿国这私生女像野草般长大。她无师自通有跳舞的天赋。阿国少女时曾在出云大社当女祭司，出云大社是日本最古老的神社之一，以“结姻缘”的神灵而闻名，供奉的神，是被称为“国中第一之灵神”的大国主大神。阿国最早从出云大社的巫师那里学会跳各种祭祀仪式用的舞蹈，后来为了劝募修复神殿经费，阿国第一次离开了故乡，出门去闯江湖。

阿国来到大阪，因为舞姿特异，马上被赏识她舞技的梅庵大人收留府中。在那里，她遇上了生命中的重要男人，击鼓艺人三九郎。三九郎是位落拓不羁的艺术家，他成了阿国的舞蹈老师。阿国爱上了他。爱上了男人的女人不想跳舞了，想和情郎私奔。但情郎告诉他，他只爱翩翩起舞的她。男人那时真正想的是，用他的鼓和她的舞一起征服天下，成就大名。阿国为爱而舞，果然不同凡响，但是三九郎的爱情，似乎也不那么容易抓住。

三九郎有一种冷酷自私的艺术家魅力。剧中有一幕，是情窦初开的阿国夜里被三九郎的鼓声挑逗，跑去了三九郎的房间，主动投怀送抱。三九郎微微一笑说，“刚才击鼓时祈祷你会来我这里”——他以为的爱情，不过是最怦然心动时的那一刻。此后两人的合作大获成功，但三九郎却爱上了阿国的小姐妹，带着她私奔了。

最后，混迹江湖已久的三九郎或许余情未了，特来向阿国道别。已到门口的三九郎微微回头，淡淡地说：“在梅庵大人的府邸中，我第一次配合着你的舞步击起了鼓，当时我的心中很不平静。”算是对她爱情的交代。

歌舞伎在安土桃山时代自阿国首创，开始时女子表演多，也有男子歌舞伎表演。后来歌舞伎女子难免出现卖春现象，连阿国的剧团也不能幸免。幕府觉得有伤风化，于是规定歌舞伎只能由男子来演。此后男色当道，幕府又把由美少年主打的“若众歌舞伎”也禁止了，让年纪大的男演员扮演女角，即“野郎歌舞伎”，还让男旦把前额至头顶中部的头发剃成半月形，以减少色诱之惑。到了今天的日本，男女歌舞伎都有从业者。艺术与情色的对抗，真是一场挑战人性的持久战。

日本的岛根县古称出云国，《古事记》中，还有关于出云国的神话传说。据说古典的日本美人多出自出云。平安时代，出云的仕女是很令贵族世家向往的。而因阿国这个民间女子，因歌舞伎，出云更被定位于一串颠倒众生的舞姿。阿国也引领了当时的时尚潮流。她作为女子，却像男人一样也在头上结发髻，娇美中带有英气，于是艺妓们争相梳起“岛国髻”。她跳舞时，穿着深红色的斑纹裙，外套雪白的长袍，舞步美得令人销魂。

深爱日本文化的爱尔兰裔作家小泉八云带着一本《古事记》，走遍日本，似乎对海湾边有着古老传说的出云情有独钟。他在出云待了几乎一整个夏天，因为出云是所有的“神国”中最神圣的土地，日本神道教最早的寺庙，出云的杵筑是诸神之都，小泉八云流连忘返，于是写下了出云之夏的日记。他在日记中记录了巫女之舞，也就是阿国流传下来的《巫女神乐》，又怀想起美人阿国来。

小泉八云说的阿国的故事有些不同：阿国是杵筑一个名叫中村门五郎的人的女儿，她在大神社做舞者期间，爱上了一个叫三山的浪人，英俊的三山除了一把剑之外，什么都没有。于是这对年轻人私奔去京都。途中，又遇到了另一名浪人，三人同行，那浪人也爱上了阿国。两个男人决斗，三山杀死了另一个。两人有惊无险地到了京都，忧郁的三山对阿国的激情渐消，而阿国以美貌和独特的舞蹈获得成功，声名远播，还创造了日本第一出世俗戏剧。后来他们又去了江户，三山也成了成功的演员，门下有许多子弟，还创建了以自己名字命名的剧院。三山去世后，阿国回到故乡出云杵筑城，削发当了尼姑，还在古城建造了连歌寺。因为阿国对日本歌舞伎的贡献，她的家人一直以来都享有某种特权，比如拥有分享杵筑剧院利益的权利等。

两个关于出云的阿国一生的说法，不知哪一个更接近于真实。小泉八云讲述的阿国故事，听起来更像是一部女舞蹈家的正史。

《细雪》的导演市川昆另有一部著名的电影《雪之丞变化》，被视为讲男子歌舞伎传奇的经典，根据三上於菟吉的同名原著改编。讲的是德川幕府末期，松浦屋清左卫门受人陷害，被以走私之名定罪，家财被抄且全家流放。他的妻子不堪受辱，悲愤下自尽。松浦屋也愤而自杀。自杀前他嘱咐幼子雪太郎报仇。十五年后，雪太郎成为江户大名鼎鼎的男旦中村雪之丞，在舞台上颠倒众生，台下观看他表演的女人会说："这么漂亮，连灵魂都被他勾走了。"因为领主土部三斋的青睐，他终于得到复仇的机会。他有意接近仇人土部三斋的女儿浪路，浪路爱上了雪之丞，不顾大奥中葛（幕府将军后宫的女官）的身份要和他私奔，却不知道这一切都是雪之丞的复仇之计。雪之丞面对浪路的真情虽也曾犹豫，但一想到母亲受浪路父亲凌辱而死，就决意要复仇，无辜的浪路因此自杀。雪之丞的扮演者长谷川一夫就是一位著名歌舞伎男旦，是日本 20 世纪 30 年代的美男子，与电影明星李香兰有过多次合作。李香兰曾感叹，长谷川一夫表演起女性的柔媚来，连身为女性的她都自叹弗如。这位长谷川一夫出身于京都歌舞伎世家，五岁就登台表演，而且他曾两次在《雪之丞变化》中饰同一角色。1935 年，风华正茂的长谷川一夫还是美少年，在黑白版《雪之丞变化》中饰雪之丞。1963 年，五十五岁的长谷在市川昆的彩色版重拍片中再次演雪之丞。此时他虽已色衰，但就像片中的“野郎歌舞伎”雪之丞那样，眉目之间依稀有颠倒众生的妖娆。

另有 2008 年拍的时代剧《雪之丞变化》，由日本 80 后男星泷泽秀明扮演男旦雪之丞。这位男星演过大河剧《义经》的男主角源义经，曾刻苦学习过能剧表演。《雪之丞变化》中，泷泽秀明身穿和服，走着日本女子的小碎步，一举手一投足，也已有了几分长谷川一夫的遗韵。日本的歌舞伎传统，并没有在新时代里成为绝唱。

白拍子

至于白拍子，比阿国的歌舞伎时代早多了。白拍子专指平安末期的歌舞，跳舞的舞女，也叫“白拍子”。

《平家物语》中，关于白拍子是这么说的——

舞伎始于鸟羽院时期，最早由岛千岁、和歌前这两人表演。起初舞者的装束是穿着“水干”，戴着立乌帽子，腰插银鞘腰刀，扮作男子，称之为“男装舞”。后来立乌帽子与银鞘腰刀都被除去，舞伎只穿着“水干”，甩动白色的长袖翩翩起舞，因此这一歌舞被唤作“白拍子”，深受贵族们的喜爱。

《徒然草》第二二五段，是一个叫多久资的人讲述的白拍子的逸事——

通宪入道选出了几段有意思的舞式，教名为矶禅师的舞女跳。跳舞时，舞者身穿白色水干绸狩衣，配带鞘卷，头戴乌帽，故称为男舞。矶禅师的女儿名静，继承了这种舞蹈。
这就是“白拍子”的来由。舞蹈的歌曲唱的是佛和神的源起。

从各种大河剧里看到的白拍子歌舞中，你能感觉到一种脱俗又清丽的古典美感。白拍子着“水干”，有一种清秀少年的美态，不是阳刚的男装，而是中性中带着一点女性的秀媚。白拍子的乌帽子和盘发使白拍子舞女正面看起来似英俊的男子，而背面却是妩媚的女子。白拍子整体造型给人的魅惑感，有点像林青霞演的东方不败，亦雌亦雄，抑或唐宫武则天身边穿男装的女官上官婉儿。

《徒然草》中这段说的“静”，正是平安末期大将源义经的爱妾静御前，她曾在神泉苑的祈雨仪式上为神跳祈雨之舞。因为惊人的美貌，又红颜薄命，静成了日本野史上几乎家喻户晓的人物。她的母亲矶禅师，也是当时有名的白拍子。教矶禅师的这位通宪入道，是平安末期的著名藏书家，他的藏书中就收有《寒山子诗一帖》，可见他除了是唐文化的热衷者，还是位像唐明皇李隆基一样的音乐家。

此后，热爱唐文化的平安时期诗人源光行，为白拍子写了不少歌词。源光行本是嵯峨源氏一族，即从天皇家降为臣籍的皇家后代。源光行在当时十分推崇唐朝诗人李峤和白居易的诗歌，由于他的推广，白居易成了日本最受欢迎的唐代诗人。白拍子原先的流行歌词，被源光行一改造，也有了清雅的文学之美。

多才多艺的后鸟羽天皇，也为他宠爱的白拍子舞女龟菊写过白拍子歌词，龟菊后来成为天皇的宠妃，即龟菊局。后鸟羽让位成为法皇之后，热衷于登山拜庙。建仁元年（1201 年），后鸟羽第四次去熊野参拜。随行歌人藤原定家所著的《后鸟羽院熊野御幸记》一书中，详细记载了参拜的行程，他们在王子社、本宫、新官、邪智等共计九个地点，表演了敬神的法乐，其中就包括白拍子。承久元年（1219 年），后鸟羽将摄津国长江和仓桥两地的皇室庄园赐给龟菊局，然后传旨镰仓，下令替换长江、仓桥两地的地头，而当时庄园地头正是武士的权力范畴。幕府掌握实权的北条义时拒绝接受命令，法皇盛怒，在承久三年（1221 年）宣旨举兵讨伐北条氏。这就是著名的“承久之乱”的开端，法皇代表的朝廷斗不过北条氏执掌的幕府，遭遇了被幕府流放的凄凉下场，朝廷所拥有的千余所庄园领地全被没收。白拍子龟菊，从平民一步登天，万千宠爱在一身，岂料在皇家势力与幕府势力的角逐中，无端成了红颜祸水，类似大唐宠妃杨玉环引发了“安史之乱”。虽不知她的所终，料想也不会好到哪里去。

平安时期的历任天皇中，似乎有多位天皇或太上皇迷恋白拍子。有位白拍子舞女也曾是白河天皇的宠妃，但她毕竟只是舞女而不是贵族出身，在宫里的地位不高。白河天皇似乎比后鸟羽天皇刻薄寡情，这位白拍子几年后失宠，重又流落去了民间，隐居起来。从此，民间又多了一位白拍子的美丽精灵。后白河法皇一生行事乖张，却天生是个艺术家，也大爱白拍子，还有他微服去民间寻找白拍子曲目的轶事，也不知可信度如何。不过流传下来的，在他亲编的《梁尘秘抄》中，确实收录有几首白拍子的曲目。

白拍子们戴着男式的黑色立乌帽子，佩带黄金打造的太刀，乐队以小鼓、笛、铜钵子伴奏，白拍子舞女一边清唱一边起舞。男子舞以“今样”为唱本，今样即一种七五言的短歌，八句或十二句为一首，和着鼓点而唱。

令人叹惜的是，和后来出云的阿国一样，最美的舞女最后总是从民间流入禁宫，殊途同归。有一种传说，出云的阿国后来也入了宫，仿佛不知所终，民间再也没有她的消息了。据传，阿国以歌舞伎出道后，很得织田信长和丰臣秀吉的欢心。进入了贵族圈子之后，她也再不是那个民间的舞女阿国了。

小泉八云对古代的舞女白拍子心存向往，而埋怨世风日下。在他心目中，古代的白拍子穿着俊丽的舞衣，戴着金子装饰的帽子，在王公的府邸仗剑而舞。在所有关于白拍子的传说中，还是小泉八云讲的一个白拍子的故事最打动人心——

一个年轻的画家在写生游历的途中，投宿山间，遇到一位妇人。她向他讲了自己的身世，原来，她曾是京都最有名的白拍子舞女，和相爱的男青年离开了城市隐居在山里。两人最大的快乐，就是他弹琴，她跳舞。后来男人死了，她依然每晚在他的牌位前起舞，就像过去一样。又四十多年后，当年的画家已成皇室喜爱的大画家，乞丐模样的老妇人辗转找到他，要求他画下她年轻时候穿着舞衣的样子，原来老妇就是当年他见过的那位白拍子。因为他们见过，所以他画下了她当年的样子：眼睛亮如青鸟，身材纤竹一样窈窕，穿着绣金的丝绸舞衣。在画家的画笔下，逝去的优雅回来了，而白拍子老妇完成了她的心愿，安静地死了。

逝去的美好，只在后人的追忆之中。这真是一个关于白拍子的幽美故事。

朝 颜

明治三才媛：樋口一叶、与谢野晶子、若松贱子。三人中樋口一叶最薄命，却也被后人惦记得最多。二十五岁成名的张爱玲说出名要趁早，一叶快快红，快快走，她出名不到二十四岁，但二十四岁却已把一生过完了。一叶短短的人生，曾两度搬上日本的银幕。最早的电影是 1939 年的黑白老片，只可惜至今未得见电影的真面目。连作家余华也曾写过文章，赞赏樋口一叶的才情。

樋口一叶，约两个甲子前因肺结核去世的红颜，日本人叹惜她才二十四岁就消散的生命，又爱赏她惊世的才华，就将她印在了五千元面值的日币上。她活着时太穷了，死后却被印在纸币上，一叶若知道这种吊诡的怀念方式，恐怕未必答应吧。

看到一张一叶的老照片，还有她的素描肖像画，都是乌云般的高岛髻，秀丽清淡，细眉长目如画，如上一世的朝颜，弱冠而夭。日本净琉璃有《朝颜日记》词，“露未晞兮光照花，可怜微雨稍稍落”，正是樋口一叶的写照。一叶之让人疼惜，如同样因肺病早逝的千古美人林黛玉和茶花女。

又叹一叶的身世。她小学毕业后退学，后来进入私塾“荻舍塾”，和一群贵族淑女一起学习和歌等古典文学。同学中大多是明治时代的大家闺秀，只一叶属于小家碧玉，相比闺秀们的华丽衣衫，一叶的布衣显得突兀。幸好一叶有才，吟诵之间，很快获得老师中岛歌子的器重。一叶少女初长成，在“荻舍塾”也结识了一些文学圈中的人物，有心从事文学创作。到十六七岁时，一叶家道急速败落，一家之主的父亲忧心致死，她饱尝从中等阶层坠入贫困的痛苦，为生活之计，才女只得当起洗衣妇，缝纫衣裳，以糊一家之口。后来见“荻舍塾”的师姐田边龙子以小说《薮中莺》而成名，一叶也决心以文为生。

想起同样少女时代体质羸弱的林徽因，她弱冠之年也得了肺结核，幸而未夭，乃是得益于身后优越的家庭，若染病的一叶也有可以供养她到南方疗养的家庭，那么被称为“古日本最后的女性”的一叶，或许也能活到林徽因的知天命之年。从青年到中年，她所历经的人世，会让她在这个人世间留下更多更美的文字。

明治时代，古风与渐至的新风交织在一起。幕府政治昏暗，进入没落期。这时代，也加剧了个人命运的动荡。一叶本来有机会成为清闲的闺秀，命运一转，她却从少女时期开始就饱经贫穷之苦。一叶的父亲樋口则义出身农家，和一叶的母亲年轻时私奔到东京，建立家庭。这个男人是一个明治时代的奋斗者，他从底层做起，聪明能干，后来投靠到幕府，又从打杂开始，一点点发迹，成为小康士族。但则义式的个人奋斗，最终仍不免是个悲剧，他苦心经营的金融等事业失败，导致全家陷入困境。这个曾经的奋斗者撒下家庭绝望而死，接着，家中唯一的倚靠、一叶的长兄又染肺结核病逝了。

在女儿一叶的眼中，父亲是个重利者，她内心甚至有些鄙视父亲。她自己对金钱的看法是：“浮世之人徒奔利欲，诚属可厌，见为此狂竞，觉金钱者尘芥耳。”但现实又是一种反讽：失去了父亲的金钱庇护，一叶少女之初刚刚构建起的古典唯美的世界，就在风雨中崩塌了。她从一个闺秀私塾的女学生沦为底层劳动女性。至此，一叶从事的文学生涯早已不是淑女们闲来的精神生活，而是实实在在的卖字为生了。

恰恰是一叶全家搬到东京贫民区居住的近一年时间，将她推向了流芳后世的文学高度。一叶与贩夫走卒、花街游女比邻而居，屋子简陋，不隔音，夜里，游女与嫖客们的浮声浪语尽入耳底，久而久之，她对各种贫贱的营生已见怪不怪。家里经营着一家杂货店，一叶在开店的间隙才能写字。她的小说有了现实的、直面人间的气息。明治时期的庶民生活一一写来，既有哀伤忧愁，也有活色生香，日后的名著，就是这样在绝境中被催发出来的。

一叶借小说人物说的话，未必不是自己的心声：“回顾自己这一生，不由得嗟叹浮世多忧，嵯峨野的佛堂嫌远，就此虽然即可遁入空门，着尼衣墨袖，难道只为那男人心而秋色独赏，念诵半生不熟的佛经弃绝世事吗？”

若能像作家萧红或作家凯瑟琳·曼斯菲尔德那样活过三十岁，那么一叶应该会遇到一段像样的爱情吧。一叶和萧红那样，也遭遇了退婚。那个她父亲临终时亲手托付的未婚夫涉谷三郎，见她家已败又有欠债，就薄情地退了婚。然而，过了几年他又反悔，想娶一叶，被一叶冷淡地拒绝。一叶尝到的世态炎凉，一定比张爱玲多得多吧？不过她这样美丽又柔弱的才女总是不缺男人的。一叶后来爱上了自己的文学启蒙老师半井桃水，但在社会压力下，她还是与私生活名声不佳的老师半井断绝了交往。此后一叶顺着她的文学轨迹羽翼渐丰，想必有过不再一直压抑的爱——这是一种设想。但爱了之后呢，一叶的爱情是否以美好收场，这又是无法预测的。

可以想见的是在二十四岁早夭的一叶的内心里，也并非只有日本女子的柔顺。她感叹墙边盛开的朝颜，朝绽暮凋，尽其生命之本怀。她借《暗夜》中的女子阿兰之口，道出自己的心声："要狂，就要与世共黑暗。运气好的话，做个留名千载的女子，否则只图一时荣华，末了化为山野之露算了。"

一叶不是金枝玉叶，她是尝尽了世间炎凉的。穷困之时，需要借钱，她也曾刻意与有钱的男人周旋，幻想有男人会在物质上帮助她，她就可安心写作，怎料俗男人要的是她以身做妾，而不是让她有放飞才华的轻灵自由，她只得愤而拒绝。但为了钱，她依然得委曲求全地与男人周旋。

这样风霜雨雪中的一叶写了四千首和歌咏草，还有大量的日记。

一叶未免让人想起英国诗人济慈，也是贫穷到要人接济，也是很年轻就染上肺结核，家里也有个兄弟先死于肺结核，最后自己也宿命般地死于肺结核。他们属于被上帝选中了的天才，都是楚楚可怜之人。一叶不负上苍，终究拼却了如朝颜、如朝露般短暂的命，成了一个留名千载的女子。

不免又猜测，若一叶能有勇气，管它叽叽喳喳的外界噪音，对那些未必真心希望她幸福的“荻舍塾”淑女们的闲话置之不理，和与自己相知的半井桃水做一对文学伴侣，她会那么早就凋零吗?

荷 风

在东京找到了永井荷风的故居。故居的遗址在灯红酒绿的新宿，离台町紫罗兰公园不远，与另一位入了日本籍的作家小泉八云的故居挨得很近。永井荷风和小泉八云就像硬币的正反两面。永井荷风从日本走出去，他迷恋西方文化，觉得法兰西女子要比日本女子美丽。而小泉八云呢，一个西方人，却迷恋上日本文化，娶了日本妻子，又从妻姓取了日本名字，在日本长久地待了下去，生了根，越来越像日本人。这两个人，都是从自己的真性情出发，都是极可爱的。

初夏时去昆明，飞行三小时，带的是永井荷风的《美利坚物语》。永井荷风陪着从江南到云南，再到边陲的西双版纳，回来时，书页不再挺括。“日落已过了半个时辰，晚霞的色彩逐渐淡化下来”，不经意掠过这两句，就关心起永井荷风作为旅人的心情。

荷风是这样的人：为人孤僻，一生我行我素。在飞机上读他的第一篇《船舱夜话》，便记起张岱的《夜航船》。夜里那幽深的、低回的，是荷风的夜话。荷风文字中有山峦叠影，有晚风，有海上抱团取暖的旅人，他们一起聊天以打发孤寂。人在天涯，没有行脚僧，也没有澹台灭明，依然让时光悠长起来。

荷风是一百年前的人，像法国诗人波德莱尔所说的，真正的旅人只是这些人，他们为走而走，心轻得像气球。不过，一生到老都沉迷于市井勾栏的荷风肯定不是多有出息的人，至多也就是个奉旨填词的柳三变。脂粉堆的脂粉，有一天会老去，旅人荷风，旧时代里的荷风，只能颓废在不合时宜的大荒凉里。

这位荷风在法兰西和美利坚都做了长时间的旅人，总能和漂在异乡的各色人等闲话，或与艺妓、流莺等春宵一刻。固然有他的恶趣味，但他流连于此，将他流光溢彩的经历写下来，倒也不恶，甚至那异色情调常如暗香漂浮，如他听到的风月场的俚俗歌声："强饮酒是为了掩盖被泪水弄脏的粉脸。"他可算是东方的波德莱尔了。

还有横光利一，也是在法兰西如鱼得水的另一位日本旅人。比起永井荷风的颓，横光利一要健朗一些。谷崎润一郎只来过中国，横光利一可是到过欧洲的，他曾经和在西方闹腾的达达主义要人们多有交往，一起喝酒，一起夜聊，或许也曾一起泡妞。他的视野更宽，东西方两种文化更交合。谷崎润一郎是耽美派，永井荷风和横光利一是新感觉派，那个时代的日本文学，称得上繁花似锦。

民国著名文人胡适、郁达夫、徐志摩，都曾出入过花街柳巷，他们的日记和作品中都有记载，但深度沉迷则另当别论了。日本文人在荷风之前，这样经常出入游廓的文人也不是没有。江户时期著名儒学家浅见重次郎的一位门人，名叫三宅观澜，就以不守规矩闻名。他放纵不羁，经常出入妓院游廓。另一方面，他是儒学家，在儒学上有自己的坚守。

说起来，荷风是周作人的同辈人，只比周作人大六岁。周家老大肯定是欣赏他的，一个柔软的日本公子，不然怎么把荷风比作日本的郁达夫呢？

夏日去大理的路上又读到永井荷风的另一本《晴日木屐》。荷风家境好，有闲时、闲钱、闲情，便咯吱咯吱地踩着晴日木屐，走小街，穿小巷，慢慢腾腾。散步所到之处，总有无限风情。或薄暮毁垣春雨里，或坏宫芳草满人家，这也是从前古大理国的景致，一样是毁垣废墟的热衷者。现在的丽江大理古城却那般热闹繁荣，无一丝荒凉处，荷风式的哀愁却是无处安放了。

是这样子，丽江大理这些“别处”，如今有百分之百艳遇及邂逅的自由。到了夜晚，空气都是催情的，活跃得紧。但太多人有备而来，载欲望而来，反倒丰盈拥挤，像眼前喧闹的古街，再无空灵的想象余地。看夜晚坐在四方街附近热闹酒吧里的男女，若不遇上谁，或处于几晚的孤独状态，反倒像任务没有完成的不甘，不会再有人在天涯，“相见时难别亦难”的荷风式惆怅了。

倒是荷风的影子陪了一路。晴日木屐、蝙蝠伞、柳丝花片，加一双色眼。除了在双廊的洱海边自带咖啡和立顿红茶，吃鱼吃虾的完美发呆时光，一路最好都有永井荷风。

“我不过只是你的昏迷哟，亲爱的人——只是你的一个幻影，一个梦，只是在你的人生路上飘过的一片暗影罢了。”这话虽是一个识时务的艺妓说的，却也像是荷风说的。荷风，旧时代的末世公子，他不过也是一个幻梦制造者，不仅造着些烟柳绮梦，自己也生在那梦里。

后来收了永井荷风的《濹东绮谭》，对荷风的风月小说可有一观：一个绮字，情痴、情执、情迷，可都被他写了去了。

想读一读《断肠亭日记》，这是荷风的又一冷门书，冷寂得快被遗忘了，不知何时能到手。杭人许志强乃浙大才子教授，曾读三遍《断肠亭日记》，有感而记：“《断肠亭日记》读第三遍。其中一则日记（一九四四年三月三十一日），每次重读都不禁沉吟再三。能够做到像知堂随笔那样平和冲淡，固然是好，终归不如死不改悔的色情、迷情、伤情来得有滋有味。”

读一本好书，想着另一本好书。看来，在真正读到永井荷风的断肠佳句前，对这一本书的相思不能解了。

谓断肠者，总不免悱恻缠绵。宋代女词人朱淑贞一生不幸，写词字字情泪，在理学盛行的宋代简直大逆不道。她死后词集名《断肠集》，皆是些哀艳顽绝的个人情怀。肠断处，总是情关。永井荷风乃日本郁达夫，《断肠亭日记》记录了浮生十六载光阴，至五十五岁，已自称荷风老人。少年时再是风流倜傥公子哥儿，如今也熬得满目凄凉了。

荷风的可爱之处，在于他是懂得美的。对世俗美物的赏识，这一点上荷风有点像清朝的李渔。《断肠亭日记》中说，昔时家中蓄有妻妾时，室内荡漾着脂粉味，瓶中的花香反而没那么馥郁，草庐的清趣也被女人的气息破坏。但荷风是老实说话的，所以他又说，完全断绝人欲是不可能的，蓄妾之乐也不是轻易摆脱得掉的。对荷风来说，治学与放荡都是乐事。四十出头时，他迷恋一位名叫阿富的妓女，阿富的父亲原是办厂的，生活也曾穷奢极欲，后来家道中落，阿富又婚姻不顺，便主动沦落风尘。她后来从良，却又因为缺少衣服化妆之资，二入风尘。荷风在勾栏遇到阿富时，她已三十二岁。在荷风眼中，阿富脸若敷粉，苗条如柳，极尽凄艳之美，又有衰颓的风情，是堕落女神。这阿富应该是十年后的《雪国》中的驹子吧。荷风年轻时游学法兰西，或许也曾受到法国象征派诗人波德莱尔《恶之花》的影响。波德莱尔诗中黑色的、慵懒的情人，与荷风笔下的阿富，一东一西，像一对颓艳的两生花。

荷风说他自己总是同情弱者，看到被虐待的人常感怜悯，看到街上互相依偎的恋爱男女就窃喜，所以不妨猜想他是个有贾宝玉心肠的日本公子。荷风年轻时游历欧美，虽然见到长腿美艳的洋女郎，就批评日本女子腿短脸平，仿佛是要将红磨坊的女郎当女神了，不过等他回了东洋，尤其是人到中年后，西服审美还是让位于和服与木屐。他依旧喜欢三月樱花初放的墨堤，以及根岸一带艺人聚集于温泉旅馆的古风雅韵，对东方美人也似乎更加沉迷了。他自况曾为了一位名叫园香大木户的艺妓耗尽钱财。不过一年光景，与此艺妓的欢情却不再如当初相见时，多情的荷风不免心生悲凉。红尘中执迷不悟的结果，却也结了无心之花，与园香大木户的交往激发了他的灵感，才有了《绣球花》等风俗小说。

荷风还记下了维新派首相大久保利通遇刺的那一日。那个时期的日本，新旧两派势力剑拔弩张，维新派首相在一系列雷厉风行的新政后，就被不满的保守派刺杀于东京车站。事发当天，日本朝野震动。不过这位浪荡文人并不关心政治，说大臣之死对他来说跟牛马之死也差不多。那一日，他和一名叫百合子的女子晚餐，看戏。至夜，与百合子在炉边饮桂酒后就寝。百合子是谁？不知是否乃砍伤沟口健二的那一位百合子。

话说日本著名导演沟口健二二十出头时，也常年流连于风月场所。1921年，他认识了一个叫百合子的妓女，两人交往了四年。1925年，他被百合子用剃刀砍伤了背。对于这起桃色事件，沟口还有些引以为豪，他说“如果不挨女人的剃刀，是创造不好女人形象的”。他拍过名片《祇园姐妹》，描述艺妓的悲惨生活。又拍了《残菊物语》，讲歌舞伎的严酷演艺生涯。无论这百合子是否同为一女子，荷风与健二都有些相似之处，也可以说是同类。

永井荷风这等不问世事只关风月的浮浪文人，一生写了些风月小说，又号风俗小说，虽格调不高，文字却是美的。荷风到老也享了些文学名誉，曾与天皇同席吃饭，又与谷崎润一郎成为知交。因为不务正业的风俗文学，他一生的收梢也不算太惨淡，这应该是很出乎他的家族的意料了。

思无邪

中国古代《诗经》中，有很多男女间毫不做作的直露表述。在天真的春秋时代，民间的男女还没有那么多的避讳，许多大胆的爱情表白，今人读来还让人觉得难为情呢。日本的平安朝，男女关系也是挺开放的，男女之间的“思无邪”，也都直截了当地表露出来，不以为羞。

《伊势物语》中读到一段路上搭讪的故事。从前，有个住在被称作西院之处的人。一日，他去了市集，见有一辆女车，便过去搭讪，问起：“住哪儿啊？”那女的就咏了一首歌：

我家位兮云居峰，高高在上攀不得，教亦徒然兮路阻封。

男的这样答歌道：

虽乍见兮心思染，情深不惧攀登难，云居峰高兮何畏险。

不过这男人虽答得优雅体面，调了一下情，终究还是知难而退，丢开这路上的艳遇走了。这故事，说的不就是骄傲的日本罗敷姑娘拒绝了市集上搭讪的使君的故事吗？搭讪罗敷的使君，是在田野间，而这日本男子，则是在热闹的市集上勾搭小姑娘呢。此中也有一种天真之气，让人以为可喜。

看中眼了，一来二去，郎有情妾有意，如遇上家庭阻碍，抢婚、私奔的事也时有发生。《伊势物语》中有一则“清和井之水”，讲的是平安时期，有个男人抢婚一个女子。两人私奔的途中口渴，终于找到了有水的地方，因为跑得急，没有携带杯子，男的就只得用手掬水给女子喝。但后来不知为何，可能是因为私奔失败，鸳鸯离散，男子上得京邑，又回到以前和女子一起路过的地方。经过那个曾经饮水的地方，他咏了一首绝望凄美的和歌，咏毕，竟伤心而死。这位痴情的男子，倒也令人纳罕了。

平安时期既有古俗抢婚，但这则故事中的男人抢婚未成，可能新娘还是被娘家人半路抢回去了。于是他故地重游，伤心而死。

《诗经》中闾巷男女之歌不时可闻，而日本和歌中，也不避讳男女情热，奔放不忌的性与爱场景。思无邪，青春就是这么奔放不羁。《伊势物语》中有“梅壶殿”一则，见一女子自宫中的梅壶殿淋雨而出，雨中情挑的男子，为衣服湿透的女子咏了和歌——

莺舞枝兮忙缝花，盼能借得梅花笠，好教人儿兮返其家。

岂料那女子的答歌，却比带有几分含蓄的男子大胆得多了——

云何笠兮日莺缝，但愿分得相思火，便将焙衣兮还情浓。

要是你借我一把相思之火，那么烘干了的我的衣裳，就送你做定情之物好了。好一个平安时代的热辣妹子啊！不知这男子，如何接辣妹子的招呢？

日本人自古对性看得开，不像中国人受礼教束缚深，一向谈性色变，遮遮掩掩。他们的春宫画一派天真夸张。尤其平安时代，天下还算太平，于是男女事大，原始的欲望也得到解放。流传下来的恋人间的和歌酬唱中，不乏浓艳的情色意味，却也能登上《古今和歌集》之类的大雅之堂。《古今和歌集》中有这样一首和歌——

下纽弛兮有人思，我纽安然未松解，君称爱恋兮或可疑。

这歌里说的“下纽”，是指下裳之纽，直露点说就是胯下之纽结。当时的人相信，有人思恋自己时，下裳之纽即行松解。写这和歌的女子，说自己的下裳纽儿并未松解，所以怀疑男子说的思恋自己之事，或许只是虚词。这样直抵下半身的歌词，堪比今日的身体写作了。

关于下裳，还有更露骨的和歌。中国民间乡里直谓男女性事为“脱裤子”，听起来粗鄙不堪，而在日本和歌里，“下纽”也意味着男女宽衣解带共赴云雨巫山。《伊势物语》第三十则“下纽”，讲从前有个男子，与一女子相恋，幽会，但是挺担心那女子风流多情，恐怕她不耐寂寞，不止和他一个人幽会，于是写了首温言告诫女子爱情要专一的和歌给伊——

勿为解兮裳下纽，朝颜花色虽易移，除却我外兮莫相受。

意思就是：亲爱的，即便你的心像朝颜花的颜色一样易变，也请你专一点，不要和我之外的男人睡觉啦。这日本男子，恨不得有把欧洲中世纪男人给女人的贞操锁，好束缚住恋人复杂易动的春心吧！而那女子，看了这样怀疑她风流好色的和歌，竟也不恼，反倒写答歌去安慰脆弱的男子，说亲爱的你放心吧，奴家除了一心等着和你重逢，断不会独解裳下纽，和别的男人睡觉。伊果然是有手腕的佳人哪。

男女之事数千年，似乎越往人类的早期去，越显得健康、欢快、明朗。《诗经》中有“有女怀春，吉士诱之”，写野合写得那么紧张刺激，“舒而脱脱兮，无感我帨兮，无使龙也吠”。性之勃勃时，人类的生机也勃勃，比起晚近所谓文明社会的存天理灭人欲，比起变态的小脚癖，和如今电子时代下的低欲望社会，这下纽之歌的早古时代，真要明媚得多了。

道是只有下里巴男女间才有这般的孟浪吗？且看《伊势物语》，讲主人公在原业平与少年恋人藤原高子之间的私情。那时的高子未尝入宫侍帝，更没有成为尊贵的二条皇后，还只是普通的贵族少女，与美男子兼才子的在原业平热恋，两人郎才女貌，十分相得。在原业平的情诗，大胆表达了自己的热望——

若有情兮得共寝，荒屋蔓草非为嫌，叠袖为褥兮同衾枕。

两个门第高华的贵族少男少女间的恋情，如电光火石，缠绵悱恻。高子后来被迫进宫，直到成为二条皇后和太后。看来婚前与在原业平有枕席之私，在平安时代也不是什么见不得人的事。另一对贵族情侣，你侬我侬之时，男的更是在和歌中直白地对女的说，和你共床共枕颠鸾倒凤八千夜，我都不会厌倦。

或是上行下效，平安时代的男女风气，才会如此活色生香吧。

至近现代，日本诗歌中依然有这样大胆的“思无邪”表达。在现代日本诗坛享有盛名的女诗人与谢野晶子，在她著名的诗歌《乱发》中写道：“春思之国恋情之邦，曈曚发亮，幽香来自梅花发油？稚嫩皮肤含热血，只懂说教，岂非寂寞。留人欢悦春宵夜，覆琴乱发复乱发。”好一句“只懂说教，岂非寂寞”。

这还不够，一生生了十一个孩子的与谢野晶子，还写过一首叫《假如》的诗。这是更直接的，赤裸裸的挑逗啊——

和服的袖子
三尺长。
又无紫色带子绑着，
如果你敢，
就拉开它。

风 化

匈奴人有这样的习俗：儿子可以在父亲死后娶父亲的妻子为妻。当然，前提是没有血缘关系。当年王昭君和亲，就先后嫁了父子两代单于。昭君也只得入乡随俗。古代日本在各方面师法中国，礼教风俗上也没那么严厉。

佛教自公元6世纪传入日本。佛教是宣扬禁欲的，但岛民们好色心盛，佛教到了日本后也是可以变通的。据传，最淫荡的和尚不是后来的一休，而是奈良时代的道镜和尚。这位道镜类似于中国秦始皇之母的情人嫪毐，更像武则天的面首僧人薛怀义，得到孝谦女天皇专宠。

《日本灵异记》有“弓削氏僧道镜法师，与皇后同枕交通，天下政相摄，治天下”数语，可见道镜权势之盛。公元765年，女皇任命道镜法师为太政大臣禅师，一年后又赐封法皇，待遇一同天皇，真是完全不把风化这回事放在眼里。而后世也不避讳女天皇的任性。

平安末期还出现过藤原多子一人成为“两代之皇后”的异事。多子是大炊御门右大臣公能之女，又是左大臣、平安时期著名学者藤原赖长的养女，世称天下第一美人，且多才多艺。她善书画，晓音律，善弹琵琶，名声在外。她先嫁给了日本第七十六代近卫天皇为皇后，岂料近卫天皇年仅十七岁就驾崩。此后多子低调行事，迁出皇宫，搬到别处府邸幽居，不再抛头露面。到二十二三岁时，却被新天皇二条天皇看上。二条天皇性比唐玄宗，他的左右常到宫外去为风流天皇访艳，不知怎么竟访到了幽居的多子头上。不顾多子已是太皇太后的身份，二条天皇偏寄去炽热的情书求爱，多子不理会。二条天皇一意孤行，要册封她为皇后，令她进宫。多子本人觉得这是种羞辱，遂写歌抒怀：

悲苦忧愁至，何不覆水沉？今似河竹徒漂流，史无前例留恨名。

但她父亲右大臣贪恋荣华富贵，毕竟去世天皇的太皇太后不如皇后风光，觉得未尝不可，还说多子再嫁这是为家族尽孝，多子只得屈从。这件有伤风化的事，大臣们私下议论了几下，也就木已成舟了。多子入宫后居于丽景殿，却也时常想起做过少年夫妻的近卫天皇。后来二条天皇也早逝，二十三岁就去世了，多子又成了寡妇。

多子后来留居近卫河原，她哥哥藤原实定是当时贵族圈和歌歌坛的中心人物。一日实定从新都福原回来，月夜去妹妹的居所拜访。多子拥琵琶弹《秋风乐》，哥哥实定吹笛，多子的女房歌人小侍从弹筝。哀音凄切，左右皆泣，也是一时的风流。藤原多子活到了六十二岁，在平安朝算长寿女子了。

已故作家渡边淳一晚年作品《天上红莲》，说的是白河法皇和比自己小近六十岁的养女璋子的爱情故事，被一些读者斥为老男人的意淫。这“爱情”，可比唐明皇从儿子手里抢来王妃杨玉环更惊天地泣鬼神。璋子十二岁时就被法皇占有，成为法皇心爱的“洛丽塔”。后来，自知老迈的法皇为了让璋子永享尊贵，就把她嫁给了自己的亲孙子鸟羽天皇为中宫，同时又在璋子为鸟羽中宫后，要她的第一个孩子得是法皇自己的骨血，就是后来的崇德天皇。结果辈分上，崇德天皇名义上是鸟羽天皇的大儿子，实际上却是鸟羽天皇的叔父，他们被称为“叔父子”。这样香艳又荒唐的乱伦关系，从一开始就造成了崇德天皇一生的悲剧。平安末期，崇德天皇为争实权发动兵变，是谓“保元之乱”。他失败后出家，在仁和寺被擒，又被后白河天皇流放至偏远的赞岐不许回京城，最终怀着怨愤去世，成为日本民间流传的几大怨灵之一。

在古代因为走婚制，日本男子可以有多妻，女子虽然表面上只能有一个丈夫，但暗中的情人关系也并不少见。古代的欧洲贵妇与丈夫彬彬有礼地相处，各自有情人，眼不见为净。由于日本是和式建筑，虽然上流社会也遵循男女授受不亲的原则，但男女要大防并不容易。男子常在深更半夜去女子房中约会，这些约会基本上是冲着发生肉体关系去的，越是有名声的美女，可能情人数量越多。一旦和某个情人疏于来往，就有新的求爱者取代旧人，出入其闺房。

《源氏物语》中，年轻好色的光源氏在一夜花宴后，趁醉潜入了胧月夜小姐的闺房。这位小姐是敌对势力弘徽殿皇太后的妹妹，本来皇太后是准备把她嫁给源氏的哥哥朱雀帝的，但胧月夜一见闯进来的是世上无双的美男子源氏，完全无力拒绝。两人数夜情后东窗事发，光源氏被流放去遥远的须磨。胧月夜进宫当了女官的首领尚侍后，朱雀帝依然很宠她，只是苦恼得不到她的心，似乎也全不看重胧月夜失节之事。而且胧月夜在成为朱雀帝的女人后，依然与光源氏暗中幽会，后来因羞愧于朱雀帝的痴情，才斩断情丝，跟着朱雀帝出家为尼。换了在中国，胧月夜这样的女子早该被沉猪笼了。

日本古典小说看多了，发现贵族小姐的女侍们往往可以决定小姐们的命运。正是那些侍女与追求小姐的男子串通了，深夜将男子带入了小姐的闺房。深闺的小姐们，手无缚鸡之力，不管喜不喜欢闯入者，一夜之后生米就煮成了熟饭。等连续三夜男子进入女家幽会过夜，吃过象征结合的饼，两人就算夫妇了。柔弱的女性，在这相对自由的男女关系中，终究是被动的一方。

《源氏物语》的最后，薰君写信托浮舟的同母异父弟小君带他去求见已出家的浮舟，但决意入山门的浮舟不肯见，假说对方认错人了，薰君却怀疑浮舟是被别的情郎安排隐居在小野庵的。古时日本男女可以自由恋爱，自然也更容易移情别恋。虽然门第仍是婚姻中最看重的，但性关系却也是很容易在日本古代男女间发生的。和中国古代闺秀的门禁森严相比，日本人的性关系要天真有趣得多。

岛国地域逼仄，古代人寿命短促，即使是天皇家庭，也有很多不到而立之年就死了，人生苦短，对男男女女的本能之事也就不那么看中了。直至当代，AV 女优当道，苍井空老师人气很旺，但也没见日本人就一路色情颓废下去，不务正业了。而且如今连苍老师也结婚了。中国人说“食色，性也”，对食讲究食不厌精，对性视为洪水猛兽，而日本人对于食色之道都比较坦诚。程朱理学当年也曾传入日本，一度成为显学，但日本人对程朱理学的吸收，似乎更多是用在了武士道上面，强调“忍”的精神。荒木经惟、森山大道等在中国人看来很变态的摄影师，还有大岛渚的《感官世界》里几乎让人窒息的毁灭式性爱，只能是好色又坦荡的“日本制造”吧。

登徒子

中国有个登徒子，是不是美男无从得知，他向楚襄王告状，说美男子宋玉惯会甜言蜜语，生性好色，建议不要让他出入后宫，怕他勾引楚王的女人。不料春秋时代的中国人也天真可爱，楚王把这个话说给宋玉听了。于是宋玉写了篇《登徒子好色赋》，说自己“体貌闲丽，所受于天也。口多微词，所学于师也。至于好色，臣无有也”。倒是登徒子大夫，跟丑老婆生了五个孩子，可见有多好色。美男子宋玉这一招反击，真是让人笑倒。从此“登徒子”就成了花花公子的代名词。

西方有唐璜，中国流传下来的花花公子却屈指可数。大概向来深受孔孟礼教之禁锢，难有花花公子施展的空间吧。女子的深闺又是密不透风，男人一门心思求功名，家国的事，比恋爱重要得多，哪里有闲心去写那么多情书，去甜言蜜语苦苦追求？一旦男女相遇，石破天惊地自由恋爱一回，无论结果是正剧还是悲剧，也就成了一辈子。

比如张生虽始乱终弃，轰轰烈烈地也就追求了崔莺莺一个，“登徒子”是称不上的。《水浒传》里的男人，多的是仇女的石秀、宋江、武松之流，见着美女就想要杀，因为红颜都是祸水。漫长的中世纪，唯青楼或许能制造出恋爱的幻觉，留下一些周邦彦的艳词。中国的花花

公子，竟是稀有物种。

日本是有花花公子的。光源氏是一个，还有平中、在原业平、源之至，都是平安朝著名的花花公子。他们好像也不怎么干正事，就以谈情说爱为业，倒像是贾宝玉的知己。不过后来平安朝结束，世道纷乱起来，尤其到了战国乱世，武士们为了搏命方便，连头发都剃成了月亮头，朝夕项上人头都不保，从此登徒子之流男男女女的闲情也就绝迹了。这么看来，日本的平安朝，简直是全人类中世纪的美好时代啊。因为无论花花公子还是专一的情种，恋爱这件事最消磨人，“潘，驴，邓，小，闲”，不能缺一样。没有一个宽松、愉悦、安全的时代来托底，万万不可能有好风月。

所谓《伊势物语》，“伊”代表女，“势”代表男，实指男女之书。《伊势物语》中的“从前，有个男子”，这男子基本上就是指平安朝的花花公子在原业平。业平在京都和出京的旅途、他的恋爱和游宴都成为故事的蓝本。业平生于公元825年，是迁都到京都的桓武天皇的继承者平城天皇的孙子。他的父亲阿保亲王因“药子之变”被贬谪到今天的九州福冈，后来返京，可见在原业平身上有最高贵的天皇血统。他虽处在贵族阶层顶端，却已被边缘化，难有作为。日本古书《三代实录》记载：“业平体貌闲丽，放纵不拘，略无才学，善作倭歌。”业平学问一般，他拥有的才华正是贾政斥贾宝玉的“奇技淫巧”。此外，他或许还擅长一些贵族的玩意儿：吹笛、舞蹈、双陆棋子之类。这样的清贵人物，能一展才华的用武之地只能在情场了。

在原业平弱冠之年，深爱的女子藤原高子被家族安排，要进宫侍奉天皇。失恋之下，他自以为其身无用，不要待在京邑也罢，不如去东边去找寻一个适合居住的处所，遂而出行。爱情受伤的男子，见河畔有杜若艳放，于是就吟诵了这首和歌：

唐衣柔兮因常著
有妻亲爱在京城
遥兴怀思兮旅无乐。

业平和歌中的“妻”，应指藤原高子。在原业平少年时曾在清凉殿供职，因此遇见了也在宫中当女官的高子，两人私下发生男女之情并山盟海誓。听他和歌的同行人，落泪纷纷。一路走着，遇到赶往京都的旧相识，又托他带信给高子。但此后，即便业平回到了伤心地京都，藤原高子已为二条皇后，难以再诉前缘了。

《大和物语》中，比较煽情地写了这对少年恋人年老后的一次相见。那时的业平已到知天命之年，自称老翁，而高子也已贵为东宫母后。她去参诣祖宗神社，在原业平是随侍者之一。依循惯例，业平要自凤辇接受高子的赏禄。高子的凤辇停驻于薄暗之处，按规矩赏赐众人之后，她脱下自己所披的衣裳，赐予业平。听到了业平曲折隐晦的和歌后，高子说："忆往昔，诚感人。"——看来往昔忘我的恋情，乃是一生可怀念的。

业平一路漂泊到东国，旅途中人虽为情憔悴，却不乏艳遇。因为业平是美男子，到了长冈的地方，刚在乡间居住下来，便有一众民女要来替他拾穗。这时的业平，与东晋美男子那位被看杀的卫玠，和被女人们投了一车果子的潘岳，是同一种美男子的待遇了。

自我放逐的途中不免放浪形骸，于是业平又遇到一个个女子，一段段露水情，或深或浅。有民间素女，有地方的贵族女子，他甚至与伊势斋宫恬子内亲王发生了一夜情，然后再没有机会幽会。这种私情即便在当时性观念开放的平安时代贵族中也属禁忌。因为斋宫与宗教有关，司职斋宫的皇家女，必须是纯洁的处女。

有趣的是，这位美男子云游到了陆奥之郡国，当地的女子们见到这样一个风雅人物，便对他思慕不已，于是主动挑逗，成就了一夜情。这多情的男子，也偶与当地的有夫之妇私通。事后又颇嫌弃这些乡女的粗俗。平安朝实行的是走婚制，男子要在深夜去女子的家中幽会，第二天黎明前离开，回自己的家，再写情书给女方，表达不忘之情。恋人之间的情书有小仆送达，还要在信上用尽巧思，比如将信笺束在枫枝上、梅枝上、樱花枝上、柳枝上，以讨情人欢心。当时男子可能有多位情人，女子也一样。在原业平也可能遇到过不止他一个情人的女子，比如《伊势物语》中提到的纪有常的女儿。她是一位仕宫的女房（妻子），两人因移情别恋而各结新缘，却又藕断丝连。

在原业平在旅途中的时间应该颇长。古代靠舟车及步行，比如从京都一路游历到摄津国，也就是现在兵库县芦屋市一带，也是路途漫长。那里有在原业平之父阿保亲王的领地，染尽旅途风霜的业平，可能有一段时间在其继承的领地停留下来，又与当地女子发生了一些恋情。时而痴情，时而负心，便是花花公子的本色。故有传说，在原业平一生相交过的女人，有上百人，可称得上是日本的“唐璜先生”了。

在原业平一生留下的无数和歌中，除了男女之咏，《伊势物语》的和歌中也有“断背”，这或许是东方古国贵族男人的通好吧——和歌云：“目虽离兮形亦别，中心何尝一刻忘，思君容姿兮如常瞥。”一男远行，离别，试探，另一男表忠心，如此这般，爱恋不休。

平安朝的日本贵族公卿中，跟古希腊一样也有断袖之风。风雅多情的业平，似乎也有十分亲近的男性密友。有一则轶事，讲业平的朋友纪利贞要远去外地赴任，业平为他设宴饯行，可是等到夜深了，纪利贞却没来。于是业平吟诵了一首名为《待人里》的和歌，“待人里”何意？是女人等待情人之所的代称。中国的唐诗宋词中，也多的是朋友间送别诗，如《别董大》之类，亦多有离别之伤感，却没有这样仿佛男女之间送别的暧昧表达。看来，在原业平缠绵悱恻的和歌之咏中，亦有情难禁的“断背山”呀。

寒塘渡鹤影

再说一个在原业平孙女的故事。

谷崎润一郎的《少将滋干之母》一开篇就说："故事始于那位有名的好色之徒平中。"以"平中涂墨"的平安朝典故，作为好色之徒的失败谈。这位平中，本名平定文，是贵为皇孙的美男子。他官职不高，自言"宫中供职苦，吾只逍遥游"，因好色与和歌闻名。平中人长得美，也有颗审美的心。他喜欢植物之美，喜种花草，最爱种菊。男人这样风雅，女人怎能不喜？

平中猎艳无数，曾经惆怅的情事，包括因为自己不够周到，害情人一气之下出家当了尼姑。他曾追求宇多天皇妃子身边的一个女官，终于定下佳期，将要幽会了，却忽然被派公差，要离开京都四五天，就这样一次失约，性格决绝的女官，就慨叹男人靠不住，伤心失望之下，竟去当了尼姑，等他回来想见她，才发现佳人成了出家人了。再多的解释也是无用，他明明可以派仆从送封情书给她的。女子用情深，而一个花花公子的情不过如此。通信发达的今天，实在难以想象古代情人间的那些美丽的误会。

但谷崎这本书的故事不是只关于平中的，而是借平中引出另一个人物，他是平安初期的权贵藤原时平，当时的左大臣。他通过权谋流放了右大臣、平安朝著名文学家菅原道真，使道真愁死他乡，成为日本古代著名的四大怨灵之一。藤原时平此人也是平安时代的重要人物，位高权重，又是美男子，同时还是个花花公子。同是花花公子，有时会生出兄弟知己的感觉来。于是时平靠平中暗助，用计抢走了滋干之母，也就是在原氏。而这位老弟平中，却是年轻的滋干之母的前情人。平中为什么会去帮时平抢夺自己的情人？因为他是个采花弄蝶的高手，他那个时候正迷恋的，是另一位叫侍从君的女人，因而对前情人已经冷淡了。这是花花公子平中的逻辑："不知今后是否还能遇到这样美丽文雅的女人，但是自己和她恋爱过了，已经知道了她的魅力如何，和她的梦已做完了。"

滋干之母在原氏，不知其名，或被称为夫人。她二十出头时，丈夫已经是八十老翁了。这年龄悬殊的婚姻，加上年轻夫人的艳名，自然会惹来登徒子蠢蠢欲动。藤原时平听说在原氏有稀世容颜，就对比自己小十岁的这位伯母动起了心思，于是滋生出那时代的悲欢离合来。这位夫人在原氏，也正是平安朝"三十六歌仙"之一，著名花花公子在原业平的孙女。《伊势物语》中，在原业平是主人公的原型，而彼时在原家已经家道中落，她嫁给老翁后也没有坚守妇道，已经与平中有过一段恋情。不是出于家道中落的无奈，美娇娘怎能与老衰翁共枕呢？

《少将滋干之母》，故事引自《源氏物语》的一条支线，讲了幼年离开母亲的男孩少将滋干长达四十年的恋母情结，还有老夫对少妻绝望无度的爱，这些被描绘得像片片樱花凋零时的摇落一地的情景。

滋干之母，被老迈的丈夫藏在深闺的女人，在一场由觊觎她美貌的藤原时平设计的家宴上，将被动地迎来命运的突变。家宴上，丈夫作为主人陪着宴乐，宾主尽欢，笙歌舞乐已至高潮，人人放下了礼法，开始放浪形骸。夫人身为日日陪伴老夫的贵妇，也因好奇之心，透过帘子偷窥客厅里的客人。就这样，她看到了仪表堂堂的藤原时平。夫人的旧情人平中也在座，稍有些心不在焉。在深闺夫人眼中，这一天外面客厅里最有魅力的男人，就是那位左大臣时平了。

不多久，酒醉后老糊涂了的年迈丈夫，在藤原时平的不断激将法下昏了头，突然把夫人从帘子后拉了出来，当成最隆重的宝物，送给了侄儿藤原时平。就这样，时平从伯父手中妙计抢走了美人。看着侄子将少妻背在身上扬长而去，老丈夫在悔恨中度过残生。哪怕为了忘怀去修不净宗，将娇妻想成丑陋女尸，都不能解脱。这位才情一般的老丈夫藤原国经，最爱唐朝诗人白居易，失妻后，他每日吟咏白居易的诗以寄托怀念。他教儿子滋干吟咏的，是白居易的《失鹤》和《夜雨》，“……郡斋从今后，谁伴白头翁”“况此残灯夜，独宿在空堂”之类，正是哀伤的老夫国经的心曲。国经或许知道大唐骚客白乐天和他一样，也是白发老翁爱妙龄少姬，“樱桃樊素口，杨柳小蛮腰”，越是到老，年轻侍妾越多，他纵情欢酒，自以为人间至乐，却又以封建礼教那一套，要求朋友年轻的小妾关盼盼为其去世的丈夫殉节，还写诗讽刺关盼盼“你怎么还不去死”，真的逼死了有情有义的关盼盼，这样的白乐天，真是让人恶心。只是不知樊素和小蛮是否真爱白头翁？白居易过世后，她们或许投奔新人生去了。

那一日，女人在原氏被丈夫强行拉着，看上去还有些踌躇，但也只是轻轻地稍作抵抗，就顺从地站起身来。“她右手搭在左大臣的右肩上，脸深深地俯靠在左大臣的背上，虽然显得死了一样十分疲乏，但仍努力靠自己的力量在走……左大臣的衣袍和美人的五彩华衣，成为一个整体……”

不得不佩服谷崎润一郎的笔妖刀。她，每晚被老丈夫抱紧着，没有一丝缝隙地取暖安眠，每晚老丈夫都要点亮灯仔细欣赏她的美貌。她，似是美丽的木偶，好像是没有灵魂的，唯有顺从，却又是有灵魂的。背，是时平的意志，走，难道不是她自己的意志？那一刻，她的心一定是乱的。况且其实她早已有过情人平中了。对忽然失去娇妻的老丈夫，她心里是否有过怜悯呢？连我们也管不得怜悯不怜悯，甚至想赶紧催促她：跟着来拯救你的英雄时平，快跑！

更有意思的是，已经对夫人失去热情的昔日情人平中，这时忽然对这位被抢的夫人，复苏了往日的恋情。看她上了时平的车将要离开，他迅速地将一首和歌偷偷地塞进了夫人的袖子里。和歌里，提到的是“默默与君别”。而昔日情人，此刻已成为他可望而不可即的高岭之花。最后，平中在失落的心绪中，竟是郁郁而终了。

她过了几年左大臣夫人的尊贵日子，又有了儿子，风雅有才调的藤原敦忠，像父亲一样也是美男子。几年后，时平不到四十岁时去世。她的儿子敦忠也不到四十岁去世。到了人生晚年，她便出家为尼了。谷崎润一郎的笔致，是见过的写老夫少妻的小说中最好的。衰老的肉体总是想占有青春的肉体，若要说爱，也是一种极自私的爱。而青春的肉体总是想挣脱衰老的肉体。背叛是必然的，在她和老丈夫的儿子滋干还小的时候，滋干有机会去母亲的新家看望她，不过母亲从未提起过她的老丈夫一句。想起一幅著名的欧洲油画，在一个表情得意的老人和一个娇小新娘的极不相称的婚礼上，女孩那悲戚到有些麻木的表情。画家画出了老夫少妻的骨，谷崎写出了老夫少妻的骨，不过都是人间天性。谷崎唯美的古典笔调，竟有几处惊心动魄的感觉。在细微处，连残酷也残酷得精美绝伦。

徒然草

“徒然”在日语里是无聊的意思，与中国庄子的“无用”很是投契。花开花落是徒然，读书也是徒然，虽是无用，却令人内心欢悦。而世上一切的功名利禄都需劳心费神，哪里有静静地读闲书，不对自己之外的他人有欲有求来得愉悦呢？

哪一些事物会让人起“徒然”之叹呢——

霞光飞，春日长。

十五的满月，瞬间即亏。

世事无常，万物都不足以长久倚赖。

梅香暗吐，月色朦胧之夜，伫立在她身旁。或任由宅垣旁的草露沾湿了衣裳，和她一起踏着晓月回去——没有这些可供追忆的往事，不如不要谈情。

只有虚空，才最能容纳物体。

雕刻名手，都用有点钝的刻刀。

不宝远物。不贵难得之货。

世间的谎言纷纭不绝，若能等闲视之，则终归不为所惑。

浅俗之人好说耸人听闻之事，唯士君子不谈怪异之事。

和歌小序中有句：本要看花而花已零落。

狐狸会咬人。这一句真是慧黠呀。

参拜神佛，要在众人都不参拜的日子去，晚上更好。

一生中最想做的几件事，哪一件最重要，要深思熟虑，仔细比较。

终其一生纠缠于世俗之事，是至愚之人。

有慧根灵性的人，可结为良友。

人在有生之年，如雪佛一样不断地从底下融化。

只有生病、生子与死亡三事，谈不上时机。

此刻的今日，与那仅存的今日，是没有区别的。

和歌咏：帘上空挂葵叶枯，难与斯人共清赏。

又云：昔日的恋情，犹如枯葵。

病痛多半来自心中，少有来自外界。

世上的事，最令人回味的，是始和终这两端。男女恋爱，也是如此。

杯底的余酒，弃而不饮。

一部《徒然草》，就像是日本人的《世说新语》，有空灵之味，有任性使气，也有击节拍案之处。有一位豪爽倜傥又不羁的人物，名日野资朝，是镰仓时代后期的公卿，研修禅学。《徒然草》中有一个故事，讲这位资朝和内大臣实衡某日一同在禁中值班，见西大寺一位长老进宫，长老须眉皓白，曲腰弓背，实衡煞是仰慕，感叹“尊乃佛陀乎”。岂料日野资朝很不客气地说：“乃年岁之故也。”这也罢了，这位捣蛋鬼资朝还要送实衡一条年老秃毛的狮子狗，说：“此状乃佛陀乎。”真是任诞之至。

但任诞的皮相之内，却另有一番快意恩仇。当著有和歌集《玉叶集》的公卿京极为兼获罪，在京都一条被押往六波罗时，目睹此景的资朝却说：“此足可令人羡也。人生在世当如此，然此事可遇不可求也。”后来他果然拥戴后醍醐天皇，策划讨幕运动，也真的和他先前羡慕的京极为兼一样，被流放佐渡，成为短暂的“建武中兴”的重臣。

《徒然草》，也可译为“排遣忧闷录”，是日本南北朝时期的歌人吉田兼好写的。日本的南北朝时期，也如中国魏晋南北朝时期的乱世一般，动荡不定，你方唱罢我登场，富贵公卿与阶下囚只在朝夕。这位生于13世纪的吉田兼好，本姓卜部，居于京都的吉田，就这么叫成了吉田兼好。他前半生曾为左兵卫尉，侍奉后宇多院上皇，交游广，洞察人情世故，世上的优雅精致品味，他全精通，又精通儒释道，后来上皇驾崩，吉田兼好就出家当了和尚。做和尚做出了禅意，倒也是顺其自然的事。这部于乱世中排愁解闷之书，精通大和文化的周作人也深爱重之。

中国的唐朝和尚，有赵州禅师者，常爱说一句话："吃茶去。"对初来学禅者，赵州说"吃茶去"，对去而复来者，他也说"吃茶去"。引领那两个僧人到赵州禅师身边来的监院于是好奇地问："禅师，怎么来过的你让他吃茶去，未曾来过的你也让他吃茶去呢？"赵州禅师称呼了监院的名字，监院答应了一声，赵州禅师说："吃茶去！"于是这一句"吃茶去"，演化成了千年的禅宗公案。这吉田兼好，若能早生几百年与赵州禅师对坐，应该会非常乐意地跟着赵州"吃茶去"的吧。

想起有一年在上海见到一位日本人，名叫中村元风。他是一个穿着儒雅中山装、梳着马尾辫的艺术家，举止端方有致。正好在上海的美术馆碰到他，见他礼貌地跟几个记者交谈。身边是其正在展出的白瓷作品，那是一种能勾人占有欲的美，细致得像和歌，像周邦彦的词，像《徒然草》的意境。看惯了中国瓷器的中庸世俗之美相，中村元风的美是惊艳出尘的。白之上有一点艳色，黑之上若显浮世绘意态，又略觉虚无。以禅为题的一组，低调隐逸得很，猜又是一位《徒然草》的爱好者。

《徒然草》的心境，是人生到中年、再到晚年之时的心境。是历经了繁华与衰落，便觉得一切皆徒然的虚无与旷达。日本古时贵族，往往像吉田兼好那样，人到中年之后会想到出家为僧。自上而下，天皇出家后称为法皇。公卿出家后被称为"某某道人""某某入道"。

相比中国人，日本人进入老境后，对生死、欲望之事，要看得更彻底些。

荒凉寂寞冷，世间没有比人老了更冷、更寂寞的了。2009 年是枝裕和导演的电影《空气人偶》，讲有个寂寞透顶的侍应生秀雄恋爱失败，购买了一个很便宜的空气玩偶短发妹，此后便用那空气玩偶做替代品，叫她前女友的名字。可是后来那空气玩偶短发妹不知怎么有了心，开始学习像人类一样生活。秀雄却要求她仍做回没有心的空气玩偶，为什么呢？因为秀雄觉得人类太麻烦。沟通，交流，在意彼此，都是麻烦的事，人们宁愿沉浸在自己跟自己玩儿的寂寞中。有一次，空气玩偶短发妹第一次像一个女人那样在城市里游荡，遇到一位坐在长椅上的衰败老人。他向她讲述着寂寞的真谛。日本的老人，对老年的寂寞是认命的，就像《楢山节考》中自觉上山的老母亲。中国的老人倒是想死抱三四代同堂的热闹不放，不愿认命地在寂寞中走向生命的终点。但如今这老年的期冀遇上独二代家庭，真有些悬了。

中国古人讲孝道，为了将粮食省出给老母吃，竟搞出埋儿的惨剧来。日本古代却相反，他们认为年轻人的生命比老人重要，于是有了深泽七郎的小说《楢山节考》。日本古代信州一带有个习俗：每户人家唯长子可娶妻生子，其他男丁只能干活，不许结婚，被称作“奴崽”。至于老年人，男人一到了七十岁，女人一到了六十岁，就要由儿子背到村后的楢山上去，任其自行消灭。这荒野寒村的阿玲婆马上到要被背上山的年纪了，她很是淡定，只是忙着为儿子讨个老婆，阿玲婆如愿为儿子辰平娶了妻，于是就放心地让儿子背着上了楢山。后来，这部小说又被日本导演今村昌平搬上银幕，至今一想起电影开场时那荒村中响起的凄凉古乐，还有种心被撕扯的感觉。

日本古代生存环境恶劣，大多数妇人未必能活到被子女背上山的年纪。但真的成了老太太，她们也得讨生活。小说《罗生门》中的老太太，拔死人的头发，面目凶狠。在另一部小说《莲台》中，有五十个老婆婆，她们是被送到山上扔弃的，一时死不掉，求生的欲望反倒强烈起来，她们想不如起来为生存战斗，于是有了一支山上的老年“娘子军”，打起劫来了。横竖都是死，老婆婆们于是爆发出惊人的原始力来。这倒让日本老婆婆的形象变得古灵精怪，而不是中国京剧中一味慈祥、敦厚、乏味的老旦。最后的结局，老婆婆们为了自己的生存，准备将她们的敌人棕熊引向山下的村落，而那村落里，未尝没有她们的亲人。这非但不像温柔顺从的日本女人，而是带有几分邪恶暴力的后现代色彩了。

古代日本女人多少岁算老？二十八岁，贵族女子就因为自己已老的羞耻，不再为夫君捐枕席，而是要丈夫找更年轻的侍妾代为侍枕席。平安朝的贵族女子也有出家为尼的风气，更不要说四十之后是啥光景。

也有极少的到老依然不肯“叹徒然”的，比之《徒然草》中的岁月意味，不服老地留恋着红尘倒是另有一番喜感。《源氏物语》中，说到一个滑稽的老妖婆宫女，想男女之事不以为耻，连美男子光源氏都敢勾引，还哭哭啼啼地向光源氏求欢。对待老宫妇的纠缠，温柔多情的光源氏不但没有训斥她，还会假装多情地敷衍她，再设计脱身，也是给足了尊重。再想想昆剧《杜丽娘》，杜丽娘不过十六岁，她的母亲可能不到四十岁，出场时却完全一副衰朽老妇人的皮囊。中国人对女性实在是太不够意思了。

浮世绘

观日本浮世绘画师葛饰应为之《夜樱美人图》，深感女性画家的樱花美人图足以倾倒众生。持毛笔的女子作画，丰额秀眉高髻，那么伊是画家本人吗？春月虽无，却有暖色调的星夜下，浓密的光打在夜樱和美人脸上。当然是家学渊源，她的父亲乃著名的浮世绘画师葛饰北斋。

铃木春信的锦绘，鸟居清长、喜多川歌麿的美人，葛饰北斋、歌川广重的风景，爱过俗世之艳寂，人生繁华与凋零的人，也会爱如此这般如旁白的浮世绘。连说过“生命是一袭华美的袍，爬满了虱子”的张爱玲，也抵不住春情盎然的浮世绘之诱惑，写文章赞叹喜多川歌麿的《青楼十二时》——“《青楼十二时》里只记得丑时约一张，深宵的女人换上家用的木屐，一只手捉住胸前的轻花衣服，防它滑下肩来，一只手握着一炷香，香头飘出细细的烟。有丫头蹲在一边伺候着，画得比她小许多。她立在那里，像是太高，低垂的颈子太细、太长，还没踏到木屐上的小白脚又小得不适合，然而她确实知道她是被爱着的，虽然那时候只有她一个人在那里。因为心定，夜显得更静了，也更悠久。”那么说，即便是青楼派的浮世绘，画的也不仅是情色，而是人心。

歌川广重比葛饰北斋晚生三十七年，是位传奇的画家。他是一个箭术上颇有造诣的津轻藩武士的后代，而后成为江户城中消防队的一员。后来，他把自己的消防员职务传给了儿子，就回到书斋忙自己的艺术去了。再后来，他和葛饰北斋的浮世绘印品，已在日本家喻户晓。

化政时代，民间已经呈现出市民社会的富丽和热闹氛围。浮世绘来得正当时候，广重等画家，常在市街旅舍驿站发现可成为笔下风景之处。当时的京都，以它的河流、蘑菇、女人、庙宇、纺织品和好吃的豆腐闻名；关西的大阪则以航运、护城河、桥、清酒和行会出名；而江户的尼姑和大名的宅邸，也成了化政时代有趣的世俗关注物件。浮世绘就在这样浓丽新鲜的世情中浮出水面，受人喜爱。无论画上行脚的僧尼，清素的农家少妇，还是妍媚的艺伎，都有讨人喜欢的流丽和一晌贪欢的珍惜光阴。乡间的景色透着一种欣欣向荣、平和与欢快的气息，而不是肃杀之气。

至天保时代，浮世绘艺术也和这繁花似锦的文化时期一样，攀上了峰顶。江户时代的浮世绘，北斋、广重这些浮世绘画家的笔端，已突破了唯樱花与松树为上的读书人阶层的风景观。歌川广重有《东海道五十三次》《名所江户百景》《樱花与小禽》等，葛饰北斋有《富岳三十六景》等著名风景作品，他画中有山脚下的原野，有飞流直下的瀑布，有火山之国特有的风景，仿佛是那个蠢蠢欲动的时代的风情象征，都很受欢迎。

浮世绘的可贵之处是，它在日本民间也并非高不可攀，这些可喜的画是适合流入寻常巷陌间的。明治时代前后，小泉八云的小说《三个俗谣》中，一位属于“山的人”（指居住在出云松江南端的山中，在当时属于日本化外民的阶级）的妇人，可以放胆招客人去她的家中，看她要出售的一些古时的色绘纸，而这些古绘纸中，还有歌川广重的画，是很有一买的价值的。

小泉八云提到，当时的一些俗谣，像《青菜店阿七》《小栗判官》等，在日本是到处都很有名，而浮世绘画家们的画儿，也应和着普通民众的审美趣味。

浮世绘，望文生义即“虚浮世界的绘画”。“浮世”来自佛教用语，指人的生死轮回和人世的虚无缥缈。日语中自“浮世”一词出现开始，就暗指艳事与放荡生活之意，这也定下了浮世绘的风月表情。江户时代兴起的浮世绘，葛饰北斋、歌川广重这些人的浮世绘风景画，有着一种之前的读书人阶层完全没有的风景观。广重这样的画家，笔下既有野花盛开、秋草萋萋、群山绵绵，同时也能在市井之中发现不一样的风景。他时常在市街旅舍和驿站这样的场所，发现心中的风景。你觉得难以入画的奇僻怪异，偏偏入了他们的画。于是他们的风景画，便这样无限接近于“浮世”二字，更有一种真切的“风俗”之味，与中国画家那时追求空灵、幽远、雅静的风景画，真是大异其趣。但西方大画家如凡·高等，也是很喜欢日本浮世绘的，甚至自己还模仿浮世绘的风格画了好多画。

若不是万念俱灰，谁不贪恋眼下的美好物事呢？好风月或者好风景，是美好的人生不可缺的东西啊。跟追求清淡空灵、去肉剩骨的中国文人画比起来，浮世绘有“肉”，哪怕有一点点浮靡、一点点轻佻，又有何妨？

由浮世绘想到日本绘画的发展史。日本绘画主要源自中国，并随着中国画的变迁而受影响。比如肖像画中，唐本御影的圣德太子像为中国六朝时期的肖像画风格。日本废止遣唐使后，文化上开始走自己的路。因此日本肖像画中，神护寺的藏品平重盛、源赖朝的肖像画就已完全脱离了唐代肖像画的风格。镰仓初期，日本风格的“物语绘”崛起，比如今天我们还能看到的《源氏物语》绘卷，美则美矣，然与中国画风格已明显不同。直至江户时代的浮世绘，日本绘画走上一个令世界刮目的巅峰。日本人的学习精神，在学习中不断实现文化独立的能力，确实让人刮目相看。

在日本待过几年的鲁迅先生也大爱浮世绘。他晚年曾大量收购浮世绘，说自己年轻时喜欢北斋，老了则是广重。他在 1934 年的日记中写：“中国还没有欣赏浮世绘的人，我自己的这些浮世绘将来交给谁，现在正在担心。”看眼下情景，北京鲁迅博物馆编了一本《鲁迅藏浮世绘》，颇受欢迎。看来，鲁迅先生的担忧是多余的。

草　子

读过日本10世纪宫廷女官清少纳言的《枕草子》片段，清雅好比穿湖蓝色长裙的古典女子，在晨雪中独立。清少纳言的笔下，是一种难以言喻的阴性之美。清少纳言和紫式部都属于日本贵族女作家，两人的著作《枕草子》和《源氏物语》，一是女性风格美文，一是百万字的长篇小说，堪称日本女性文学史上的双璧。两个女人的贵族身世，宫闱生活，惊世之才，都是后世追慕的对象。

近年对艺术越来越狡黠的张艺谋，在《英雄》里大玩了一把中国书法。赵国人在书馆里说，赵国的字不会灭，于是馆外乱箭如雨，馆内之人却能屏气凝神照练赵国书法。记得那天在电影院，这肃穆悲壮的一幕引来的不是观影时的集体肃穆，而是在座各位的哄笑。先前早看过了彼得·格林纳威的《枕边禁书》，尽管人家是英国人，但在电影里将东方的书法与文学玩得挺有意思。再看张艺谋的玩法，就有小巫见大巫之嫌。

拍了几部"形而下"的电影之后，这英国人又摆好摄影机位，将视线转向了东方。他眼望东方，想着要好好诠释一次性与文学的关系。他要将对文学的眷恋和肉体的膜拜合二为一，他还要穿越时空，让10

世纪的清少纳言和20世纪90年代的清原诺子两位女性的命运呼应。这个西方人，不知对东方文化究竟了解多少，东方的文字、日本的文学，那种遥远的美感在他眼里定格为神秘。他想在自己的导演生涯中冒一次险，对肉体与文学的畸恋，使他对东方文化的演绎看起来有少许的变态。这一点上，他又不及后来干脆做了日本人的日本文化深度迷恋者小泉八云。

去好莱坞发展的中国女演员邬君梅，有幸被格林纳威相中，担纲了这部艺术电影的女主角。据说当时邬君梅被此片的裸露尺度吓着，有陈冲演《大班》的教训在先，她很怕在娘家人这里背上“演三级片”给国人丢脸的骂名，一时犹豫不敢接演。在好友劝说下，方知相中她的导演是何等人物。她演的是艺术片而不是色情片，露点也是纯粹的“为艺术献身”，于是坦然演之。事实上，这部以裸体书法为内容的影片拍得很另类，与一般裸露片大异。

邬君梅在格林纳威的眼里，怕就是一个有神秘气质的东方美女。她演的诺子是一名在人体上书写的日本女书法家。邬君梅离长眉细眼的京都古典美女相去甚远，但另类的味道倒是不缺的。诺子从小在古城京都长大，浸淫在文学与书法之家的艺术氛围之中，母亲在每晚临睡前给她读《枕草子》，父亲教她书法，诺子作为女性的命运，也与书法和文学痴缠在一起。长大后的诺子迷上了《枕草子》，以现代清少纳言自居，也迷上了身体书法，将人的皮肤当成了书写纸，她甚至认为这才是最高境界的书法。

在某种意义上，格林纳威也是个女性主义者，我们可以从他的电影里看到这一点。在表达他对“食与色”“性与文学”两大命题的认知时，他细腻的触觉一直到达女性的灵魂深处。

诺子作为东方女子的命运，其实就是从被写体的纸到书写者的笔的演化。这个演化是障碍重重的，因为她首先是父亲的女儿，日本丈夫的妻子，同时还有早已在她的意识中被确定的女性第二性的位置。童年时起，年年在诺子生日的那天都有一道仪式，她的父亲在女儿脸上用毛笔写上祝福。这是父亲才有的权利，似乎暗喻了男性有权对女性命名和规定。而清少纳言的文学，让诺子获得了女性主义的启蒙。她奉命成婚后，终于在家中纵火，和束缚她的丈夫离了婚，去往香港独立生活，随后以性感之态，让他们在自己的裸体上写字。

她的第二个情人却被男人引诱，成了一个同性恋出版商的情人。此人与诺子的父亲也有瓜葛，曾在诺子的童年留下不洁记忆。诺子经历了男人的背弃之痛，终于逐渐由“纸”变成了“笔”，以书写者的身份，在一具具男性身体上书写十三卷《枕草子》。所谓男人，只是她的书写工具，一页皮肤纸而已。她和出版商共同的双性恋情人成了诺子的第一本书。最后，她向父亲和自己的共同仇人，那个出版商发出了一卷“死刑者之书”。那个被诺子写上了死刑者之书的男人身上，签着清原诺子冷冷酷酷的女性名字，这是何等的气魄。那出版商仿佛已看到诺子冰冷的杀气，被迫自尽。

看完这部色彩偏于晦暗的电影，感觉有种异端的力量。女性的位置究竟在哪里？她的肋骨在亚当的身上还是在自己的身上？在她已经以独立者的姿态出现的时候，她仍然无法摆脱那抽象男权世界的控制。就像诺子的思想里，从童年起她就是被男人书写的女性客体，她被父亲书写。直到她转变为书写的女性主体，完成了对传统的男与女关系的颠覆。在成为她自己的上帝的一路上，诺子经历了一场怎样的血与火的涅槃？

钟情于传统书法的日本女子，书法常常是她们内心欲望的道具。在日本影片《失乐园》里，黑木瞳演的凛子也是一位女书法教师。书法是一门需要静心修为的东方艺术，凛子的表面是柔顺清雅的女人，内心却是充满欲望的女子。这一点，阅人无数的老男人久木一眼就看穿了她。他知道她要什么，而他那个硬朗的身子骨还给得起。这一对中年男女终于以书法的名义，完成了灵与肉的交合，渐至成“停不了的爱”。那样的欲望直往死胡同里钻，愈快乐愈堕落，愈罪孽愈疯狂。在欲望的深度沉溺中，他们居然发现只有他和她，才是百难一遇的性爱绝配。

电影里的一个镜头很骇然：那一天，一身黑色丧服的凛子在父亲的丧礼上被急不可待的久木叫出来寻欢。她背负着母亲的诅咒出来了，他在她的后面，她面对镜子，脸上的表情，是极度淫荡、极度悲伤、极度沉沦。这样非常态的镜头看得人心惊肉跳；这样的书法，不过是女人身上的一件亵衣；这样的女人，不如去死也罢，否则她的心哪一刻能够宁静？

第二辑　刀霜

无刀取

“开花当开樱花，做人当做武士。”这是日本的俗语。

有一个最美的日本浪人形象很顽固地留在了童年记忆里。大约 20 世纪 80 年代，当时有部很火的 ATV 剧集《陈真》，剧中有个痴情的日本剑客，名叫柳生静云，他爱上了中国北平的闺秀徐燕如，遂决然放弃了自己声名显赫的柳生家族，成为浪人，最后被逼切腹自杀。柳生静云的时代，已是幕府的末年，他相貌秀美，穿白色武士服时，清秀出尘到令人惊艳，对自己的恋人又温柔如月。依然记得他和北平闺秀私奔后，山穷水尽，只得卖了从不离身的代表家族荣誉的武士刀，穿上中国的长袍，而她却穿上日本的和服，盘起了日本女子的发髻。这样浑然忘我的爱情，跨越的岂止是民族、国家的仇恨，更让人想到东方的罗密欧与朱丽叶。作为日本的武士，柳生静云与中国绝顶武林高手霍元甲的徒弟陈真旗鼓相当，又惺惺相惜。柳生的命运极为悲惨，他最后是按日本武士的礼仪切腹自杀的，他切腹时不仅没有介错人，而且用的是钝木刀，又使赴死的过程痛苦加倍。就这样，柳生静云既殉了爱情，也殉了武士道，以身成全了对爱情与名誉的忠诚。当年看过此剧的人，或许是为他泣不成声过的，他在竹林中吹奏的清幽箫曲仿佛从未消散，三十年后重听，依然清幽寂美，那是爱情的倾诉，既哀伤又恬淡。

爱上敌国女子这种事，在各种国与国的战争中都可能发生，杜拉斯都为此写了一部《广岛之恋》。柳生静云为中国女子背弃的，是一个豪门武士家族，他成长的时代就在德川幕府的末年。柳生这个日本姓氏是很有来历的。柳生氏的家纹为“柳生笠”，一般认为其姓氏源出为菅原氏之菅原道真，道真曾官至平安时期右大臣，也是文学大家，后来被醍醐天皇流放，在流放地福冈去世。道真的后裔菅原永珍因为立功被加封为柳生一带的首领，同时改姓为柳生，这便是柳生家族的开始。

除了作为江户时代的藩主，柳生氏一直以剑术闻名，门下有许多著名剑士，如有“柳生三天狗”之称的柳生宗严、柳生宗钜以及柳生十兵卫。柳生宗严曾仕于织田信长，后托病辞官，潜心研究剑法。喜隐遁也喜游历的宗严，命中注定地遇上在伊势国游历的恩师上泉信纲，有种郭靖遇上洪七公的感觉。两人都痴迷剑道，日夜研习，于是大得精进。宗严终于将恩师所创的“新阴流”剑道发扬光大，成为一代宗师。民间便将新阴流称作“柳生新阴流”。之后，柳生宗严名声渐大，德川家康召其入门下为家臣，为德川家的兵法指导，德川家康本人就曾和柳生宗严比武过。宗严的儿子宗钜也做了家康的侧近武士。等丰臣秀吉死去，德川家康势力进一步壮大，在决定命运的“关原合战”

中，柳生家族就在德川家康阵营。柳生宗钜在家康儿子德川秀忠危难之时，使剑法连斩七人，护主有功，英名如长坂坡的赵子龙。这惊天绝世的“七人斩”被写进了日本正史。此后柳生家族中人，世世代代都担任德川将军家的家臣和剑术指导。

作为日本剑术的第一名族，柳生家传兵法书有《杀人刀》《活人剑》《无刀之卷》，还有后来由柳生十兵卫撰写的《月之抄》。想一想，那应该是跟金庸笔下岳飞的《武穆遗书》一样厉害的奇书吧。与宫本武藏的剑道不同的是，柳生家族的“无刀取”并不奢杀，讲求的却是不杀。这也是冷酷的武士道精神中一抹难得的和平之色。柳生家族寻常练剑之时，用的是竹剑，《陈真》中柳生静云被迫与陈真决斗之时，用的也是竹剑。竹剑是用来比试的，而不是用来杀人的，柳生静云血液中的仁心，也确是柳生家族所遗传的真魂。柳生的剑道，讲的是不杀，有仁在其中。

这样一个充满着传说和逸闻，也在日本正史中占有一席之位的剑术名族，一直活跃到德川幕府末年，洋枪洋炮冲破了闭关锁国为止。五百年荣光的家族，也是日本文学的宠儿。柳生十兵卫的文学形象基本上是一代大侠，行侠仗义。同时，因为他是第三代将军德川家光的小姓（即侍从），十三岁就开始侍奉家光，又与疑似有同性恋倾向的德川家光有同性恋传闻。但十兵卫似并不像父亲那样留恋幕府权力，他更是一个爱剑如痴的自由武士魂。

有日本作家写了一辈子的“柳生”系列武士小说，他笔下的柳生派，是一个隐藏在德川幕府的忍者集团。有部电影叫《柳生武芸帐》，主演是著名的日本硬汉演员三船敏郎，讲的就是忍者的故事。也不知柳生一族中是否真的出过柳生静云这一路的叛逆者。那个最具传奇色彩又有些叛逆，有些落拓不羁的柳生十兵卫，倒与柳生静云有几分神似呢，只可惜时常被塑造成独眼形象。

日本的魅力，就在于像柳生这样的古老家族如今依然存在，并且依然传授着剑道，恍惚中让你有几分真实感。若某天实在想去探究柳生静云这样的武士情操养成的真相，不妨去奈良的深山走一趟，去访一访柳生家族的故里柳生庄。那里有一条风景不错的小道，名叫柳生街道，江户时代就有了。那一条幽静的石子小道，不知铺陈着多少代柳生剑客们或悲或喜的人间事，而今都化成了秋日的静美。

武士的样子

日本武士的普遍形象是什么？也没有一种千人一面的半月头武士脸谱。黑泽明的《七武士》和稻垣浩的《忠臣藏》是一种悲壮的武士，藤泽周平笔下的是一种潦倒的武士，平安末期，从武士到政客的平氏和源氏武士又是一种巨变转型期的矛盾武士。失去家主的武士，成了浪人，又是一种没落的武士。

最初在日本的老电影中看到武士，会很纳闷：难道日本男子以秃为美吗？武士们一个个顶着奇怪的脑袋，而武士们身穿的直垂看着还算和谐。这是一种上衣下裙式的古代服饰，上衣垂领，三角形广袖，胸前系带。穿着直垂的武士方便活动。怪就怪在一个部位：好好的武士头上，秃了一大块。

原来这样的“秃发”也是源于武士的本色。武士的身家性命都已效忠于“主公”，头上秃一块又算什么？秃发是将由前额开始至头顶部的头发全部剃光，令头顶中前部光秃，呈半月形，使得头发不影响视野，便于搏杀。平安时代末期，权倾一时的入道相国平清盛，养了几百名十五六岁的少年正太。他们一律秃发穿赤红直垂，四处当探子，一经发现有说平家坏话者，就要捉拿是问，人称“六波罗殿之秃发”，惹得道路上的行人、骑乘、牛车皆避之唯恐不及。后来到了战争频发的战国时代，秃发被大多数武士采纳，成了武士们通行的发型。为了打仗多一丁点的胜算，连头上毛发都在“肃清”之列，可见武士阶层的命，悬于刀剑之上，正如霜露般易逝。

要了解日本武士，最好看一看日本老片《宫本武藏》三部曲。日本作家吉川英治的武士道小说《宫本武藏》跟金庸的武侠小说一样受欢迎，早在 1935 年就在日本的报纸上连载过。这下，武士道更影响了大众，当时的日本民间，武馆武道就很兴盛。

日本从天文、永禄到元龟、天正时期，武家各自开创兵法，武田家称武田流，北条家称北条流。当时在中国传入的兵法基础上，日本人又形成了日本特别的兵法。宫本武藏在日本历史上确有其人，他是日本战国时期的著名剑客，懂兵法，同时还是个书画家。从一介莽夫修炼为一代剑客，从三部曲来看，这个修炼的过程是从破蒙般的茅塞顿开，到一点点意识到自身的不足，一场场决斗的胜利，再到和尚对武藏说：“你太强了！”作为深度修为来说，这个“强”是局限性，是境界不够的强，而剑境最后必然与禅境合二为一，才是武士剑客的最高境界。

第二部始，宫本武藏变斯文了，他习书画，在艺伎那儿听音乐，淡定克制情欲，在跟武士决斗时还动了仁念。由此去掉了高僧扣在他身上的“太强了”的帽子，修为更进一步。

第三部，宫本武藏改变了对女人的看法。武藏虽有心爱之人，却将剑与女人对立，为成为剑客而离开女人，他是要剑不要女人的。但在第三部中，追随他十年，不断寻找他的心上人阿通最终获得了他的感情响应。其实，他也不能停止对她的思念，他雕刻的观音就是恋人阿通的模样，他完成了一个剑客的情感修为，即真正的剑客并非无情之人。此时的武藏也不再那么好勇斗狠，他遇事低调并且谦逊起来。面对另一位天才剑客佐佐木小次郎的决斗邀约，其实他并无较量的心思，他更想做的事是完善自己。于是他爽约，将决斗日期推迟了一年，说自己要去旅行，去体验世界，然后，在一个强盗出没的村庄边开荒种田。武士与农夫，在日本古典文化中似乎也是对立的一对，一个武士是最不愿意也不屑于干农活的。武藏从前就是这样，但现在的武藏开始喜欢上做回一个普通人的感觉，他在种田劳动中获得精神的快乐，至此，武藏作为一名真正的剑客基本上已是无敌了。

一年之期即至，佐佐木小次郎再约岩流岛决斗，宫本武藏最终能获得这场惊心对决的胜利，也是必然。武藏用平和心打败了依然以打败武藏为人生理想的佐佐木小次郎。当然也有人说，历史上的这场决斗，是因为武藏用了兵法，他因故迟到，占据了更有利地形而获胜的。

他用的是一把木刀。日本剑客之间决斗，打心理战好长时间，看不出动静时，其实是在较量意志，而真正的比画就那么两下。惊心动魄间，生死就已注定。两大传奇剑客看起来是彼此尊重，惺惺相惜的。

当佐佐木死于武藏的刀下，武藏真诚地洒下了武士之泪，带着对人生难以补偿的遗憾，驾一叶扁舟而去。而佐佐木小次郎的人生又能如何呢，要么战胜武藏，要么死在武藏刀剑下，他也是十分纯粹的。电影里的小次郎是个翩翩少年的形象，冷如冰雪，美貌惊人。小次郎的失败，或许在于他人生的目的性太强，作为一个人来说，他没有宫本武藏那么丰厚。

看《宫本武藏》三部曲，深感日本女人的一生，便是舍弃一切，义无反顾地追求自己想要的男人。她们的分量在男人那里并不太重，但是日本女人就是那么执着，愿意追到天涯海角，因为女人可以视之为人生最高理想的，就是获得她爱的男人的爱情。所以，当岩流岛决战前的武藏终于将阿通视为武士的妻子时，她的情感在与他的诀别与幸福之间，终于还是幸福占了上风。

“武士道”又是什么？武士道把忠看作最高的道德标准，认为主从关系较之父子、夫妇关系更深，故有“父子一世、夫妇二世、主从三世”之说。

日本作家新渡户稻造的《武士道》一书中讲到一个故事。说的是战国时代，有三兄弟，两个哥哥想要杀德川家康，事败，连八岁的弟弟八磨也受株连，三兄弟都要切腹。弟弟说，我虽然没看过切腹，但我会看哥哥怎么做，我就会了。等两个哥哥切腹后，八岁的幼童就学着哥哥的样子，安静地脱掉了上衣，也干净利落地完成了切腹。这幼童之死，便是日本人心口那凄美留香的樱花之逝。残酷被淡化了，生命的脆弱凄美，放大成了一种岛国独有的“大和魂”。

从武士道的年代，到明治维新，到“二战”的整个东亚战场，大和民族的迅速崛起真是不可思议。到明治维新前，武士的时代已是日薄西山。当时的藩主和朝廷贵族被称为“华族”，武士被称为“士族”，下级武士被称为“卒”。德川幕府像个咳嗽不停、直不起腰的垂垂老者，而曾经风光的武士阶层也气数渐尽。

《剑桥日本史：19 世纪》一书这样评价没落的武士阶层：“警觉性、勇气、忠诚，以及祖先的仪式都已弃之不顾：武士已经变得像是女人，像是商人，或像是劳工；他们大多数都既不懂得羞耻，也不履行职责，十中只有二三尚在坚守信念。”日本社会女子地位一向低卑，将武士形容为女人，不仅是相当严厉的批评，更是羞辱了。

但武士道在这个国家并没有消亡，武士阶层没有了，武士的精神仍附体于国民性之中。切腹自杀，不成功便成仁这种事，一直到“二战”时的中途岛之战等，都在上演失败后的集体殉国。

这个曾经男人们穿着一种奇怪的连裆内裤的国家，连艺伎的表演，都有一种人生境界上的肃穆在里头。靠怎样的精神和意志，他们才完成了属于一个民族在世界上的传奇？

20 世纪 40 年代的日本，军事上已经强盛到能与美国抗衡，回顾《珍珠港》之类的电影，又再想想前些天看的《金陵十三钗》，中日

当年力量的悬殊，足以使汪精卫等人“抗战必亡”之类的投降主义站得住脚。再看最近网上诸多感慨，如怀疑国民党军队人肉列队炸坦克的细节是不是真的，后来听资深军事迷解说，这是真实的战争细节。也有热血青年重提七十万对三十万的绝对人数优势而惨败的淞沪战役，国民党军队的伤亡人数是日军的 4 倍，如果把淞沪战役这一悲壮残酷的往事拍成电影，所能激起的当下中国人的不平静，一定远胜于由艳丽脂粉将悲壮亡国奴历程当作小曲唱的《金陵十三钗》。

忆起有年夏天到京都清水寺，大家都要去看一看清水舞台。那舞台建于悬崖峭壁之上，是由一百三十九根柱子支撑起来的。日本有谚语云：从清水舞台跳下去。意思就是要破釜沉舟。这清水舞台，赫然是武士道精神的又一个标签。

策士

竹中重治在生命的最后时刻说道："就算是我的智略，也是无法预测天命的呢，那么也该是休息的时候了。"最惋惜竹中重治英年早逝的人，应该是丰臣秀吉。

在群雄逐鹿的古代，以智扬名的谋臣，就有了自己登场的舞台。日本战国时代，也是谋臣们各显神通、各为其主的时代。有两个谋士，令人想到神机妙算的诸葛亮。他们不是舞枪弄剑的武士——那时候的武士出门，腰上都佩长短刀，而他们腰上没有，却也令人思慕起羽扇纶巾的优雅飘逸之风。

丰臣秀吉夺取天下，靠的就是前后两个谋士。前期有竹中半兵卫即竹中重治，后期有黑田孝高官兵卫。黑田孝高官兵卫的名利心要比竹中半兵卫重些，他不像前者那样，宁愿隐居起来也不愿出仕，要丰臣秀吉像刘备对待诸葛亮那样地恳求许久，才渐动"凡心"，答应辅佐。他因为不喜欢织田信长其人，不愿意直接面对他，宁愿给当时的藤吉郎（后来的丰臣秀吉）当谋臣。黑田孝高官兵卫绝顶聪明，他在原来侍奉的主君小寺政职那里不得重视，也没有知己，只被当成怪人看待。身为小寺政职的第三代家老，官兵卫很无聊地混到了三十多岁，终于决定择个明主投效。于是经过对比当时的两大势力毛利家和织田家，他觉得自己的才华，只有与织田势力结合，才能开花结果。

此后，官兵卫设计让丰臣秀吉注意到自己。与官兵卫一见后，秀吉果然觉得他比之前的谋臣竹中半兵卫更像个真正的谋士。因为他在官兵卫身上看到了野心和热情，看到了一种征服天下的蠢蠢欲动。而竹中半兵卫虽然才智也极高，但本质上他是个出世之人，有一种隐世君子之风，从不显山露水。

此后，后来居上的黑田孝高官兵卫和丰臣秀吉一直为最佳拍档，但丰臣秀吉却一边用他，一边警惕他。他从不提防竹中半兵卫，对他只有敬畏之心，因为半兵卫这个军师，最大的特点便是无欲。而官兵卫颇有点像侍奉织田信长晚期的自己，有些叫作野心的东西升起来，是需要用心谨慎地去克制的。特别是在丰臣秀吉与毛利家的艰苦战斗中，忽闻“本能寺之变”，官兵卫没有考虑到秀吉跟随织田信长二十多年，对信长有亲人一般的感情，马上直率地指出这是秀吉夺取天下的良机，更让秀吉的心里种下了“此人可畏”的防备之心。

最后夺取天下时，黑田孝高仅封得一个大名，得到一块不大的封地。晚年喜欢跟手下聊天的丰臣秀吉说出了自己的心声：如果他像当年织田信长对待自己那样对待官兵卫，那么官兵卫最终将取代自己。这种担忧，在丰臣秀吉身上自然没有成为事实。因为官兵卫不具备开辟天下的实力，或者说缺了点天时、地利、人和，但司马懿辅佐曹操，最终司马家夺了曹家天下。

论美德，心静如水的竹中半兵卫要高于官兵卫，他没有野心，所以能鞠躬尽瘁，死而后已。官兵卫在新主与旧主的战争中，出于道义想救旧主，结果身陷囹圄一年多，同时也被新主织田信长认为是墙头草，而要杀他的儿子。正是竹中半兵卫铤而走险，为丰臣秀吉承担了藏匿官兵卫儿子的责任，最后又为营救官兵卫而四处奔波病死战地。这样的谋士，无论放在中国还是日本，都是千古难遇之人。

竹中半兵卫这个人刚出道时，着实令人惊艳。他是西美浓岩手村的一个贵族，名竹中重治，年少时身体虚弱，为人木讷，总被人看不起，后来成为一个乡下小豪族的领主。丰臣秀吉进攻美浓时，吃了这个年轻人设计的阻击战方案的亏，方知这弱不禁风、脸色苍白的弱冠男子，才是自己真正的对手。竹中半兵卫从小熟读兵书，足智多谋，秀吉就想策反他。这半兵卫，虽是有名的美男子，在美浓国的境遇却并不佳，因为当时的男人崇尚的是武力。美浓国主斋藤义龙，是只知酒色的昏君，对体弱的半兵卫非但没有尊重，更是极尽嘲笑之能事。于是这内心天真、一时年轻气盛的半兵卫做出了惊世之举：他只用了十七八个人，就轻轻松松夺取了美浓国主城稻叶山城。更有趣的是，半兵卫夺国主之城，并不是为了谋反。这次半游戏性质的政变，仅是为了证明自己的才华。也就是说，我寂寞了，夺个城，闹着玩儿。他说他夺城的目的，只是冒死劝谏他的国主，也就是美浓国的大名，不要太荒淫而已。夺完了，兵谏完了，他还要完璧归赵。他说到做到，自己忽然就从稻叶山城隐遁了，住到了一个已经废弃的古庙里。最终，半兵卫被另一个奇人——三顾茅庐的丰臣秀吉打动了，才肯出山助他。若没有丰臣秀吉的慧眼，或许一个天才谋士就这么隐遁到死了。

这位竹中半兵卫之仙、之奇、之趣，在中国古代历史上都很难找出来。不过身体不够强壮的半兵卫，在三十六岁的盛年就过劳死于征战奔波的途中，让人想到三十六岁就积劳成疾、英年早逝的中国美男子周公瑾。据传竹中半兵卫得的是肺病，英国诗人济慈、中国佳人林黛玉、民国才女林徽因、法国妓女茶花女，都死于这颓艳的不治之症。

这位战国时代的天才谋士，并没有征服天下的野心，他内心更多的是一派天真烂漫。丰臣秀吉曾感慨，像竹中半兵卫这样清心寡欲的人，其实最难笼络。

日本作家茂吕美耶说黑田官兵卫，“有时候人拼命为另一个人效力，并非为了名利，而是单纯想得到对方一个赏识的笑容或肯定的眼光而已”。与知己碰撞所得的快感，其实比天下更重要。黑田官兵卫一生，为秀吉打了无数胜仗，攻城略地，不仅有谋略，还和诸葛亮一般，是个出色的外交家，可以舌战群儒，不战而屈人之兵。这样的人，功高盖主，其实人生何尝不凶险？

丰臣秀吉去世时已过花甲，不如说他是死于自己征服朝鲜进而攻入明朝的狂想。时任关白的丰臣秀吉在给朝鲜国王的战书中说：“夫人之居世，自古不满百岁，安能郁郁久居此乎？”丰臣秀吉心中的火焰，是一个大胆狂妄的构想：占领朝鲜，再灭明朝，之后把后阳成天皇接到北京，开创一个全新的征服王朝，就像亚历山大征服文明古国波斯后所做的那样。这样的狂想可谓石破天惊，在战国时代，也肯定超越了绝大多数人的认知能力。

只有这一次朝鲜战争，引起了主子与军师之间最大的分歧。黑田官兵卫是反对进攻朝鲜的，因为他觉得日本国内好不容易统一，百废待兴，民众也需要休养生息。但此时的秀吉被自己的征服梦想激励着，不愿再听官兵卫的谏言了。因为在战略上的根本性分歧，官兵卫在这场著名的万历朝鲜战争中有些消极，惹怒了秀吉。后来明朝出兵帮助朝鲜李氏政权，秀吉大败，梦断朝鲜。不知秀吉临终时，是否后悔不听军师官兵卫之良言，以致陷入一场不自量力的战役，赔光了丰臣家族好不容易建立的政治资本。若是竹中半兵卫还在人世，一定也不会同意秀吉像脱缰野马那样，剑指当时并不羸弱的万历大明朝吧？

秀吉晚年，喜欢和部下亲信议论古今。曾言道，他死后只有官兵卫最有可能取代他得天下。因为这始终存在的戒心，秀吉其实对官兵卫的赏赐并不丰厚，甚至是有失公平的。官兵卫后来也多次请求隐退，但秀吉就是不肯放马归山，还是要用他。聪明如官兵卫，怎能不知秀吉的心病呢？恐怕他内心也是认可秀吉这样赏识他又提防他的吧？所谓知己，知你为何爱我，也知你为何恨我。秀吉与官兵卫，正是这样的一对君臣。秀吉征服天下后，本想鸟尽弓藏，赐官兵卫切腹自尽，不过终究有些不忍。秀吉的天性，本来就要比越王勾践阳光得多。官兵卫终于还是像司马懿那样隐退了几年。

秀吉死后，官兵卫果然想争夺天下，怎奈最有耐心的、已等了五十年的德川家康迅速上位。官兵卫少了天时地利，再有才能也无力施展了。官兵卫是寿终正寝的，正如他最后所说："最后之路途无须迷茫，顺其自然即可。"争夺天下的时机稍纵即逝，那么就顺其自然吧。

战国时代，男子出生入死，风餐露宿，平均寿命不到四十。织田信长在四十八岁那年遭遇"本能寺之变"，临死前慷慨悲歌一曲《敦盛》，从容赴死。战国三雄逐鹿天下，最终是不动声色的德川家康笑到了最后。而一代军师黑田官兵卫在那个时代也属高寿。他在四十四岁的时候退隐出家，改名黑田如水，但并未做到心如止水。他的一生雄心未尽，还好最终他的儿子黑田长政做了德川家康下属的大名。

西行法师

西行法师（1118—1190），日本平安末期和镰仓幕府初期鼎鼎大名的高僧，出家前俗名佐藤义清。义清出身贵族，不仅是有京城第一武士美誉的北面武士，还美姿容，知兵法，又是出色的和歌家。但这样的绝妙人物，二十三岁时就弃绝红尘，出家当了和尚，幸有《山家集》留存后世。

有记载说，当年的佐藤义清是因挚友忽然离世，深感人生无常而看破红尘。

比起中国人，日本人似乎更容易被人生无常的幻灭感所左右，或许是他们并没有从中国吸取中庸之道吧。上至天皇，下至平民，都容易被这样决绝的情感左右。

日本第六十五代天皇花山天皇，十七岁登基，颇有文才，擅和歌，仅两年就因宠爱的妃子辞世而心灰意懒，在元庆寺剃席出家，成了花山法皇。反观中国同样有才的清朝贵族情种纳兰性德，爱妻亡故，他也不过是写些诗文怀念，自己的人生还得过下去。

大河剧《平清盛》中，佐藤义清是贯穿始终的人物。一代美男子，凡见到他的女子，都会做出花痴行状。义清一生追求的是最美的事物，

而不是最高的荣华富贵，或天下第一的武功，这些俗事对他都不值一提。但义清武功又十分了得，连以武士身份掌权、改写了日本历史的平清盛都要为之折服。野心勃勃的武士平清盛从少年时代起，就将义清视为最好的朋友和知己。但平清盛是个粗人，并不懂得佐藤义清为了追求转瞬即逝的美，甚至有感于美的易逝而出家的那种心境。剧中最煽情的一幕，是平清盛十分悲伤不舍地，在一处荒郊野外见证了好友义清断绝红尘的落发。从此，佐藤义清成了西行法师。

义清出家后决不拖泥带水，真的斩断情丝一心向佛。就这一条，都是许多日本高僧望尘莫及的。

关于西行法师的出家，有一种传说是，佐藤义清与平清盛相交于一起作为天皇北面武士的时期，义清深得天皇赏识，但很快又陷入与中宫藤原璋子的感情纠葛中。璋子本已陷在与白河法皇的不伦之恋中，白河法皇死后，她被丈夫鸟羽天皇冷落，但鸟羽天皇与中宫璋子之间也并非真的无情。这时感觉到璋子寂寞内心的北面武士义清爱上了璋子，那激情热烈得难以控制。他时而柔情体贴，时而妒火中烧，在一次与心生悔意的璋子的争执中，险些失控杀死柔弱的璋子。为此，义清深感自己的迷失，终于看破红尘，决然抛妻弃儿出家为僧。大河剧《平清盛》中，为了表现义清抛弃尘世的决心，甚至让他狠心地踢了本要承欢膝前的小女儿一脚。义清这一脚以表出家的决绝，情形颇似同样曾风流倜傥的弘一法师李叔同。李叔同始出家时，妻哭泣着追到杭州虎跑寺的日本爱妻也是冷漠置之，只说“回去吧”就再不发一言。弃绝尘间爱与可留恋之物，必得要这样的狠与冷，否则那千般情丝，万种辜负，如何斩得断，理得清？出家后的西行，浪迹天涯，去追寻美的事物，比如转瞬即逝的晨露、晚霜，四季的变奏，星辰与流萤，西行法师对美的发现和体悟，有许多就留在了《山家集》之中。“富士烟披靡，随风当空尽。不知何处去，此身独思忖。”西行法师思忖了一生，不知最终又是怎样看待美的事物呢？

鉴于西行是这样的一个人，也最易在一些美的时光才想到他。比如，在皎皎月光下想起西行，是相宜的；在闪着清寒之光的雪夜想起西行，也是相宜的。连日本俳人松尾芭蕉，也极爱他的前辈西行法师，他曾在月光下诵起西行的和歌：

彻夜狂飙猛
扯潮频袭汐越松
皓月当空照
枝头珠滴落如雨
似飞无数水流星

对松尾芭蕉的爱大约也有些年头了。时常觉得芭蕉是西行的知己。芭蕉说，“一生苦行旅，梦魂此去归何处。依旧绕荒野”。像是说自己，又像是说西行。

芭蕉的故乡在日本三重县的伊贺。1694 年 10 月，芭蕉五十一岁时在大阪辞世，正应了织田信长的辞世歌“人生五十年”。或许他的灵魂在上路前会带上他的《奥之细道》，追寻西行法师的奥州小道而去吧。

芭蕉因为深爱偶像西行法师，出门游历名山大泽时，经常打扮成僧人。他也称自己是病倦而厌世的人。他在游历途中，一路带着古籍，一路体会着前人的歌咏，也会停下脚步，在某地待上三五日，和当地俳人们相聚，作歌欢会。芭蕉的《奥之细道》，令人想到元曲中的“古道西风瘦马”。这次长途旅行，于 1689 年 5 月 16 日从江户出发，他一路骑马坐船或扶杖步行，行进两千多公里。生命中的最后十年，芭蕉一直在路上，只是这一次最长。寂，闲，隐，孤，是他的“细道”，以及“细道”上的所悟。

《奥之细道》中，他多处提及最尊敬、景仰的歌人西行法师。某天，芭蕉在旅途驿站中，见当地一遁世隐身的僧人在巨大的栗树下结庐而居，便触景生情地想到昔日西行法师曾吟诵“更拾橡子几粒餐”之句。又一日，芭蕉在旅途中，由象泻泛舟出游，行至干满珠寺后的水边，水边有日本神功皇后（日本第十四代仲哀天皇之皇后）的御陵，见西行法师曾吟诵过“泛舟樱花上”的那株老樱还在——这棵老樱树，也被日本人命名为“西行樱”。又是一番激动和怀念。

与西行同时代的，还有一位康赖法师，即“海浪传歌”的康赖法师，不知两人是否有过交集。康赖因与当时权势最大的入道相国平清盛作对，被流放到了鬼界岛。他有一好友藤原成经。两人被一起流放到海角荒岛，相依为命，成为莫逆之交。长夜漫漫，二人就彻夜吟唱。康赖想了个办法，通过类似一千个“瓶中信”的方式，将自己想归故乡的心声写成和歌传递回京都。于是，京都老少，人人开始吟唱康赖的流人之歌，这流人之歌终于打动了平清盛。等到获赦，两人反倒不舍得启程，于是又拖延几日，终于共乘一车回京都。行至七条河原，该分手了，他们还是难分难舍。其后，康赖法师在东山双林寺山庄，专心著述《康赖宝物集》，共四部佛教故事集。所谓患难知己，就是如此吧。

英雄薄命

红颜薄命令人动容，英雄薄命也是动人的，甚至更令人动容。绮年玉貌的英雄薄命，更是令多少后人惆怅。而一部日本史中若没有这样催泪的断鸿零雁，也就少了魅力了。

源义经，小名牛若丸，有名到什么程度？《义经记》中载："源九郎义经。义经者，我朝无匹之名将是也。"放在中国，他在民间似诸葛亮一般受爱戴。因为义经不仅身世离奇，武功盖世，还貌若潘安。但他最后因功高盖世，被兄长源赖朝猜忌，自杀于平泉，命运令人扼腕。日本老百姓特别喜欢义经，甚至将义经神化了。很多传说都认为义经的真身逃离了哥哥的魔掌，经北海道渡海去了西伯利亚，最后进入草原。还有好事者著书说，日后马踏欧亚大陆的成吉思汗就是源义经，如何如何。这只是日本人有些荒诞虚无的一厢情愿罢了。

但各种传说说明了日本人对义经的死是非常同情的，就像被明成祖推翻了的建文帝。也有中国民间传说他没有死，而是逃出皇宫隐遁了，声势浩大的郑和下西洋，其实还肩负着替不放心的朱棣寻找建文帝下落的任务。虽然源赖朝和朱棣都是不平庸的开拓者，但在百姓看来义经和建文帝一样，都是被至亲迫害，是值得同情的一方，因此总希望他们的结局会好些。

义经死于 1189 年 6 月，只活了三十一岁，比三国时期才貌双全的周公瑾还英年早逝。民间常见绘草纸，即日本的木版画上画的义经，始终是少年形象，额前的头发不分开，像女孩子的刘海，衣着华丽似贵族公子。日本仙台则有义经堂。义经的遇难地在平泉，当年源家兵败，义经流落在平泉，一直受关东第一大豪族的家主藤原秀衡庇护。岂料他后来帮哥哥赖朝灭了平家，反招来杀身之祸。他再度避祸平泉时，藤原秀衡已病故，其儿子藤原泰衡畏惧源赖朝，最终出卖了义经，致使源义经自杀。

身负绝世武功，才高八斗，身世苦难，身边有绝世美人——他的母亲常盘和爱妾静御前都是日本著名的美女，柔弱，善良，美得不可方物。

义经的归天会让人觉得是天妒英才，或许只是假手相对平庸，又更懂权谋的同母异父兄源赖朝收走了他。这位开创了幕府制度的源赖朝呢，最好出现在宫廷政变之类大讲阴谋论的历史剧里。

若论起来，义经的杀身之祸起于后白河法皇的加官之赐，这其实也是担心皇权被彻底架空的法皇使的兄弟离间之计。他故意直接给源义经封官，而义经是源赖朝的家臣，法皇给家臣封官，当然得先通过家主，但法皇这一阴招，将战功赫赫的源义经置于两难境地。义经知兵法，却不是政治家，他没有征得哥哥也就是家主赖朝的同意就接受了册封，从而使赖朝认为义经有了自立门户的二心。再说，从少年时代起就遭流放多年的源赖朝，本就是心胸狭窄之人，爱猜忌且多疑。任义经后来怎么想以兄弟之情感化他，他都铁了心要杀义经。从此，兄弟共济变成了兄弟相煎。

源赖朝的天下是弟弟源义经打下的。功高震主，祸福难料。源赖朝或许知道中国大宋朝的两个开国皇帝赵匡胤和赵光义兄弟间斧声烛影的传说，就想不如早点除掉心腹之患。

大河剧《平清盛》中，义经的母亲常盘御前先是源义朝的侍妾，是有“明眸祸水，流离美女”之称的京都第一美人。当时平源两家都是刚刚发迹，平清盛和源义朝还有哥们儿之谊，颇有点惺惺相惜的味道，这三人还时常在一起，平清盛尊称常盘为嫂子。后来两家争锋，势不两立，平清盛击败了源义朝，但此时的平清盛还不像后来权倾朝野时那么飞扬跋扈，源义朝的人该怎么处理，他还是有矛盾的。他先是占了源义朝的女人常盘御前做侍妾，保全了常盘生的三个孩子，其中包括源义经。在处理源义朝长子赖朝的问题上，他又心软了一次，他本要杀了赖朝斩草除根的，不料平清盛的继母池禅尼为赖朝求情，说赖朝长得像清盛死去的弟弟平家盛，清盛只得从了。常盘生了平清盛的女儿后，源义经被送去鞍马寺，在此读书、学武、学兵法，十六岁长成文武双全的美少年，就去投奔了藤原秀衡。义经的母亲常盘，很快就被平清盛厌倦，转送给别人当小妾了。

就这样，平清盛的“妇人之仁”给平家留下了大患，日后源家两兄弟成了平家的掘墓人。星星之火可以燎原，从家族利益和战略的角度，这样的“仁心”被嘲为一时“妇人之仁”而失了大局，也确实有些道理。读日本史书，从平氏和源氏的争霸，想起讲中国春秋时期的故事“赵氏孤儿”，左顾右盼中，就更能体会到程婴救孤的大局意义。

义经之死，日本史书《吾妻镜》文治五年条的记述是：“入豫州持佛堂，先害妻（二十二岁）子（女，四岁），次自杀。”也就是杀完妻儿之后，义经自杀。义经自己英雄薄命，他最爱的女人静御前也是红颜薄命。静起先是“白拍子”舞女，十五岁成为义经妾，和义经有过一段郎情妾意的幸福生活。但兄弟决裂后，静就跟着义经逃亡。后逃亡路上两人不得不分开，最后已怀孕的静被源赖朝的人抓获。这柔弱的女人，面对严酷审问拒不供出丈夫的行踪，被命在神前献舞，她就穿上“白拍子”的舞服端庄起舞，并吟起思念丈夫的歌——“吉野山峰雪审慎， 与君诀别身飘零， 朝夕思念肠九转，相期唯有在梦里。”静御前后来生下了义经的遗腹子，被赖朝杀了。闻丈夫死讯后她出家为尼，或许因为太过伤悲，一代美人在二十岁的芳龄就香消玉殒了。

忽然想起谁说过，源义经其实更像是平家子弟。确实，看过《平家物语》的人，都会觉得源义经的气质跟平家后期的贵族气质更相似，不再只是赳赳武夫的模样。义经会和歌、会操琴、会吹笛，美姿仪又举止优雅，有情有义，又知兵法。然而，义经亲手埋葬了平家，又梦断源氏。倘若当年平清盛最后能感动义经的母亲常盘，使常盘不再为复仇而隐瞒义经的真实身世，义经一直在平家长大，为平家所用，那么，日本的历史就得改写了。若真如此，这一出日本版的“赵氏孤儿”故事，就更加惊心动魄了。

源赖朝活了五十二岁，他的死也是日本史的谜思之一。就像中国的宋太祖那样，源赖朝也是突然死了，让人对他的暴卒产生无限想象。他一生处心积虑，从平家夺权，开创了开天辟地的镰仓幕府时代，到头来好像是白忙活了一场。他之后接盘并长期执政的是他妻子北条时政的家族北条氏，后被外戚干政篡位，想必他在黄泉之下也要恨得咬牙切齿吧。

比叡山僧人

村上春树说自己的父亲是个僧人。在日本，这没什么好奇怪的。日本净土宗，自古允许僧人娶妻生子。到明治五年以后，其他佛教宗派也认可僧人婚娶，当时僧侣之子还更受当地人的尊敬。不过“明治三才媛”之一的樋口一叶就直截了当地说：“法师有若木屑，岂不令人感觉得格外俗气。”她也讽刺过龙华寺的大僧人随着财产的增加，肚皮也愈加肥大。对于出家人，人们总一厢情愿地认为他们最好都像西行法师那样，长一副清秀脱俗的好皮囊，以为尘世间的标杆。

史上日本也曾是笃信佛教的国家，奈良和平安时期的日本贵族大都信佛茹素，但日本的僧人们似乎都特别地不守清规戒律，还是有点令人纳闷。

读整个日本古代史，会发现日本人爱出家。天皇做烦了，出家后叫法皇，照旧权势熏天。大臣做烦了，出了家，称某某道人。贵族女子年老了，或死了丈夫，就出家，称为某某尼，平民女子也有年老出家的。

至于出家的理由，可大可小，有些理由听来叫人难以置信。真是生命中不可承受之轻。如何呢？比如日本第六十五代天皇、大才子花山天皇，十七岁登基，在位仅两年，就因宠妃辞世而心灰意懒，在元庆寺剃度出家。后鸟羽天皇在位时，有位信浓国的前国司，名叫行长，素有博学之名，有次参加白居易《新乐府》的讨论，他一时短路，将《七德舞》一诗忘了两句，就被人取了个“五德冠者”的绰号，他听到后无地自容，竟出家去了，成了行长入道。相传《平家物语》最早的版本便是他写的。只看《平家物语》开卷处，祇园精舍的钟声道着源平兴亡事，那份洞察与了悟，便猜是行长入道的觉悟。

因为出家比较冲动，一个诱因顿觉人生虚幻、生命无常、万物都不足以长久倚赖，就自告别红尘，但出家后要真正地守戒，遵守佛门的清规，又谈何容易？日本的僧人开起杀戒来，比在俗的武士还气势汹汹。他们本来就无须像其他国家的僧人那样守很多清规戒律，但按律令，僧人一旦被判有罪，就得追回度牒，勒令还俗。

治承元年，因为比叡山僧兵抬出神舆冲击大内事件，触怒法皇，天台座主高僧云明大僧正被勒令还俗，还被流放。后来僧众因不满再次闹事，救回云明大僧正，但又闹出更大的事端。

《徒然草》中就说到一个故事：某日，日本天台宗的明云座主遇到一位相士，就问相士有无兵仗之难，相士就说有，后来明云座主果然中箭而亡。相士为什么说有兵仗之难？因为连世俗世界外的天台宗座主，心中都生出了兵仗之难的念头，恐怕正是兵仗之灾的前兆。当时的僧人好武斗狠，争权夺利，一点也不太平。这相士聪明，算的不是命，而是现实态势演变的因果。

比叡山在京都附近，风景很美，秋天更是赏枫佳处。若见山上火烧云般的漫天红叶，不免又会联想到战国时代震惊世人的火烧比叡山事件，也使人望红叶而顿生历史兴亡之叹。

日本历史上著名的僧人最澄，曾经到浙江天台山学法。回国后，于平安时代初期的788年创立了天台宗寺院延历寺。比叡山一直是日本天台宗的总本山，是佛门圣地。比叡山在日本佛教中的地位如此之高，还因为它和历代天皇家有着良好的关系。历史上推翻了镰仓幕府，有过短暂“建武中兴”，又开启了南北朝两个天皇政权割据的后醍醐天皇，就曾两次逃到比叡山避难。

比叡山的僧侣可娶妻生子，可拥有领地，拥有僧兵武装，这里俨然是一个世俗之外的独立王国，是罗马城中的梵蒂冈。比叡山上的延历寺，更是被誉为镇护王城京都的寺院。

比叡山供奉着三千菩萨，但比叡山的僧人一直都是个大麻烦。平安时代后期，白河天皇曾说过，人生唯有三件事不称心：双陆骰子，贺茂川的水，比叡山的僧兵。天皇都为控制不了僧兵而烦恼不已，可见比叡山的僧人，确实是不好惹的刺头了。

平安末期，当着太政大臣，权倾朝野的平家家主平清盛曾策动过一次仓促的迁都事件。承治四年（1180年）6月，平清盛强行将国都迁往平家的据点，邻近当时国际贸易港大轮田泊的福原（今天的神户附近）。但这次让人怨声载道的迁都，也导致了平家势力的削弱。迁都的一个原因，就是比叡山僧人老是闹事，闹得京都都城不得安宁，而平清盛也认为延历寺僧众无法无天，对平家势力是个潜在的威胁。

比叡山的所谓高僧不仅调戏民女，有时还秽乱宫闱，勾引宫女和贵族女性。日本古书《愚管抄》中，就记载了高僧源空的两个弟子住莲、安乐二人和宫女私通之事。源空是日本净土宗的教主，九岁奉父遗命出家，十三岁在比叡山师事源光，但他的两位弟子住莲和安乐的丑事也牵累到了源空本人的清誉。由于住莲和安乐的魅力，宫里的女性有好几个都对他们青眼有加，彼此有秘密往来。最后事情败露，连天皇家都被色胆包天的淫僧盯上了，真是让人忍无可忍，住莲和安乐终于被下令处死了，源空也被连累。1207 年，源空被流放并勒令还俗，后来才被赦免。

比叡山僧人臭名昭著。一直到了战国时代，一代枭雄织田信长，也还在为比叡山的僧人而烦恼。信长是石破天惊的无神论者，在那个时代是个狂妄得天不怕地不怕的人物，他曾经气得要用大铁锤把比叡山的菩萨像都砸掉。后来，这位无神论者就有了火烧比叡山之举。他的大军进入比叡山，不仅火烧，还屠杀当地的僧侣，甚至连僧侣们玩弄的女人、俊男都不放过，全部杀死。

织田信长并非一开始就大开杀戒。元龟二年（1571 年）9 月，信长多次发布“避难劝告”，要求僧兵撤退，但延历寺众僧倚仗佛教圣地无人敢犯，继续在山上纵酒欢歌，与信长大军为敌，这才激怒了信长痛开杀戒，他也因此得了残暴的坏名声。但江户中期的朱子学者新井白石却认为，“亡山门者，非信长也，山门也”，意思正是比叡山僧人荒淫无耻，才会酿成日本佛教史上的这一大灾难。

愤怒的织田信长曾历数比叡山僧人们的几宗罪：舞弄刀枪到处杀生，荤酒女色无所不沾，不学无术，不拜佛祖，甚至怠慢佛前供奉，过着破戒的荒淫生活，这在京都早就不是什么秘密。更有甚者，有的僧人在大阪与女子同居，带着女人出入公共浴场，其荒诞行径就连常人都面红耳赤。

信长对比叡山的大杀戮，也给自己的声名留下了隐患。他的手下家臣明智光秀是虔诚的佛教徒，他曾多次劝说信长不要火烧佛教圣地比叡山，但对比叡山僧人自称“第六天魔王”的信长不为所动，这或许正是日后光秀与信长离心离德的一个重要原因。信长攻之以火，明秀还之以火，也正合了一轮因果。

日本的僧人是可以有婚姻的，但太过荒淫总归影响不好。著名的一休禅师，就是历史上著名的淫僧，他一生不知有过多少女人。有次一休想勾引来庙里礼佛的美丽贵族女子，主动邀请人家跟他一夜风流，岂料女子不着他的道，他也就潇洒地写了首和诗自遣，表示这样无缘，自己也不惋惜，是你不解风情，错过了这本可以很美好销魂的一夜。到了老朽的晚年，一休爱上十八岁的盲少女，常为她写情诗。这样一个一休禅师，依然是公认的高僧。一休的辞世诗，“谁奏还乡真一曲，绿珠吹根笛声长”，好一种阅尽人世的缠绵悱恻啊。

色戒不算戒，那出家人不是更自由了？所以古代的日本人要是活得厌烦了，动辄就厌世起来，出家为僧。

规矩虽然宽松，但毕竟还是有规矩的，闹到像比叡山的僧人那样无法无天，连天皇都要皱眉了，祸端也就来了。

吉田兼好在《徒然草》中，还讲过一个僧人间寻仇的故事。故事朝代不明，就说有一个地方叫宿河原，聚集了许多自号“暮露”的野僧。所谓“暮露”，意指看似舍弃了现世，执念仍然深重；虽已皈依了佛门，但在人间常有争斗之事；看似放浪形骸，却也重义轻死。其中有一位叫色押的暮露僧人，有一日其仇——也是僧人，从东国远道寻来为师报仇，因为他的师父正是在东国被色押所杀。这色押见仇人到，便说“来得好！”于是两人辞了众僧，去到一条河边决斗，双双殒命。这个僧人决斗的故事颇有些快意恩仇的意味。吉田兼好自己也是出家人，他对这件事的评论是：在刚毅果敢这一点上，暮露还是值得称赞的。

明治天皇时，曾颁诏允许僧人吃肉、娶妻、蓄发，尼僧也可食肉、嫁人，果然是“酒肉穿肠过，佛祖心中留”。所以一说僧人，不要将日本的僧人和其他佛教国家的苦行僧和清修僧们混为一谈。

猴　子

江户时代有一首无名氏创作的狂歌（滑稽和歌），谓：“织田先捣春，羽柴（秀吉）揉捏天下糕，躺着吃的是德川。”

《新史太阁记》，是司马辽太郎的一本历史传记。这一回传主是日本战国时代著名的枭雄，狂歌中“揉捏天下糕”的丰臣秀吉。丰臣秀吉，人称“猴子”，“亦猴亦人，亦人亦猴”，因长相矮小、貌丑似猴而得此诨名。谁料这一被人耻笑、受尽苦难的猴子后来居然登极，真是时势造英雄。同样生在乱世、貌丑的庞统被刘备小看，郁郁不得志，最后为了要证明自己而出征，命殒“落凤坡”，然后再也没有以后了。而貌丑惊人的“猴子”，却被织田信长看中，不断提拔和重用。最后，织田信长因“本能寺之变”被家臣明智光秀所害，丰臣秀吉击败另一织田家家臣柴田胜家，取代织田信长成为战国霸主。

司马辽太郎在给丰臣秀吉作传时，特别在意秀吉身上的商人性格。应仁之乱后，当日本漫长的镰仓幕府和室町幕府即将结束，商人开始粉墨登场，在之前以武士和农民为主体的日本社会中，成为一支新兴力量。新兴商人阶层身上，甚至有一种奇特的“神秘性和英雄性”。

司马辽太郎描写小时候的“猴子”，有个特长是算账飞快，而当

时的日本，懂得计算的人还很少。“猴子”出生于尾张，与当时的藩国三河相邻，两地人的地域性格迥异。三河是极端典型的农民气质，诚实，温厚，重情义，英勇善战，不喜投机。日后，三河出了战国三雄之一的德川家康，他的临终遗言是“望德川家家政制度沿袭三河时期永不变样”。而尾张连农民都有一定的商人气质，或许正是以丰臣秀吉为代表：会赚钱，懂吃亏，狡猾；懂得投机，懂得进行利益交换。

农民出身的“猴子”从小只会割草，不会写字。不过，他小小年纪就知道，一贯钱若在路上吃喝，很快就没有了，若用来做买卖，就永远不会消失。在早年的流浪途中，他还曾以卖针为生。他身上的商人性格使他甘于将自己变成织田信长手中最好用的工具，哪怕在傲慢的信长面前自尊受辱，他都能忍而不发。最后，傲慢又刻薄少情的织田信长被愤于羞辱的明智光秀谋害，反倒成就了“猴子”的霸业。

丰臣秀吉不仅有商人思维，还是个“人精”，特别能笼络人心，他又很细心，从小的坎坷境遇，让他从江湖上学会了察言观色的本领。后来得了天下移居大阪城后，从前领地长滨的老人们去大阪城看他，每次他都欣然接见，见面便说：“家里来人了！”有如春风般温暖。这样待人，谁会不投奔而来呢？

一个人身上往往有两极，秀吉年轻时有多谦卑，晚年就有多狂傲。他的狂，皆因他内心的不满足。统一日本，当上关白后，秀吉的心并没有从此享乐偷安休干戈，坐拥各个豪族的美女，他内心已经燃烧起新的激情，开始觊觎起大明朝。他心目中的远方，连朝鲜都只是“借过”。他已经开始对日本领土不满足，想要逐鹿中土。如果秀吉身在草原，那么他的心恐怕只有成吉思汗能懂。

身高不到一米五的“猴子”，最后死于他狂突的激情。作为同一时代的实际统治者，当时明朝当政的是万历皇帝。万历帝在张居正在世的时候还能勤勉于政，当了几年有作为的年轻帝王，张居正一死，年轻的万历帝就像被解除了紧箍咒的孙悟空一样放松下来，再也没有人管他。这位极其早慧的朱翊钧，从此竟有多年懒理政事不上朝。这样先勤后怠的反差，或许是因为从小生在帝王家。他从五岁就开始发奋读书，帝王家要学的东西太多，一路学习太辛苦，他又一直被老师张居正督促着，勤奋了许多年的学霸朱翊钧，终于要开始追求享乐了。而丰臣秀吉年轻时流浪四方，后来戎马一生，到死其实连一天的清福都没有享过。若他像明朝的万历帝一样，洗去征尘，多多地待在“后宫”，多与宁宁和茶茶这些战国美女厮混，那么丰臣家的统治或许会更长些。

丰臣秀吉不认字，但这并不妨碍他时有诗情。他的遗言，也令人想起当了一世枭雄，临终时嘱咐“分香卖履”的曹操。秀吉不放心自己貌美如花的侧室茶茶，临终想托付于德川家康，要家康娶茶茶，家康答应了。这位茶茶是谁？她是战国第一美女织田市的女儿。当年织田信长把妹妹织田市嫁给战国儒将浅井长政，后来两人生下三女两男，这郎才女貌的一对璧人，最终梦断于战国诸雄的敌我无常。长政被信长打败自杀后，织田市嫁给了丰臣秀吉的劲敌柴田胜家。当时织田市三十六岁，而织田信长的第一家臣柴田胜家已过花甲，很快，秀吉打败了胜家，胜家织田市夫妇与城堡同归于尽，烟消云散。当年丰臣秀吉很想娶织田市，市夫人恨秀吉执行哥哥信长的命令，杀了自己的两个儿子，非但不嫁秀吉，反而嫁给了秀吉的死对头。但造化弄人，女子的命运在家国兴亡间漂浮如萍，织田市的女儿茶茶却给秀吉做了侧室。最终，掌握丰臣家实权的茶茶带着儿子丰臣秀赖，也像母亲织田市那样败于德川家康，关原合战失败后，母子俩在曾被认为坚不可摧的大阪城上悲壮自尽。

丰臣家缔造的曾经十分了得的日本版图，在他死后迅速灰飞烟灭，战国时代里的男人与女人，命运的无常与乖张，足以让后世之人感慨不尽。

在大阪，去拜谒了大阪城。太阳底下，倚着金碧辉煌的古城墙眺望，眼里就不再是眼前的这座大阪城，而是丰臣秀吉建城之时的大阪城。大阪的历史不算长也不算短，比不过京都，却比后来称东京的江户要早。公元6世纪，著名的圣德太子在大阪上町台地建造了四天王寺，成为日本第一号官寺，专门在此接待中国来使。这是大阪第一次登上日本的历史舞台。到了战国时代，有了日本净土真宗占据的风水宝地著名的本愿寺，以寺庙以中心，一个人口超过两万的城寨型都市渐渐繁荣起来。

世事沧海桑田，先是织田信长，后来是丰臣秀吉，一个个传奇人物毕竟真的来过，在此建功立业。而这座日本最早的商业城市，与丰臣秀吉身上的商人气质也非常合拍。

载入日本史册的秀吉遗言：“随露珠凋零，随露珠消逝，此即吾身。难波的往事，宛如梦中之梦。”人生如梦，秀吉的梦，只是非同凡响罢了。

丰臣秀吉遗言中的“难波的往事”，应是指曾经的难波京吧。

信长之舞

遥想三国，“公瑾当年，小乔初嫁了，雄姿英发”。在日本最令人怀想英雄情怀的战国时代，织田信长、丰臣秀吉、德川家康三雄中，最雄姿英发的是谁？秀吉矮小丑陋；家康老成持重，靠寿命长笑到了最后；想来，丰姿无人能及的当是织田信长。

从许多对织田信长的描述中，我们可以想象一个介于曹操与周瑜之间，雄才大略，又特有贵族范儿和文艺情怀的，特立独行，不按常理出牌，让人一见便觉得耀眼得炫目的信长。

从现在能找到的各时期织田信长的画像中，我们都能看到信长的英武、炫丽和华美。从这些留世的画像中，可以想象他如西洋交响曲奏响的一生。织田信长几乎是个全才，军国大事了得，骑术箭术了得，艺术审美了得，男女之情深也了得。他临死之前，也像项羽舞剑那样，要来一段敦盛之舞。这敦盛之舞也即幸若舞，最能体现出日本人的生死观。据史书记载，信长平生爱跳幸若舞，舞姿迷人，穿扮女装时甚至可以把一大群美女给比下去。信长又堪称日本战国时代的梅兰芳，因为他扮女人实在太漂亮了。有次打仗胜利了，在庆功会上，兴之所至，信长又盛装扮起女人。舞后，他径直坐回自己的座位上，在场的人都惊呆了，原来这胆大包天的美女，竟然是信长本人扮的。

织田信长在“本能寺之变”被逼自焚前，曾边歌边舞的《敦盛》之舞，中译版本诸多，最喜欢这个——

细细思量，此世非常栖之所，
浮生之迅疾微细，
尤胜草间白露、水中孤月。
金谷园咏花之人，为无常之风所诱，荣华之梦早休，
南楼弄明月之辈，为有为之云所蔽，先于明月而逝，
人间五十年，比之于化天，
乃如梦幻之易渺，
一度享此浮生者，岂得长生不灭？
非欲识此菩提种，生灭逐流岂由心。

织田信长临终前的内心，也是追慕着在平源合战中视死如归的佳公子平敦盛的。当年平源合战时，平家美少年平敦盛披挂上阵，他年方十六七岁，薄施白粉，以铁浆染黑齿，眉目清秀，丰神俊雅。源家武士熊谷直实不忍对这如花少年下手，敦盛却视死如归。最后，熊谷直竟因杀敦盛而看破红尘出家为僧。而今遭遇爱将的谋反，信长吟诵着“人生五十年”，从容赴死。从平敦盛的平源两家争霸到信长的战

国时代，日本武士都视人生为朝露，不如视死如归。人生五十年，在佛教中等于“下天”的一昼夜而已。出身贵族，气宇轩昂的织田信长，他的骄傲与霸气有点像楚汉相争时的项羽，在战国诸雄中，可以想象他是最能舞出《敦盛》之舞真谛的武士，难怪后世的人们对其倾倒不已。

“本能寺之变”十年前，日本中国地区毛利家的外交僧安国寺惠琼，对战国诸雄的兴亡有先知般的洞察力。他经常出使京都，曾拜谒过信长，也见过时为信长家臣的秀吉。他收集京都的见闻传说，也搜集各藩情报，寄给毛利家主，信是这么写的：“信长时代似可持续三年五载。明年此时，当拜命公家之类也。其后，居高邻渊，将有大难。”信中又言，“观藤吉郎似将有望”。藤吉郎即日后的丰臣秀吉，当时还是信长身边的家臣。因有智谋，时时打胜仗，为信长霸业立下了汗马功劳，被从底层破格提拔到和柴田胜家这样的大家臣平起平坐。这位名惠琼的僧人，于天正元年（1573 年）说出这番“神寓言”，果然高僧也。虽然信长有大格局，像曹操那样“挟天子以令诸侯”，立了第十五代室町幕府将军足利义昭当傀儡，想以此夺取天下，但惠琼看到了织田信长的致命弱点，那就是待人刻薄无情，只把部下当工具，看有没有利用价值。织田信长并不像三国时的刘备那样，动不动就哭，懂得示弱以笼络人心。

据说刚强自大如织田信长，一生只流过两次泪。第一次，是他年少时不学无术，嬉游无度，他的师傅以切腹自杀的举动规劝他改邪归正；第二次，就是他宠爱的家臣丰臣秀吉（当时叫藤吉郎）为主子甘当死士，怀着必死之心为他出征，临告别时，藤吉郎的一片忠心感动了铁石心肠的信长，令他落泪。

有些太耀眼如美丽火焰的生命，容易烫到别人，也伤及自己。任是无情也动人的织田信长，没能躲过他生命中最大的劫数：被自己的家臣明智光秀背叛，一生奋斗都在本能寺的烈火中毁于一旦。

其家臣明智光秀的谋逆，直接导火线其实缘于一件小事。据《明智军记》记载，因光秀准备接待德川家康的餐宴质量不佳，织田信长觉得失了自己的颜面，令其随从森兰丸敲光秀的头，自尊的光秀觉得大受侮辱，于是有了反心。但其实更深层的原因，恐怕要归结于信长在自己最有能力的几位家臣之间没有做好平衡。他用他们，同时也扼制他们。所谓的用多恩少，总会让有些自视甚高的家臣生出不满之心。

“信长的身高约一百七十厘米，在五百米外可听到信长的声音，其声音可说相当响亮，是难得一见的美男子。”这是见过信长的欧洲传教士说的。战国时代，从西方到达日本的传教士有一百多人，但是被允许当面见到织田信长的只有四人。其中最有名的是葡萄牙传教士刘易斯·弗罗伊斯。他就像忽必烈身边的意大利人马可·波罗一样，还著有《日本史》，他对信长的描写应该是比较可靠的。

贵族出身的信长，在平民出身的秀吉眼中，几乎是神一般的存在。

秀吉一生几乎是虔诚地爱着这个主子，而信长也不拘一格降人才，能一路提拔出身低微却极聪明机变的“猴子”，说明信长不凡的眼光和唯才是举的心胸。另一方面，正因为“猴子”出身低，内心有自卑的一面，在傲慢的信长面前，他能放下自己的尊严，能屈能伸，哪怕被暴脾气的信长又打又骂也能忍得住，且依旧忠心耿耿，这一主一仆才珠联璧合，有一种奇妙的知己感，能一起干大事业。听闻信长之死，作为臣子的秀吉悲痛欲绝，如丧考妣，相信多半也发自内心。最后也是丰臣秀吉，在两位军师的帮助下，挥师为信长报了仇，让明智光秀的野心梦断，兵败自杀。

同样对待得力的家臣，织田信长的性格，面对明智光秀就酿成了悲剧。光秀为人敏感，又有些内向，虽为家臣却不能忍受家主信长的人格侮辱。于是他愤而策动了“本能寺之变”，毁了信长，也毁了自己。明智光秀与织田信长之间的罪与罚，也可以看成两个更平等的灵魂之间，最终因难容而玉石俱焚。

信长最大的软肋在于自己出身高贵，高高在上，所以对部下不够尊重，为人又悭吝少赏，不能礼贤下士。这一定是个自恋的男人，六岁就成为那古野城的城主，少年狂妄不羁，荒诞不经，因行为离经叛道，被称为“尾张的大傻瓜”。信长平生喜欢华服，爱漂亮，连他打仗的军队，衣装铠甲等都是在当时最华丽耀眼的。他的部队一出去，犹如神兵天将。提着脑袋时还不忘审美追求的，也只有信长了。

信长对茶道也有研究，千利休在侍奉丰臣秀吉前，就是信长的茶头，很得信长的赏识。信长又喜欢和歌俳句，对自己心爱的女人也有深情，最爱的女人是他的侧室，名叫生驹吉乃。她便是周瑜的小乔，霸王的虞姬。吉乃之前结过婚，是丈夫战死的寡妇，再嫁给信长时，已经二十九岁了。在日本古代，二十九岁的女子可谓美人迟暮了。平安时期的贵族女子，一到二十九岁，就以自己年老丑陋为名不再于枕席间侍候丈夫了，会主动让更年轻的侧室陪自己的丈夫。吉乃比信长大七岁，却和信长特别相得，成就了一段旷世姐弟恋。即便戎马生涯再忙碌不定，信长也总是想办法去陪伴她。幸福的吉乃终因体弱多病死于三十九岁，不过，这位吉乃比虞姬和小乔都幸运，她不用像虞姬那样为丈夫的失败而悲歌自刎，也不必像小乔那样承受失去公瑾的哀痛。她为信长生了三个儿子，织田信忠、织田信雄、织田五德，信长爱吉乃，也十分呵护三子。信忠被视为嫡长子和信长的继承人，可惜最后和父亲一起在本能寺自杀。这悲壮的一幕吉乃并没有看到。吉乃去世时信长才三十二岁，是一个男人最好的年华。她至死都拥有他，她是幸运的。

信长的正妻斋藤归蝶也是战国时著名的美女。两人却是政治婚姻。斋藤归蝶也称“浓姬”，她的父亲就是有“蝮蛇”之称的战国大名斋藤道三。归蝶出嫁，相当于王昭君和亲，为的是平息两大实力大名之间的纷争。归蝶不仅美貌而且相当聪慧，当父亲赐她一把刀，将她当作间谍嫁给信长，要她必要时将信长杀死时，她对父亲说，也许这把刀也会刺向父亲呢。这样的女子，连她父亲都会心生敬畏吧？历史剧《浓姬》中，信长和归蝶的初见十分唐突。那天是他们的大婚日，归蝶从美浓来到尾张完婚，见了公婆和小叔子，却不见信长在哪里，原来信长还在外面浪游。后来在庭院里初次见面，归蝶误以为是哪个野汉闯进来，就拔出短刀，两人还打了一架。结局是什么呢？归蝶和其父斋藤道三都被信长的魅力折服，与信长站在了同一战壕。结果道三却被自己的儿子义龙所杀。道三为什么不帮儿子帮女婿？也许可以归因于他儿子很不长进，是个逆子；或许也有老父亲心里更爱女儿，更看好信长前途远大，所以想干脆成全女儿算了。从中可见，归蝶对父亲使的反间计非常地成功。

利休之茶

为美而生的男子，除了西行法师，还有千利休。只不过千利休所处的时代不同了，美与杀气，始终是如影随形的。

江南的午后，当一只松鼠在飞雪漫舞的枯树枝头蹿来蹿去时，千利休的一句“只有美的事物，可以让我低头”，可以成为所有关于美的赞歌中的绝响。

唐朝人陆羽在中国著《茶经》的时候，比千利休的日本安土桃山时代要早好几个世纪。不过日本人总有办法把在中国还颇有世俗意义的生活方式搞出强烈的仪式感。比如喝茶，平民有平民的喝法，士大夫有士大夫的喝法，文人雅士有文人雅士的喝法；茶入得诗，入得画，也入得寻常柴灶间，不解茶风情的可以牛饮。但日本人凡事都是要推向极致的。到了千利休这儿，茶已经不仅是生活方式，而是极致的审美。

日本的茶道，不是陆羽式的飘飘欲仙，而是要全身心地投入那一小隅由茶道构建的小世界中。要美得惊心动魄，才是茶之道。

日本人爱千利休，后世两位大作家井上靖和敕使河原宏都有小说写千利休的传奇。井上靖有《本觉坊遗文》一书，后被改编成电影，由日本著名演员三船敏郎饰演千利休。另一部由三国连太郎主演的《利休》，导演敕使河原宏不仅是日本新浪潮名导之一，还是位花道家。《寻访千利休》的作者山本兼一，原著还得了日本文学关注新人的直木奖，演千利休的则是日本东京著名歌舞伎演员市川海老藏，以眼神秒杀众人。跟千利休有关的阵容就是这么豪华。《寻访千利休》是在下雪的前夜看的。

千利休原名千宗易，出身于商人之家。千利休这一居士号，为正室町天皇所赐。千宗易少年时就热爱茶道。因为年轻时一段刻骨铭心的爱情，这个以美为生命的男子，也像西行法师那样，在最美的年华选择了出家。好在日本的僧人可以有世俗生活，所以千利休将绝恋给了为他殉情的朝鲜女子，生活中也有慕他、崇拜他的良家女子为伴。

影片一开场，是千利休奉丰臣秀吉之命切腹的那个夜晚。雷雨交加，三千兵士围了千利休的宅第。一个茶人，况且七十岁高龄，能逃到哪里去？所以千利休感叹了，何苦如此夸张地来戒备他一个茶人？千利休让妻子吹灭了油灯。成仁前，却被妻子问到那把他从不离身的小茶壶的主人——那个一直存在他心里的女子。

所以可否理解为：勘破了情关的男人，才是最美物事的缔造者？日本的千宗易，佐藤义清，中国的李叔同，他们的生命走向都是从情，到美，最后都归于寂。

千宗易的师傅，早就说宗易对美是毫无抵抗力的。宗易年轻时曾为浪荡富家子，一见作为贡品的朝鲜绝色女子而倾心，不顾一切地带她私奔。穷途末路时，只有一招，一起去赴死。她死得凄美，不悔，服毒后的痛苦中还努力向他展颜一笑，还有告别一吻，永世刻在了宗易唇上。但年轻的宗易，跟《胭脂扣》里的十三少一样，也在将要殉情的最后一刻起了贪生之念，于是他羞愧地回了故乡。后来知道恋人写的遗言，意思是她死，让他活下去，更是哭倒在地，从此削了发，唯专注于茶道。

对美的事物特别敏感的男子，在男性堆中也是异于常人的吧。弱水三千，但取那一瓢饮，而且须饮得极其讲究。在东瀛，樱与菊可以唯美，武士与刀可以唯美，秋叶可以唯美，和歌与俳句可以唯美，茶道花道可以唯美。

雪天，想喝千利休的那一碗茶。像千利休对困顿之时的丰臣秀吉说的：放下一切，且享受这一碗茶的欢愉。

千利休的美学，起初也有巧思，有轻逸和浪漫。到后来，做的减法越来越多，只专注于一小隅，一点红，一抹白，一味茶汤。

千利休曾是日本战国三杰之中两位的茶头。他先是织田信长的茶头，出身贵族的信长，美学鉴赏力很是了得，对千利休让清圆的月亮投射到茶盘的那一汪汤水中，制造的绝美小景大为赞赏，他甚至包容了骄傲的千利休说的“定义美的不是你，而是我”这样大不敬的话。在信长的推波助澜下，日本举国崇尚茶道。各门各派中，以草庵茶道独步天下的，就是千利休了。

遗憾的是，一代枭雄织田信长被家臣明智光秀背叛，自焚于本能寺。“本能寺之变”后，家臣羽柴秀吉迅速上位，继承了信长的霸业，由天皇赐姓丰臣，任关白摄政。秀吉出身寒微，长于谋略，受主子信长影响，对美的事物也有鉴赏，但他形貌猥琐矮小，人称“猴子”，对美的偏爱中，也有了些许复杂的自卑和嫉妒。

秀吉与千利休之间，亦敌亦友。转而侍奉秀吉时，千利休已过知天命之年。1587 年，千利休主办秀吉发起的北野大茶汤会，成为天下第一茶人，声名达到顶点。在两人不算短暂的蜜月期，千利休对秀吉的影响已不止于茶道，他甚至在微妙之间影响了国事。比如在信长去世，秀吉要举兵的时候，千利休给自己的茶室命名为“待庵”，婉转规劝秀吉要等待时机。各地的大名们，甚至通过千利休才能跟秀吉沟通。这个时期，也是千利休作为一代茶圣的黄金时期。

有一种说法，是秀吉受不了当时国民对千利休的推崇日甚，甚至在寺庙里都出现了千利休的木雕像，最后找了个莫须有的理由要千利休认罪。但宣称只对“美的事物低头”的千利休，就是不肯向秀吉认罪。于是，秀吉怀着矛盾的心，终于要这位自己相知多年的茶人赴死。千利休以茶人而行武士道“切腹”之礼，或许也是因为秀吉对他发自内心的尊重吧。

千利休在自己的文字中，曾提到秀吉不喜欢黑色的茶碗，或许是千利休偏执于黑色的茶碗是美的，不愿意专为了权力顶峰的秀吉改变自己的审美。这些细节的累积触怒了丰臣秀吉。

千利休从最初的草庵茶道理念“和敬清寂”，慢慢至晚年，更强调“寂”。而秀吉在他的征服途中，一颗霸心难免热爱奢华。在丰臣秀吉还叫藤吉郎的时候，他是织田信长宠爱的家臣，那时候他就万事喜欢热闹。他提前请人做很多赞颂自己的歌谣，散布到领地各处，让百姓传唱。领地内的村人咚咚咚咚敲着木桶，围在一起歌舞，大唱“欢迎秀吉神兵降临”，秀吉就很开心。秀吉晚年地位至尊，依然爱热闹，也爱美。1594 年，秀吉在山樱胜地奈良吉野山举办盛大的赏樱会，成为战国时代难得的雅事。

秀吉真正需要的或许是金碧辉煌的黄金茶室，而千利休要的却是“寂茶”的禅境，与枯山水融为一体。千利休越到晚年越走极端，花只有一朵，茶室内简陋之极，唯有一张半草席，没有多余的装饰，多余的花。这种艳与寂的分歧，为后来千利休之死埋下了伏笔。

几段两人之间的逸事也称得上惊心动魄。一回，秀吉听说利休院子里朝颜花开得好，想来观赏。朝颜也就是中国人说的白色的牵牛花。但利休将院子里盛开的牵牛花剪得一朵不剩，等到十分纳闷的秀吉来到茶室，才在半明不灭的光线中，看到了墙上的竹筒里插着的那一朵盛开的朝颜——那一刻惊呆了的秀吉，心里一定是又爱又恨吧！作为一代枭雄，他感受到的或许不仅仅是美，而是一个人在悬崖之上旁若无人又凛然孤意的剑舞。

秀吉与利休，一代霸主与一个茶人，二十年走完相知与对立。有时候，美到极致，就是一种对凡俗人心的冒犯。当极致之美与权力政治过于密切时，危险也便无处不在了。

想起擅长拍摄唯美镜头的铃木清顺。他曾将《狸御殿》搬上了银幕，用了中国明星章子怡演唐朝来的狸猫公主，日本演员小田切让演因俊美惹来流放之祸的日本王子雨千代。《狸御殿》的背景即是千利休的安土桃山时代，城主安土桃山因嫉妒儿子将要比自己俊美而起杀心。人们读惯了白雪公主的童话，没料到嫉妒公主美貌的狠毒王后，到了日本后摇身一变为自以为天下第一美男子的城主。也许只有这块疯狂推崇美的土壤上，才会开出《狸御殿》这样的奇葩。

千利休死得悲壮。因行切腹仪式的茶室太矮，前来监督他切腹的秀吉的使者，说这里没法砍头。日本武士切腹时的砍头本是为了减轻痛苦的过程，以求“速死”，但千利休以七十高龄自行了断，想来秀吉都要觉得肃穆了。

千利休之死，也有人认为与“本能寺之变”有关。从一些蛛丝马迹可以看出，茶人千利休一方或许是在织田信长的对立面，站在了谋反者明智光秀的这一边。织田信长遇害前，本是在增援跟毛利集团打仗的丰臣秀吉途中。据说，“本能寺之变”前一夜，雅兴不错的织田信长在本能寺举办茶会，接着茶会变成酒会，最后是围棋对弈。本能寺

事件发生时，参与茶会的公卿、富商与茶人都从现场逃脱，只有织田信长和长子以及身边亲信遇害。信长死于1582年，但八九年后，千利休主办的茶会中，突然出现了信长生前本该毁于本能寺大火的挂轴，于是，千利休的政治背景也有了一些疑点。当时的茶人，特别是像千利休这样的茶人大师，已经进入最高权力核心的周围，似乎并不是只问茶道那么简单。这些，或许都是捕风捉影，却也给千利休切腹事件增添了神秘色彩。

千利休切腹后，与他茶风大异的古田织部成了天下第一茶人——秀吉的茶人。织部将草庵改成武家茶，对千利休的茶道反其道而行之，搞得很夸张，可最终他的结局也很凄凉。丰臣家灭亡后，德川家康令织部父子切腹，与千利休殊途同归。茶人，也是高处不胜寒。

身穿切腹仪式必需的白袍，千利休在自感难逃死劫之时也留下了一些文字。既有人生七十，视死如归的淡，又有浓烈之处："人世七十，力图命拙，吾这宝剑，祖佛共杀，提我得具足的一大刀，今在此时才扔给上苍。"不像茶人之言，倒是武士之心了。

无情与多情

《源氏物语》和《红楼梦》一样，有很多种读法。中国有“红学”，日本有“源氏学”。关于《源氏物语》，日本歌学史上有细川幽斋与门人宫本孝庸的对话。中国人说“半部《论语》治天下”，日本人是半部《源氏物语》知天下。“世间万物皆靠《源氏物语》，熟读百遍《源氏物语》，歌学自成。”相当于中国人说的“熟读唐诗三百首，不会写诗也会吟”的意思吧。

要说“源氏学”，不得不提一个人——细川幽斋。幽斋本名细川藤孝，号幽斋，他既是武将，又是歌人，曾侍奉过足利幕府的将军足利义辉，也有传言说他是将军足利义晴的私生子。细川的母亲是当时著名学者清原宣贤的女儿，家学深厚，所以细川长大后能文能武。足利义辉被杀后，足利义昭为将军，但细川最终与其决裂，臣服于织田信长，受封丹后田边城。“本能寺之变”后信长殉难，细川看破红尘出了家，号幽斋玄旨，后来又经历了丰臣和德川的时代。

武家争天下之时，文化的衰微是必然的。从曾经繁花似锦的平安时代到了战国时代，细川竟成了日本唯一能传授《古今集》的人。在这“下克上”的时代，群雄逐鹿，战火纷飞。到了战国时代末期，皇室已极度衰微，连淘气孩童都可以去天皇的御花园玩耍，但细川偏不肯斯文扫地。他是一个真正的“雅人”。有一则战国轶事，说的是德川家族与丰臣家族最后大决战的关原合战中，细川这位儒将据守着丹后田边城时，天皇特别派了使者，让停止战事，因为不能因两边战争打死了这位“国宝”，不然以后再没有可以传授《古今集》的人了。后来丰臣家失败，跟随德川家康的细川得以保全可以口授《古今集》的肉身。

《古今集》是何方神圣？它是10世纪初的和歌集子，由醍醐天皇敕撰，代表了日本古代的审美观，共有二十卷，有春夏秋冬四季歌，庆贺、离别、羁旅、哀伤、男女情等。

有日本的哲学家认为，《古今集》是日本式无常与哀伤调子的原型，它的悲哀美学，一直影响到了被用来作为国歌的《君之代》。日本人对文化的重视，从细川幽斋这一“国宝级”文化大师身上可见一斑。

这样一个“战国第一文化人”，精通和歌的细川幽斋，你以为他应该是内心柔软的男子吧？但细川的另一面又极冷酷，而且在战国群雄纷争时，他还扮演着“墙头草”的角色，毫无信义可言。从足利将军到织田信长，再投丰臣秀吉，丰臣秀吉死后，德川家康成为丰臣家族劲敌，他再次抛弃旧家主，投靠德川家康。在中国臣子讲的是忠，改朝换代之际，“贰臣”都会被人不齿，以为有损名节，而细川幽斋何止是“贰臣”了。他唯一没有背叛的人是织田信长，或许信长的雄姿与风采，当年真的折服过他？

细川冷酷，最对不起的是两位女子。他的儿媳明智玉子是明智光秀的女儿，与织田信长的妹妹织田市、源义经的侧室静御前并称为日本古代三大美女。战国时代多的是政治婚姻，美如玉子也不过是一枚棋子。“本能寺之变”后，各地大名纷纷站队，细川家族审时度势，站到了亲家明智光秀的对立面。于是，玉子被细川幽斋幽禁了两年。两年后被释放，玉子皈依了基督教，洗礼名加拉夏。当时基督教在日本是被严禁的。著名导演马丁·斯科塞斯将日本作家远藤周作被誉为20世纪日本文学高峰的《沉默》搬上了银幕。《沉默》的背景就是德川幕府与基督教对立的16世纪，讲的是两位葡萄牙传教士先驱偷渡到日本后传教的故事，当时，像玉子这样偷偷开始信基督教的日本民众并不少见。

且说细川忠兴知道夫人信仰被严禁的基督教后大怒，削了玉子侍女的鼻子，还拿刀威胁玉子放弃信仰，但玉子不为所动。此后这对夫妻便有些“相爱相杀”的味道。因为玉子不寻常的美貌，丈夫或曾爱过她，但她想必也清楚夫君的残忍。这位很爱写信的丈夫，对玉子有强烈的占有欲。自己在前方打仗，还怕妻子落入丰臣秀吉之手，写信叮嘱她小心。后来关原大战爆发，细川幽斋随德川家康在外出征，细川家在大阪的官邸一度被围，玉子不想再被抓去当人质，便让家臣杀了自己以全名节。最后时刻，玉子对时而有情、时而无情的夫君不知是怎么想的。这位“三大美女”之一的美人，凋零在三十七岁的盛年。细川忠兴得知妻死，确实是伤心过。

对自己的儿媳妇无情，仿佛还有理由，毕竟本来就是政治婚姻。但细川把自己的女儿也当成棋子。他先把女儿伊也嫁给武将一色义定，相当于和亲。他根本无视女儿的幸福，半年后就趁女儿带丈夫回门时，暗杀了一色义定，动手的人，正是伊也的哥哥细川忠兴。丈夫被杀，无奈的伊也回到娘家，再见哥哥忠兴时，她恨从心来，突然从怀中抽出短剑欲刺杀忠兴，忠兴避得快躲过一劫，鼻子上却留下了伤疤。

细川父子两人性情相似，都高寿，有才，好茶道，好和歌，这么风雅的人物，另一面却是如此冷酷无情，见利忘义。

日本文化中，“菊与刀”的寒光映射到细川忠兴的和服之上，就产生出怪异的效果来。细川忠兴长相优雅，美姿仪，用的刀名叫“歌仙”。杀人如麻的他，用“歌仙”刀斩杀了三十六名家臣，结果流传出一首和歌，就叫“三十六歌仙”。细川忠兴又是利休七哲之一，他对千利休这位师傅倒是有情有义，千利休被命切腹时，他陪伴在侧，千利休送了他茶勺，刻上名称为“命”。后来忠兴将它送给了另一位茶人，在一封信里，他解释了为什么要将他老师的遗赠送人：“每当我看到这个茶勺，眼泪就不由自主地落下来，因为它使我回想起了利休最后的日子。”似乎也并非铁石心肠。日本人身上的矛盾性，在细川父子身上终于集大成了。

不过也有例外。细川家也出过有情有义的男子，那是忠兴的儿子细川忠隆。他因为拒绝和妻子离婚而得罪了父亲，付出了被“废嫡”的代价也在所不惜。战国时代，贵族女子大都红颜薄命，但终于有肯为妻子站出来的男人了。这位女子是战国大名前田利家的女儿前田千世。细川忠隆为了她与父亲反目，但仍然保护不了妻子，夫妻俩还是被迫分离，前田千世像陆游的爱妻唐琬一样，无奈被休，后又改嫁。细川忠隆悲伤剃发，取号长冈休无，从此成为千利休的门徒，专注于歌艺与茶道。许多年后，父子俩才和解。又是一出豪门幽怨啊。

细川幽斋像情人知己那样看待平安时代的文学高峰《源氏物语》。《源氏物语》一味柔情缱绻，儿女情长，与细川所处的刀光剑影是完全不同的世界。铁石心肠的细川，或许只有在面对这部多情之书时，才会生出片刻柔情吧。

无情或多情，比如浅田次郎的那一句“月影把寺檐的一角啪地砍落到地上”，是让人心惊的。站在月影下优雅吟哦的，是幽斋和忠兴父子；咔嚓一下做利落砍杀动作的那人，也是细川父子。菊与刀，在细川氏身上统一了。

落魄武士

江户时代武士流的第一高手是谁？藤泽周平也。

藤泽周平1997年去世，他自己不是武士，却创造了一批类似隐者的江户时代武士高手，被称为武士小说大师。而那个幕府末年的武士时代，已经是日薄西山了。

他笔下那些江户幕府时代的破落武士们，在偶露峥嵘之前，都不那么起眼，似乎还挺“衰”“残”的样子。在《不说话的弥助》中，主人公杉内弥助在藩里被当作怪人，其貌不扬，世禄区区一百石，不是上等藩士，又太沉默寡言了。身为武士，话不宜多，但过犹不及。于是这位和老婆默默地生了五个孩子的弥助成了上司的取笑对象——笑他不爱说话，好像并不妨碍夫妇敦睦。但不爱说话的弥助，在同僚中并不被轻视，因为他曾是以今枝派剑道闻名的剑客。

不爱说话的弥助，要为被浪荡子诱惑失节自杀的表妹美根和自己的朋友武士金八复仇。复仇的对象叫服部邦之助，他家的世职是出使他藩的藩使，世禄三百石，属于上等藩士，他又是远近闻名的美男子剑客。无论门第和风姿，都是弥助望尘莫及的。

好像藤泽周平笔下所有的破落武士们，之前长长的灰色人生铺垫都是为了最后时刻的光芒，我们来捕捉几个高光时刻的片段——

二人几乎同时拔出刀。太阳落到原野那边的丘冈后面，但天空和地面还明亮。

“不是说今枝派修炼夜视的功夫吗？”服部说，语调快活。

“所以，要趁天亮决胜负喽。”

服部脚踢青草奔过来。刀几乎水平地扛在右肩。弥助摆出刀尖直指对方眉宇的架势。随着接近，服部的脸变化了，嘴吐泡沫，三十过半犹英俊的容貌变成恶鬼相。

服部逼近到两丈之处，弥助把刀尖朝下，踏步上前，倾斜着身体，刀向上挥，交错而过。有狠狠砍中了侧腹的感触。踏住脚迅疾回身，只见服部向前扑进草丛里。

这就是沉默的武士弥助为表妹和朋友复仇的故事。藤泽周平故事里的低层武士，还有咋咋呼呼爱聒噪的镝木半平，脸枯瘦得让人觉得虚弱，其实是心极派高手，神不知鬼不觉地，就当了回大刺客，杀了个藩中也是剑客高手的重要人物。一场惊心动魄后，第二天，他依然回到默默无闻的小角色。畏首缩尾的“壁上观”与次郎，他最后的出手也只有一个见证者，像一个秘密。爱忘事的樋口万头，五十四岁了，已经退职赋闲，连儿子的名字都想不起来，忽然遇上一场恶斗，虽然赢了，却闪了腰，路上还担心被人看出来。马屁精甚内，好不容易露出杀手本色，干了票大的，干完了，依然习惯于大声拍别人马屁。相貌古怪的“生瓜”与右卫门，是地位较低的入赘女婿……都是些什么奇葩武士呀！要是给藤泽周平的江户武士们画个风俗图谱的话，画谱上一定都是些看着歪瓜裂枣的低等破落户。他们是这最后的武士时代的潦倒群像，或许他们已经平庸低微地生活了数十年，却有那么一刻，在迫不得已中偶露峥嵘，然后，刀光剑影一闪而过，一切又复归平静。

藤泽周平的武士中，还有一个叫伊部助八的破落户，是个管仓库的，看起来像个叫花子，虽不是真叫花子，却因为鳏夫无人料理，总是脏兮兮、臭烘烘的，被人背后骂作叫花子。这位爱读《史记》不爱收拾自己的助八，谨记着武艺除了防身之外要秘而不用的告诫，却因为看不惯某个耀武扬威的武士，露了一手，结果被藩府派去当杀手，而要他刺杀的人，是大名鼎鼎的直心派剑客。不知两人是怎么进行生死战的，反正助八赢了，身上挂了彩，这下才决定要舒服地洗个澡。

藤泽周平的小说《黄昏的清兵卫》和《叫花子助八》，被山田洋次合二为一，改编成电影《黄昏的清兵卫》。真田广之演的清兵卫，成了日本最著名的下级武士。这么个整日里打不起精神的清兵卫，上有痴呆老母，下有一双年幼女儿，老婆去世了，每天疲于奔命，既当小公务员，又当买汰烧男人。那情形倒像是不求上进的、为了照顾家

庭而上班经常迟到早退的中国机关女职工，看着窝囊。代表清兵卫武士身份的刀，也是很不值钱的刀，这刀哪里能增添武士的英武气概。但这穷困潦倒的下层小武士清兵卫却有一种清醒的坚守。他身上有人世间相对于残酷武士道的另一种正义：温情，善良，无欲无求，又是武士中的高手。

藤泽周平的武士小说中，真正的打斗场面极少，对手一过招，一拔刀，电光火石间，往往一招毙命，那一刻的肃杀之后，一切又回归往日的平淡。清兵卫奉命要杀的人，却是与他惺惺相惜、同病相怜的另一位武士，但武士有职责，不杀不行。两位同是天涯沦落人的武士决斗之后，清兵卫拖着受伤的身躯于黄昏时分回家，而他想爱而不敢爱的女子朋江，正在他家等他归来。

电影《黄昏的清兵卫》交代了尾声：井口清兵卫三年后死于内战。身为武士，这或许仍是乱世中的清兵卫逃脱不了的命运。而三年的幸福时光，对一介乱世中的武士来说，已经是不算短暂的金子般的好光阴了。

日本武士电影，基本上都有一种凌厉、肃杀的气氛，但有时那些决定武士生死的瞬间又让人惊艳。山田洋次的武士电影，是与黑泽明的《七武士》等武士电影大反其道的另一种“小”的存在。武士三部曲的另两部《隐剑鬼爪》《武士的一分》，也是出自藤泽周平的原创小说。《隐剑鬼爪》中的武士片桐，最后杀了腐朽的家老，与武士身份决裂了，与心爱女子远走他乡，归园田居。

藤泽周平和山田洋次，或许是崇尚武士道精神的日本文化中的一对异类，但从时间的长河里看，这一对精神知己联手开辟的武士天空，反倒使武士道精神有了一种别样的丰满，有了一种另类的人性光辉。

耽美之惑

日本名导大岛渚在拍了惊世骇俗的情色电影《感官世界》后，不知怎么的突然想拍同性恋题材了，而且把兴奋点放在了古代日本的武士群体身上。

古代日本，从平安时代到江户的幕府时代，好男风在贵族阶层和武士阶层中都屡见不鲜，而且也不特别避讳。《平清盛》中，平清盛的弟弟、性格有些软弱的平家盛一时糊涂，就成了关白藤原赖长的男宠。而这位藤原赖长，即宇治左大臣是位学问非凡、才华非凡又不可一世的主儿，本人长相也有清贵气。只可惜后来他在“保元之乱”中站错了队，才落得下场悲惨，连自己的父亲关白大人出于保全家庭，也不敢接纳穷途末路想投奔避难的二儿子。平家盛比平清盛有文秀气质，或许正是这一点文秀，颇合藤原氏的男色胃口。家盛一时软弱，被人抓住七寸，后来幡然醒悟，痛悔于自己的堕落，所以只好去死。

平家盛之死引发了一系列连锁反应。平家得势后，本可以一举灭掉另一个武士集团的竞争者源氏，却在关键时刻因为平清盛母亲的说情，没有对源氏斩草除根，为日后留下后患，让源氏家庭去了关东得以喘息。等仇家的儿子源赖朝长大成人后，源家东山再起，终于灭掉平家，从此开启了长达几个世纪的漫长幕府统治。而平清盛继母为何要力保源赖朝不死？只是因为赖朝相貌长得太像她死去的爱子平家盛。

相比权力，男人的长相似乎不重要，但有时候也极重要。以色事人这件事，哪怕将生死置之度外的武士阶层，也未必能躲得过。

19 世纪，其实日本的幕府统治已进入黄昏。武士阶层也日渐颓废，男宠之风更是不得绝之。

武士加纳比贾宝玉还要俊美。1865 年的夏天，日本西本愿寺，在女性缺席的武士杀人集团“新选组”里，俊美的加纳权且被极度饥渴的男人们当作女性来爱慕。加纳的阴柔之美，和他可以一比的有：《源氏物语》里的光源氏，或者武则天的男宠张易之。记得看片之时，杯中绿茶刚喝几口，这时加纳总三郎在《御法度》中初登场，白衣红唇，额前的刘海，冷峻的宝剑，一见之下惊为妖孽。加纳登场后，观影人杯中绿茶就凉在那儿了，真不知大岛渚从哪儿找来这个与他心目中的加纳完全吻合的男演员松田龙平。后来方知松田龙平很不简单，他出身显赫电影之家，其父正是森田芳光的名片《其后》的男主角松田优作。松田优作长相英俊，眼神忧郁又长身玉立，曾是日本的大众男神，可惜英年早逝。儿子松田龙平继承了父亲的英俊和独特气质，只是脸部线条更柔美，这种“男生女相”，也可能与近年日本的男性审美趣味发生变化有关。

这部《御法度》再是复杂，这个唯一的加纳找到了，电影就成功了一半。不然，大岛渚只有照搬老套路：凡这一类特别有阴性之美的男性，都找女演员来反串。

这么年轻俊美的加纳总三郎居然是个极冷血之人。到武士杀人机构后，他的第一次考验就是杀一个违反了法度的武士，大家原以为加纳这种看起来柔弱无骨的男子杀人时会发抖，这当然是错觉。在这之前，加纳已经向武士同仁们露过一手剑法了。且看加纳行刑，砍个人头跟切葱似的，手起刀落，没有半丝迟疑，衣服上未有一滴血溅到。不动声色的加纳，活脱脱一个不可一世的冷血杀手。

我们不妨将大岛渚塑造的加纳这个人物看成是一种暗示：剔除了阴柔特质的情感是更致命的，因为更有隐蔽性和伪装性。就像加纳，其姿容堪称绝代，面对他的武士很容易产生迷惑：说不出他到底是男是女，是阳是阴。或许他就是雌雄同体的？连武士中最清醒的土方队长都一边忧心忡忡地说，加纳实在太漂亮了，一边于月色下，郁闷地砍倒了一棵樱花树。土方队长砍倒樱花树是电影中的象征之举，可能喻示他不想被加纳三郎的美貌裹挟而进行的抗争，然而要是连大魔头北野武扮演的这位铁血硬汉都怕为男色迷惑，可见加纳的魅惑之力就无人幸免了。

加纳的美亦正亦邪，抹除了性别的鸿沟。你会对这样一张安置在一个男性身体中的脸有些匪夷所思。他的美是冷幽的、神秘的，带着魅艳的末法时代的气息，又无疑是有侵略性的。当加纳总三郎站在樱花树下时，樱花并不比他更美。可是他的美又具有极大的摧毁性。在加纳之美面前，“新选组”的那一套最严厉的武士法度不堪一击。这人间妖孽，在相对封闭的武士小世界中，于无声中影响着每一个人。男人们爱他就像男人爱女人，一个被臆造出来的假想的女人。

加纳总三郎对这样的处境，也接受也不接受，这完全要看他高不高兴。武士田代要钻进他的被窝，他就拿出了匕首抵住他，而对于另一个武士的求欢他却很是配合。他在武士们热辣辣的目光中被塑造成一个男同性恋者。剧中有一幕，武士们想让他去近一次女色，把他带去妓院，结果他对妓院的花魁并不感兴趣，而是在妓院里和一个武士做了爱。这说明加纳接受这样的心理暗示：他自己也将自己当成了一个女性的角色。

一个异类搅动了环境，最终，他身处的环境也改变了他。此时加纳的性取向，已经分不清是先天，还是后天造成的了。

然而在完成这样的心理转变之后，加纳的冷酷有增无减。他不动声色地看武士们为他争风吃醋，自己则坐收渔利，甚至故意制造杀机。所谓的御法度彻底崩坏了，加纳完全可以笑傲这曾经威严端方的一切。

武士的上层也在危机之中，又借加纳之刀杀人，杀死爱加纳的武士田代，他的刀依然很快。他在杀人之时，似乎能得到比情爱更多的快感。一个最厉害的杀手就是这样炼成了。

大岛渚的这个男主角是谈不上正义感的。他比那些很雄性的男人们更铁血无情。但是他太美了，太魅惑了，明知他的冷酷，却不能让人生恨。武士田代，在将死之时看着加纳的眼神并无恨意。他似已接受了加纳在刺中他之后说的那句“对不起”，撒手而去。加纳的这种颠倒众生的美，超越了阴阳，超越了性别，你中有我，我中有你。美自身是中性的，当它与善结合时，就构建了一个美好的有爱的世界；可当它与恶一结合，便成为致命的杀伤力。

所以在这部《御法度》中，不如将加纳总三郎看成是一个超越了性别、超越了正义与非正义的，只关于纯粹之美的符号。

《御法度》中因美建立的新的秩序感，触及日本文化中那些关于美的极致问题：美成为杀器，美可以摧毁其他的事物。而日本人，似乎并不愿意把“祸水”之类的辞藻加在极美事物的头上。美就是美，被美征服，被美打动，那是心甘情愿的事。美可以超越生死，以及法度。

此时，或许也可以理解丰臣秀吉迟早会对千利休震怒，或许说是挑战：千利休的茶之美，已经美到冒犯了最高权力的地步，令秀吉也要生出嫉妒。终究会有一次角力：终究是你的美厉害还是我的权力厉害，不如我们试试看吧。结果是，丰臣秀吉要摧毁千利休的肉身很易，但要摧毁茶之美本身，却是难的。

祇 王

京都有说不完的故事。婉转绮丽堪比《红楼梦》与《西厢记》。

京都西郊嵯峨有一寺名祇王寺，因“祇王”二字颇有意境，引无数后人遐想。从前祇王是一位姿容绝美的歌伎。平安时代末期，她曾被官至太政大臣的武士领袖平清盛宠幸，居于平家府上，连她的母家也颇受平清盛照拂。但恩宠两三年后，平清盛又有新欢。祇王失宠后，看破红尘，去了京都西郊的寺庙出家，后来就有了这染上凄美萧寂色彩的祇王寺。

看《平家物语》时，很为祇王的“秋扇见捐”震惊。中国自古有女子为所爱之人“秋扇见捐”的哀怨，日本人也爱借扇说怨。有和歌云：“秋来扇无用，欲乱涂写撕而扔，终有不舍情”，说的是即便已厌倦了旧情人，但真的抛却起来，仍会有不舍。不是震惊于女子被始乱终弃，而是震惊于平清盛见新欢弃旧爱的速度。一见新欢，立刻叫旧爱离开，给新欢腾地方，不留丝毫余地，也不念丝毫旧情。这难道是从不谙中庸之道的日本人的普遍秉性吗？先不要下结论。

平清盛本是日本历史上有名的跋扈人物，给人印象最深的是他对权力的追逐，对建立武士政权的野心和努力。他干过大事，也干过错事，可惜他在世时未能完成最后的夺权，从而建立武士集团的幕府政治。倒是他的仇人源氏子源赖朝，最终站在他这个巨人的肩膀上，开创了日本的幕府时代，成为第一代幕府将军。

日本史书中对平清盛的男女之事记载并不多。看大河剧《平清盛》中的描述，他和先去世的发妻和后来的妻子感情都不错，不过后来也顺水推舟地占有了当时的绝色美女常盘御前——她在丈夫源义朝谋反失败后，带着孩子投奔平清盛，以保源氏的骨血不被平家杀掉。平清盛果然在美人面前心一软，没有能做到斩草除根，杜绝后患。常盘成了平清盛的妾，不过后来又被玩厌了的平清盛当成礼物送掉了。但常盘的儿子源义经，成了平清盛死后在平源大战中打败平家的关键人物。

《平家物语》中的平清盛形象偏于负面，男女之情在他看来也不过是施与受的关系。喜之则收，厌之则弃。如此直接，毫无情感上从旧到新的过渡，这是否又是日本人独有的性格呢？在中国人看来，这种行径也太喜怒无常了。即使换成一个中国的薄幸郎，也总得假惺惺先掩饰一番，铺垫一番，再完成以新换旧的过渡吧。

平清盛遗弃旧宠祇王的无情，也惊到了新欢舞女阿佛。本来心气颇高的阿佛，只是想以自己的技艺得到权贵的认可，这也是当时歌伎界的一贯方式。天生丽质难自弃，总要出来走江湖侍权贵的。而权势盛极的平家，便是当时江湖金字塔的顶端。但连阿佛也没有想到，她如此轻易就取代了看似高不可攀的祇王。之前阿佛要见平清盛并非易事，正是因为同为舞女出身的祇王的善意劝说，平清盛才肯见一见这位新人。所以这突如其来的恩宠，给阿佛带来的却是一种物是人非的幻灭感。

据《平家物语》中所讲，平清盛赶走了祇王之后，不知出于什么心理，还让失宠的祇王感受到更多的羞辱。他要她马上搬走，她都来不及好好整理自己的私人物品，就狼狈地离开了。隔段时间，他又招她来给他的新欢阿佛打下手，让她献唱，取乐于他的新欢。祇王受尽羞辱，只得选择了出家。

去京都时是夏天，只在祇园流连了一个下午。祇园是京都最热闹的艺妓街，“祇王”的意思，大约就是指整个祇园艺妓中的头牌吧。下一趟去京都若有时间的话，应该去看一看祇王寺。

祇王的后继者阿佛，名号佛御前，也是一位性情女子。她不愿贪欢这一时的荣华，没多久就找到了祇王出家的这座小寺，也跟着她一起出家了。毕竟身在风尘，同病相怜，既已知道绝色如祇王也难免被如此粗暴地对待，那自己的明天也不过是又一个祇王，不如就和祇王做一对姐妹淘了。

传说这苍翠古苔的古寺中，有一只白色的老猫，眉毛很像平安时期贵族们染的黑眉，偶一猫声猫语，似有两位绝色尼君吟诵清样的姿态呢。这祇王寺的猫友，是否是当年祇王和佛御前的化身呢?

再一想，猫不过是人的道具，见证无情，也可见证有情。《源氏物语》里有一猫，就是爱而不得的男子的移情之物。那男子柏木爱上光源氏的妻子三公主，陷在爱情中，便把公主的宠猫弄到手，睹猫也亦思那佳人，抚摸伴眠，只当它是佳人的化身。痴情的男子，果然还是有的，只不过存在于佳人未真正到手之时。

细细玩味祇王与阿佛的际遇，或许倒不能全怪平清盛作为一个武人翻脸太快。从《源氏物语》的时代到《平家物语》的时代，世道人心已经巨变。武士阶层在上升夺权进程中，生命如樱花般易逝，宠幸也必争朝夕。平安末年，世事动荡，人生更加无常，爱情太过奢侈，美人红颜，渐渐成了获胜一方的战利品。平安早期公卿贵族男女间的古典浪漫爱情，到了平安末年的乱世，渐渐失去了存在的土壤，再也不可能有闲情逸致，来一段“从前慢”式的爱恋，一点点俘获佳人的芳心了。在唐朝，纵使是“李杨”爱情也被渔阳鼙鼓惊破了，从平安末到战国时代的日本，男女之情也从浪漫主义的漫漫温柔长夜，变成了消费主义匆促的一时欢娱。有美女，就赶紧去占有。有更新、更美的美女，也赶紧去占有，哪里还顾得上感情细腻地去听旧人的哭声呢？人生只争朝夕，正因为生命朝不保夕，征战杀伐，谁又知道明天如何呢?

到了兵荒马乱的年代，即便是英雄美人的传说，那美人，比如源义经的静御前，通常也只是衬托了英雄的光芒。

爱情大抵是闲时光的产物，所以无论美人是祇王还是常盘，对平清盛来说都是一样的。乱世之中，生死一线，角逐着权力的男人，最想要的永远是更大的权力。所谓“冲冠一怒为红颜”的传说，不过是民间一厢情愿的说辞罢了。男女可以曲曲折折地谈场浪漫爱情的年代，真是令人怀恋啊。

美人市

中国古代有四大美女，日本有无四大美女之说呢？虽无四大之称，不过古代美女著名的也有几个。比如战国时代，织田信长的妹妹织田市，就被称为当时的战国第一美人。在日本的乱世——战国时代，美女市的命运和西施相似，婚姻只是政治的手段。市首先宣誓效忠的对象是她的哥哥，“战国三雄”之一的织田信长，信长也确实挺喜欢这位妹妹。当时绰号为“猴子”的信长家臣丰臣秀吉也暗恋着这位美人，但市被哥哥安排嫁了藩主浅井长政。

他们的婚礼，连着两大家族，一切仪式都万般华丽。织田市本来是华丽地去当棋子的，偏偏这从未见过的丈夫浅井长政并非鼠辈，而是个十六岁就让懦弱的父亲靠边站，自己当了浅井家家主的有情有义美少年。当时市十六岁，长政十八岁，两人一见后就忘了政治，爱情在不该来时来了。市为长政生了三个如花似玉的女儿，还有两个儿子。长政特地为爱妻重修了小谷城，所以市又称小谷夫人。在当时，贵为领主的男人，一般都有多位侧室，“战国三雄”之一的丰臣秀吉，个头矮小，相貌丑陋，被称为“猴子”，却也有十余位姬妾，但战国美男长政却只专情于市夫人一人，一生从未纳妾。

数年后，浅井长政因为家族的世代盟友受织田信长攻击，出于信义选择了站到织田信长的对立面。市夫人夹在丈夫和哥哥间左右为难，有的说市向哥哥通风报信了，也有的说市没有向哥哥报信，她背叛了信长。反正一个小女子在这种时候怎么选择都是痛苦的。谁又了解西施最后看着吴王被自己断送江山性命时的心情呢？西施与吴王的数年相处，难道会没有一点情义？织田市在出嫁前，是宣誓过效忠织田家的。千难万难之间，矛盾之极的织田市寄了一袋豆子给哥哥信长，这袋“豆子情报”，也说明与信长的兄妹之情并不能在已出嫁的织田市心中抹去。在丈夫之前，兄长信长是世上她最爱的男人。

都说在杀人如麻的战国时代，长政这样一位文武双全，又受百姓爱戴的藩主的悲剧缘于他太讲信义，才至失败。市夫人欲殉夫自尽，但丈夫非常爱她，要她带着女儿们回织田家好好活下去。

市就带着几乎完美的丈夫的爱活了下来。

或许也是因为兄妹之情，市在长政兵败自杀后，仍然回到了哥哥的庇护下生活。但信长出于政治的考虑，不能容下长政的儿子，还是令丰臣秀吉杀了市的儿子们。对于杀子大恨，依然矛盾万分的市将它算在了执行者丰臣秀吉的头上，这也造成了市最后的悲剧。

看《盲目物语》时，也看得出谷崎润一郎对织田市深深的同情。他写她盛年的美和寂寞——除了春天飞到庭院来啼唱的黄莺，和秋天照在山边的月光之外，再也没有别人看过这样坐在玉帘深处的夫人倩影了。回到娘家的市夫人有一天心情稍好，和给她按摩的盲仆人说起从前的事。想当年初嫁浅井，在佐和山，哥哥信长和丈夫长政第一次见面，三人把酒欢会，一连滞留了十多天。她说："试想起来，那十天左右的时间，是我最幸福的时候。在一生中所谓快乐的时光并不会太长久。"十天，在战国时代，一个女人一生最快乐的，比金子更珍贵的时光，只有十天。

九年后，"本能寺之变"，哥哥织田信长被家臣明智光秀背叛，自焚而死，她又失去一个男人。为了有人庇护着生存下去，市夫人只得带着三个女儿，远赴北国越前，再嫁织田家比自己年长许多的家臣柴田胜家。两年后，柴田胜家败给丰臣秀吉，她只能和第二任丈夫一起自尽。

《盲目物语》用浓重的笔墨渲染了市夫人生命中的最后一夜。城池被围，每个人都认为是最后一夜了，柴田胜家和市等都坚定了赴死的心。于是以胜家为首，所有的越前国武士都竞相展示豪华的铠甲、长刀，炫耀着武士的威仪，女人们都穿上最华丽的衣裳，侍从们也都来做伴。市夫人那天的妆容，刻意地比平时浓艳，她穿上白妙蒲纱内衣，女绫小袖和服。所有家臣、家仆都聚在天守阁，为生命中的最后一日尽情欢宴，那夜宴上的琵琶和盲乐师三味线的弦音，到今天仍依稀可闻。

大河剧《江，公主们的战国》中，市作为母亲与三个女儿做最后的诀别，她离去前吟诵：“夏夜短暂梦缥缈，杜鹃声声催离别。”绝代佳人，最后就这样无奈陨落于红尘万丈中。市的性格并不柔弱，在历次的世事巨变中，她甚至可以称得上是坚强的。但乱世的红颜，注定身不由己。她的卒年有明确的记载：1583 年 6 月 14 日。

市的另一个女儿茶茶公主，后来成了丰臣秀吉的侧室淀夫人，她的儿子丰臣秀赖成了丰臣秀吉的继承人，但最终淀夫人和儿子一起，与大阪城同归于尽。他们在围城之上，让肉身与大炮齐飞。市的女儿江，在嫁了几次后，却入主大奥，成了德川家康的儿子德川秀忠的正室妻子。

抱着牺牲自己幸福成全哥哥霸业的心出嫁，不料爱情来了。所以当信长质问市当初曾宣誓效忠于他，却为什么背叛时，市很坦然地说，她是背叛了当初的誓言，那又怎么样，她并不后悔。

能闻名天下的美人，她的美和她的悲总是无法分离的。

柔 顺

柔顺的日本女子，好像都在明治之前的日本。小泉八云的《和风之心》中有一篇《阿春》，讲一个小家碧玉的妻，从小被家里教养得凡事都要听凭丈夫的心意才好，一个女子对丈夫表示出嫉妒、悲愁或愤怒，都是不恰当的，女子只能纯粹地保持着柔弱的姿态。阿春的家庭比丈夫的好，但她不以为意，安守着本分。阿春基本不出门，虽然偶尔也有随丈夫去春游秋游，赏樱赏枫的行乐，但是阿春的好时光只有五年。五年，一个女子最美好的日子就过完了。随之，丈夫狎妓不归。阿春夜夜苦等丈夫归来，因为从小被教育：一位好的日本妻室，在晚上须得坐起来等着她的主人回来。而日益冷淡的丈夫，干脆就夜不归宿了，连交代行踪都不必。在小泉八云的故事里，这是个不出声的、哑默的怨妇。她始终静悄悄的，不多一句话，内心却焦虑痛苦，望穿秋水。还是少妇的阿春，终于在很多个长夜的等待中枯萎了。她没有在沉默中爆发，而是在某一天早上，听到仆人报老爷回来之时，她依然挣扎着去门口接她的男人，她用最后的力气握住丈夫的绸衣的衣襟，只说了一个字——你，便死了。

在一个不动声色的纤弱的肉体之下，阿春的灵魂，要经受怎样的折磨后，才为情而死的呢？午夜，滂沱的眼泪为阿春而落。又想起看歌剧《蝴蝶夫人》时，后悔没带一块柔软的手帕。

阿春生命的焰，是怎么燃烧完了呢？是那一日日的带毒液的灰心等待导致的吧。

还有一位女子给她爱慕的人写的书信，真是低到尘埃里去，所谓“谦逊的爱慕之音”——

> 身份卑贱的我，在那个彼岸的盛会的时候看到你的姿容，便开始沉思起来了。从那以后，我一瞬间也不能忘记。而且思慕你之心是与日俱增地长大起来。当我睡着的时候我梦见你，当我醒时看不到你的时候，我的心便充满着黑暗的空虚，只有暗哭罢了。
>
> 对一位身份那么高的人，要表白我的欲求，欲求他不要嫌恶我的这种奢望。为着思慕这样优越的人，而使我的心受尽苦楚辛酸，是怎样的愚蠢和不谨慎哟。

她又谦卑地写道——

> 希望你想我是值得可怜的女子，恳求你不要复我一个残忍的回音……

读这样柔顺谦卑的信，想那被她爱慕的男子是什么感觉，是回报女子以爱，还是回报女子以怜悯，抑或付之一笑，阅后即弃于案边呢？也可能，那男子对于如此温柔谦卑的女子口调，早已习惯成自然了哩。

话说这个小泉八云，其实是个希腊洋人，他原名拉夫卡迪奥·赫恩。他对日本文化的一切都感兴趣，中年后来到日本。他的定居地岛根县古称出云，是日本古代神话之发祥地。而岛根也没怎么被明治时期疾劲的欧风美雨刮到，有纯朴的古风和男女。后来，这位赫恩与当地士族小泉家的女儿节子联姻，又入了日本籍随妻姓，摇身一变，成了日本作家小泉八云。

对于日本女子，小泉八云既爱慕其静娴的美，又同情她们被古老的文化所束缚的柔顺纤弱。当他换上宽大舒适的和服，娓娓写道“从前有一位日本姑娘”时，他的心底是怀着东方的柔情的。

因为从小就被教养成对男人，也即自己一生的主人低服的柔顺，日本的传统良家女子大都是温良的，连弄脏脂粉的泪都是温良的。日本有过女天皇，此外，日本历史上或也有垂帘听政的女人，如第一代幕府将军源赖朝的夫人北条政子，但那也只能算是特例。在中国，即便有曹大家写的《女诫》这类东西，但女子骨子里还是不肯消停的，一有机会便想跃跃欲试。连红拂女这样身份低微的侍女，都要夜奔被她看好前程的李靖，一起闯天下。

日本人哪怕是表面很强悍的男性，内里也有柔弱感伤的一面，似女性的感性特质。太阁丰臣秀吉曾说：世界上他所怕的只有两样东西——傻子和暗夜。暗夜啊，日本男人的心，果然也有女子般细柔的一面。

日本女子温顺的美名远播，连陈寿的《三国志》中都有记载，说日本“妇人不淫，不妒忌”。但凡事总有例外。

丰臣秀吉的正妻宁宁，属猴，性刚烈。宁宁本是津岛武士浅野又右卫门的养女，两人识于微时，当时秀吉只是信长家管仆人的一个小头目，地位低下，宁宁觉得他有趣，不嫌他貌丑位低嫁给他。夫妻两个感情很好，但是丈夫出名地好色。秀吉的权力越来越大，领地越来越大，各处金屋藏娇，况且宁宁没有生下孩子，他就有了纳妾的理由。宁宁作为“北方”，也即大名的正妻，必须管理丈夫忽然冒出来的“后宫”。她自己出身低微，见丈夫对门第高华的贵族女子有着几乎变态的迷恋，就大吃其醋，不仅敢打丈夫，还向织田信长告状丈夫拈花惹草，这织田信长也有可爱之时，还专门写了封信劝慰宁宁，看来信长也是哄女人的高手，他是这么写的——

常言道三日不见，刮目相看。老夫看汝，眉目愈见清秀，容颜愈加端庄……遍寻天地，恐再无汝第二。该秃鼠痴心妄想，何处再寻？

瞧，为了平息宁宁妒火，信长作为家长，替她狠狠骂了花心丈夫。宁宁有人撑腰，加上秀吉一直都有点怕老婆，他只能拼命向宁宁求饶了。

宁宁生在德川幕府时代之前的安土桃山乱世，彪悍大老婆敢家暴丰臣秀吉，是“王的女人”中敢于表达自我的少数派。那时秀吉还未掌权，宁宁也还未真正成为“大奥”的女主人。若真的成了“大奥”女主人，宁宁也不能驯得这样有失体统了。

所谓“大奥”，专指幕府将军的后宫。日本史上记载，德川幕府时代，德川家齐的大奥最是庞大。德川家齐本人于 1787 年接任将军，在位长达五十年，个人生活又奢靡，因而不受史家待见。他的时代也被冠以一个香艳的名头：大奥时代。大奥的女人和孩子，基本都是将军平衡各方政治势力和关系的棋子。德川家齐的儿女众多，有妻妾四十人，儿子五十五人，众多妻妾，不过是政治婚姻的“棋子”，要高举个人主义大旗反抗，几乎是不可能的。

中国有武氏专政的女性执政时期，日本也出现过女性执政。日本史上不仅出现过女天皇、幕府女将军，也有过类似慈禧太后的垂帘听政。1992 年拍的大河剧《花之乱》，讲的就是“恶女”日野富子强悍漫长的一生。富子十六岁时，嫁给了当时二十岁的将军足利义政做正室。足利义政性格并不强悍，有点像宋徽宗，是个文艺青年，身边围绕的是一群文士和艺术家，他在东山山庄一味吟风弄月，是“东山文化”的推动者。性格很强的夫人日野富子就趁机干预政事。后来应仁之乱的根源，也被归于是富子执意要自己儿子即位而进行的干政。

应仁之乱中，富子的儿子义尚继承将军之位，而足利义政则隐居起来，与富子分居。当时新将军义尚年纪还小，富子趁机掌政。她也确实有才干，为开拓幕府的财路竟经起商来，直至后来“酒色之王”的不成器儿子义尚去世，新的将军接班，仍然离不开富子的隐形操纵。这位强悍的女政治家，似乎也像则天女皇一样我行我素，抱着是非功过任后人评判的态度。

女武士

电影大师黑泽明的《乱》中有一位女野心家——王的女人枫，她艳丽，冰冷，决绝，迫使优柔寡断的男人做决定背叛来家做客的主人，一起策动一场谋反。这样有野心又无畏的日本女子，也是人间极品。

黑泽明淋漓尽致地表现了一个女人征服一个男人的过程：在兵荒马乱的年代，贵为王后的女人得到了丈夫的死讯。女人新寡，没有六神无主地哭泣，她看到了丈夫的战袍穿在了他二弟的身上，冷静严厉地表达了她对小叔的不满，因为理亏心虚，小叔只好当场脱下哥哥的战袍交给了她。

此回合后，她又去找二弟，忽然万分温柔地承认他已是真正的主公，示弱地表示刚才的举动冒犯了主公的尊威。这美丽女人突然的温顺，使男人绷紧的神经立刻松懈下来。她与他对面而坐，心照不宣。他明白她对自己家族的复仇火焰，她也明白他要取兄代之的野心。冷不防地，在只有他们两个人的屋内，一把寒光闪闪的匕首架在了他的脖子上，男人在她的手里命悬一线，她摇身变成一个愤怒的女人，用冰冷的尖刀逼着，要他答应了她的所有条件。之后，她忽然就抛掉了那把寒光的匕首，倒在男人的怀里，俯身去狂吻他。她就这样俘获了本处于敌对状态的男人。

枫，她的名字，一个很好听的名字。叫枫的女人，让人联想到洛水边仙女的意态：凌波微步，罗袜生尘。但在黑泽明的电影《乱》中，枫是一个复仇女人的名字。叫枫的女子，她的一生仿佛就是为了毁灭的那一刻而生。

黑泽明的《乱》改编自莎士比亚的《李尔王》，李尔王的三个女儿在日本变成了一文字秀虎家族的三个儿子。老大和老二在父亲执政时花言巧语，只有老三直言以谏，但父王秀虎却以不孝之罪赶走了他。秀虎将王位传给了大郎，将第一城让给了大郎，将第二城赐给了二郎，自己只随身带一些亲兵和伶人，以为可以安享太上王之福。但是很快，大郎和二郎都背叛了他，使他半疯半癫地流浪在荒郊野外。三郎为了救他，在途中的小路上被飞箭击中而亡，一文字家族就此毁灭，只剩下老迈的秀虎对着三郎的遗体追悔莫及。

黑泽明将莎剧《李尔王》中的三个女儿改成三个儿子之后，《乱》其实变成了一部权力斗争的男人戏。大师黑泽明保留了浓浓的莎剧味，而意思也更加鲜明：男人的历史，就是遍布阴森杀气的征服的历史，就是被血腥所浸染的历史。即使是在父子之间，也存在着自然界弱肉强食的铁血法则。也难怪中国的封建帝王老了，失去了精神上的强势，便要处处提防自己的儿子。

但是枫，正是这个荒淫狠毒的女人，改变了属于男性世界的一切。

她一点点地表露出复仇女神的真面目。这个女人，以幸灾乐祸的冷眼看着一幕幕权力丑剧：那些为女人或并非为女人而生的争斗，那些在女人面前炫耀的文明，那些牺牲女人的丑剧。因为她正是一文字秀虎的仇人的女儿，她全家被秀虎所杀，而她，因为美丽而被掠为大郎妻。秀虎退位后，她成了王后。正是她，一步步挑起大郎与父亲的权力之争，然后又引起了二郎的政变，大郎被杀，秀虎被赶。二郎执政后，她又以自己的美艳迷惑了二郎。

在枫夫人与二郎的关系中，是她先出了险招，随后一步步操纵了他，把他变成自己的傀儡。你要征服一个人的精神，你首先得比他强大，否则弄巧成拙，被吃掉的就是你自己。枫夫人以自己的美艳与冷酷，一步步将仇人的家族引向骨肉同胞互相残杀的混乱之中，将仇人推向毁灭之路。当一文字家族即将灭亡之时，二郎的大臣怒叱枫夫人没有远见，妇人误国，但枫冷冷一笑，平静地说，她并非没有远见，而是一直等着这一天，她要亲眼看到这一天，她要为她全家报仇。剑气森然，枫的血溅到墙上，仍是一壁的冷艳。

似是为求得某种平衡，黑泽明在塑造枫这个女主角时，还设了一个与她处于对立意义上的女子，那就是二郎之妻末。枫妖娆而末贞静，枫有为而末无为。她也是秀虎仇人的女儿，命运与枫完全相同，但是她却放弃了家族仇恨，吃斋念佛，连秀虎对她都只有心疼和怜爱。她似乎更符合日本传统女子的审美观，但在枫的愤怒面前，末的宽容，显得无比单纯和苍白。

恨也可以使一个女人美丽。那是震撼人心的冷酷之美。美艳的枫，作为家庭中唯一生存下来的女性，她的生命所承载的巨大压力的出口，无疑是一次酣畅淋漓的复仇。一个女子为了快意恩仇，同样是可以置生死于度外的。

日本女性的复仇，在惨烈之中显出非常的凄美。小林正树的电影《怪谈》，第一个是《长发》的故事，画面、音乐都极端唯美。一个武士和一个淑女结婚之后，厌倦了贫穷的日子，于是，他抛弃妻子改投一权势人家，与这家的女儿结婚，并谋得了一个职位。但他并没有得到婚姻的快乐，于是又思念起旧妻的好处，终于与新妻闹翻后，在一个夜晚他又回到了从前的家。家里虽然冷冷清清，但他在昏暗中看到美丽的妻子坐在那里纺线，依然是那么美。武士悔不当初，妻子侍候他共寝。放在中国，这很可能是一个温馨的浪子回头、鸳梦重温的故事，但在日本不是。这是一个女人对男人复仇的故事。他不知屋子里的妻子已是一个女鬼，等在这里要惩罚这负心郎。终于等到他回来，她用自己的长发绞杀了他。

意大利导演帕索里尼有一部很浓艳的、充满民间味道的电影《坎特伯雷的故事》，里面有一个美艳神秘的阿拉伯妇人，她对花心男人的惩罚可算得令人瞠目：她让一群女仆将前来与她幽会的花心男子捆住，然后给他去了势再赶走。同样的故事，让中国人拍电影的话，估

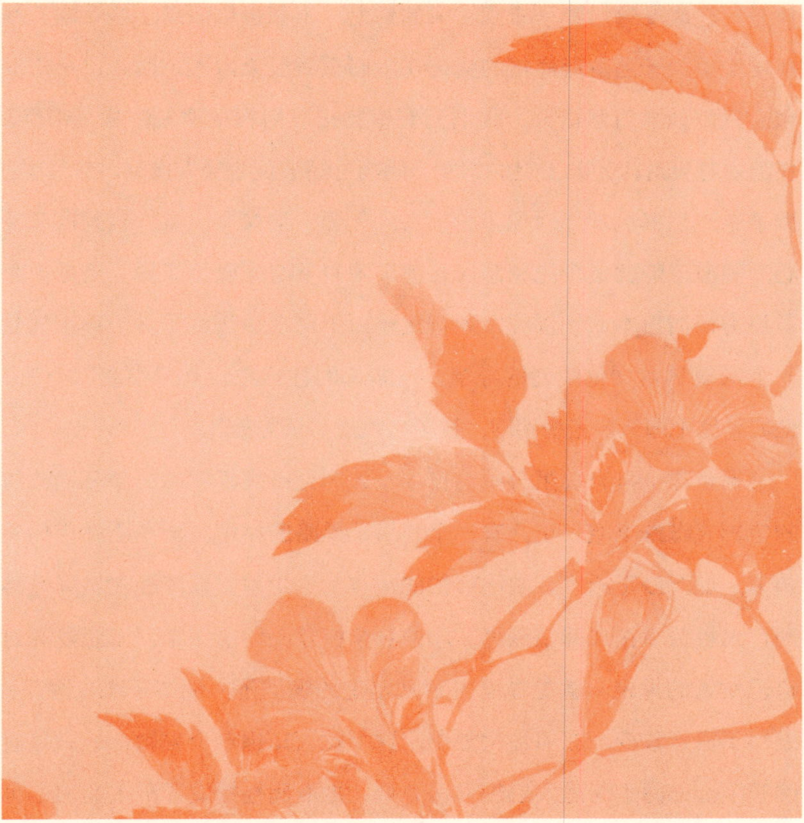

计是：已成女鬼的妻子看到丈夫的悔悟，本想报仇而终于心太软，她下不了手，于是留得悔悟的丈夫在尘间重新娶妻做人，而她已是阴间鬼，只好独自萧然离开，临别还要牵肠挂肚地祝他幸福。像《情探》里的敫桂英对状元郎王魁的态度，明明已经被负心男人抛弃，自尽了，做了鬼，想报仇却还对他万分不舍，先要"情探"一番，直到彻底死心，明白王魁就是个见利忘义之徒，才狠下心来收拾了他。要是王魁像那悔悟的日本武士那样，她肯定一百个愿意放过他了。小林正树是一个深得日本文化精髓的导演。日本人的性格中没有"中庸"一说，他们是比中国人好走极端的，结果自然是"杀无赦"。

枫也是个具有女巫气质的日本女人。记得黑泽明另一部莎剧改版的电影《蜘蛛巢城》里，有一个镜头：黑暗的林中，一个巫婆手摇着纺车，低沉沙哑的声音发出可怕的预言。烟尘里，黑森林在诡异地移动。大将鹫津在那间空荡荡，却极具象征意义的房子里，不断要面对自己女人的逼视。就是在女人狠劲坚定的煽动下，他终于杀死国王，进行了宫廷政变。在男性世界中，这个女人却像一个异数，一只幕后的推手，充满了迷惑人心的邪恶力量。她准确地揭发了男人的内心世界，他们对权力的野心和欲望，使他们罪恶的潜意识昭然若揭。他们为了维持在女人面前的男性尊严只能铤而走险。与鹫津对坐的妻子，本身就是男人内心欲望的化身。而这位妻子自身也参加了杀戮，把自己变成一把明晃晃的日本武士之刀。

“菊与刀”的二元文化对立中，日本女人也难免会沾上了“刀”的厉性。尽管有柔顺的女子文化在先，有“刀性”的女人在日本史上不算很多，但也并非绝迹。一些文学作品将市夫人的女儿茶茶，也就是后来的“淀夫人”也塑造成有“刀性”的女子。据说茶茶从小就特别有主见，性格刚烈，在母亲死后，她本想去刺杀丰臣秀吉，所以才肯嫁给这位长相丑陋又比自己大很多的“猴子”，成为他的“侧室”。但最后却被丰臣秀吉真正的霸主气魄折服，安心成了丰臣秀吉最爱的女人，转而与丰臣家共存亡了。也不知茶茶在哪一个与丰臣秀吉在一起的关键时刻改变了自己的初心。

在中国古典文化中，对女英雄的塑造也是热衷的，民间更是对此津津乐道。武侠的世界里，有男侠就有女侠，金庸、梁羽生之前，有《侠女十三妹》《镜花缘》等传唱，更早的唐人传奇中，有“风尘三女侠”，即便正面战争也有“穆桂英挂帅”“樊梨花出征”，似乎这样地雌雄与共地纵横着，才是完整的世界。但在日本传统文化中，两性世界跟中国还是大不一样的。武士道开始上位之后，战国时代的纷争中，女性的力量还是少有直接的表达。有美人，却少有“英雌”。

或许平安时代末期源赖朝的发妻北条政子称得上一个“英雌”，一个真正的日本女武士。北条政子很有巾帼气概，从小跟着其父耍枪弄棒，不爱红装爱武装，像孙权的妹子孙尚香。后来，她看上了被流放到伊豆之境、忍辱负重的源赖朝。政子看出落魄的源赖朝身上有种不一般的卧薪尝胆气概，认定他将来能发迹，于是两人成婚，源氏力量与北条氏力量双剑合璧，才使源赖朝有了向平家报仇发难的可能性，最后开创了镰仓幕府。北条政子是强悍的女子，丈夫死后她削发为尼，被称为“尼将军”，掌握了实权。她的两个儿子都死于非命，镰仓幕府的权力渐渐从夫家归于父家北条氏，北条政子在其中扮演了一个充满矛盾的角色。北条政子“刀”光凛凛的一生，多少会让人想起中国女人武则天。

狐 狸

中国的狐狸和日本的狐狸，可都是上得厅堂的。

蒲松龄的《聊斋志异》和纪晓岚的《阅微草堂笔记》中，常有狐仙出没，或美艳多情或诱惑贪心。一只狐狸的红袖添香有异色的情趣，能在深夜陪伴公子夜读，中国读书人的想象力逸出了十年苦读的寒窗，造出了狐狸美女这等尤物。

日本呢，乡村神道教的小神社很多，这些小神社的两边有石头的狐狸坐像，大多雕刻得粗糙。供奉着稻荷神的大神社的庭院里，各种造型、大小不一的石狐狸蹲坐在周边。日本人自己见惯不怪，中国人见了这些石狐，倒觉得是有趣的异国情调。

日本野狐禅，听起来没有中国的“仁义礼智信”“三纲五常”那么多的条条框框，显得更加野趣而生动——狐狸的理想形象是优雅的，但也是灵异的，它们都具有超自然的力量。日本狐狸也有高低等级，有好狐狸和坏狐狸，不过狐狸毕竟也受人类中的强者使唤。据传在日本，相扑手阶层是不怕狐狸的，因为他们自身足够强大，并以不受狐狸侵扰为傲。

又想起小泉八云，他本是个痴迷日本文化的白人，痴迷到后来，就和日本女人结了婚，改入日本籍，名字也改叫小泉八云。他的《日本魅影》很好看，写的是一个西方人眼中神秘的东方国度，魅影重重之中，有狐狸出没。

小泉八云专门写过出云一带的狐狸崇拜。古代出云的农民崇拜和敬畏狐狸，武士阶层也崇拜稻荷神。在松江地区，每一座氏族老宅第的花园里都有稻荷大名神的小神龛，前面坐着小狐狸雕像。小泉八云还提到在丰臣秀吉当太阁的安土桃山时代，秀吉曾煞有介事地给稻荷狐狸写过一封信，称“你领地的一只狐狸迷惑了我的一个仆人，给她及其他人带来不少烦恼”……秀吉的这封信，先礼后兵，表示“如果你在此事上优柔寡断、犹豫不决，我会下令毁灭本地的所有狐狸”。这封丰臣秀吉的亲笔信，至今还保存在奈良的大东寺里面。

今天，我们读到五百年前秀吉的信，颇以为滑稽有趣，但在战国时代，秀吉的这一“狐狸外交事件”，或许也是件十分严肃的事情。据说，日本的狐妖喜欢变成美女愚弄人类，变成俊男去迷惑女性的狐狸则要少得多，但丰臣秀吉信中搞怪的那只狐狸，听起来仿佛是变成俊男去诱惑女子了，怪不得一生热爱美女的秀吉着急了，要亲自写信去跟稻荷狐狸神交涉交涉呢。

芥川龙之介的《地狱变》中，讲到画师良秀，他一动手作画就好像被狐仙迷了心窍。据说，良秀画师能成名于画道，是因为他曾在福德大神前许过愿，而福德大神正是一狐仙。每当良秀在四面挂着蒲席、点着许多灯台的屋子里作画，朦胧灯火中，只要偷偷地张望，便能看见好几只阴沉沉的狐狸围绕在他的身边。中国有神笔马良，日本则有狐助的画师良秀。

《狸御殿》是一部艳异的日本电影，这美丽的狸姬来自东土大唐，搞不清到底是狸猫还是猫变的。主角由中国演员章子怡出演，似乎中国女性不太能演出日本女子的那种温柔沉静，但狸姬本非人类，子怡眼神中的妖和烈，倒吻合了狸的灵异情态。就像白蛇白素贞，举手投足间未必全是贤贞淑女的模样吧。

不过《徒然草》中提到的狐狸，却是充满野性的。一个故事说的是龟山天皇的皇宫五条内里，有狐狸出没。有一天，殿上的人在黑户下棋时，似有人拉开帘子往里窥视，有人问了声是谁，回头望去，但见一只狐狸像人一般坐着往里窥探。众人一阵慌乱，大叫“狐精”时，那只狐狸也慌乱逃走。还说到一位僧人途中被数只狐狸追咬，他砍杀了两只狐狸，受了些轻伤，才得以逃脱。没有伪人性的狐狸，也就成了无趣的普通野兽了。

日本人对狐狸的迷信和认知最早源自中国，所以当中国人怀着复杂的心情说“狐狸精”的时候，日本人听到了，也会哈哈地会心一笑的。

异色

说完狐狸，说说“异色”。

南朝梁时文学家沈约，有《和刘中书仙诗》云：“殊庭不可及，风烟多异色。霞衣不待缝，云锦不须织。”异色，直译可指不一样的色彩，一种异常的色彩。晋代法显的《佛国记》中云：“众华异色，蔚然可观。”后来“异色”发展成一种文学艺术上的审美，在日本犹有“异色”之味。

阴雨之夜，翻阿刀田高的异色小说。终究也不是很明白何为异色。大约是一些诡异、恐怖，再加一点艳情吧。

有一个短篇，讲一对情人，乃从前的情侣，许多年前分手后，久不联系了。后来，女的写信来，在信纸上洒了从前用过的香水。对男的来说，这香水的味道是从前的，从这香味中，又唤起身体、场景、气息、灵魂等种种往昔记忆。两人复又缱绻，不过已是使君有妇，罗敷有夫。他们常约在女家对面的旅馆幽会，从旅馆的窗前，能望见女家的灯光。后来，女的不再出现，听说是因婚姻的不幸福等，抑郁得病而死的。男的或许为了怀念，仍旧会去他们共同的宾馆房间。在那昔日欢爱的房间，伊人虽逝，但那熟悉的香味却会飘在他脚边。盖从他进电梯时，那香味便跟踪而至了，“黑暗中，只有香味在飘散”。

这便是异色故事吗？中国的野狐禅是从前的，阿刀田高的异色小说背景却是现代的。翻看几篇，总有突发的死亡事件。

看到另一篇时，冷不防被吓了一跳。讲一个去京都看情郎的女子，在新干线上碰上一个六十多岁的体面男人，夸她的鞋漂亮，女人脚上之鞋，是藏青的麂皮高跟鞋，意大利进口的。然后男人讲了鞋的故事，说鞋子有自己的性格，有感情，会把鞋子的主人按“他”的意志带向不同的命运之路。一意孤行的鞋子，有的要把主人带去富贵奢侈的生活，还有一种可怕的鞋子，是想要死的鞋子。读到这里，凉意顿起，背脊冷冷的。不知窗外的风雨，是否凄厉？

男人临别时，给女人一张京都某赏樱佳处的地图。几日后，女人和情人去男人画地图的那地方游赏时，却在一棵樱花树下，发现男人已自挂樱花枝。地上，放着那双一意要死的鞋子。而这男人，正是一家失败的鞋业公司的老板。

短短的小说里，是埋了伏笔的，因在新干线上，女人曾问男人，她脚上的鞋子是什么样的鞋子，男人答：是一双一心一意朝某个方向跑的鞋子。女人暗想，他还有潜台词，是不方便说出来吗？

这个阿刀田高，之前也不知其名。在一众日本古典文学书中读阿刀田高，就像开了一个异色的小差。也看过日本现代背景的“异色电影”，新潮而古怪，也少了古典的意味，看过很快就忘了。总体上感觉日本人好“异色”，不像中国人的野狐禅，表面上狐鬼妖怪地热闹、诡异、灵异着，骨子里还是“仁义礼智信”、男女“三纲五常”的那一套，其色便不可能真的“异”起来。而日本的“异色”与中国的野狐禅还是大不同，似乎更接近于表达生命的本能和潜在的东西。连村上春树 2018 年出版的大作《刺杀骑士团长》中，也有股莫名其妙的“异色”之味。

还有哪些是日本的“异色”呢？应该算上狼人。田壮壮前些年的电影版《狼灾记》很一般，日本作家井上靖写的原著，才真是引人入胜呢。据说井上靖好酒，能一边饮酒一边写作。酒与笔之间，人与狼、狼人与昔日朋友的那种关系，两三笔就描绘得简要精到。井上靖是北海道人，是个中国通，对中国文化感情亦深，写过《敦煌》《楼兰》等作，又是诗人，出了《丝绸之路诗集》，还写过《杨贵妃传》和《孔子》，但其作为日本作家的笔力有时也像日本武士的刀法，狠、准、快。

荒原的味道弥漫了开去。《狼灾记》的背景也是在中国。“秦始皇三十二年（公元前 215 年），将军蒙恬率三十万大军讨伐北方的匈奴。这是秦国与强大的北方游牧民族之间的首次对抗。蒙恬在各地打败匈奴部队，终于夺取了多年遭受其劫掠的鄂尔多斯地区，在此地施行郡县制，自己居于上郡（陕西省绥德县），统辖全边境守备军。”这是小说开篇交代的历史背景。

“陆沈康眼前浮现出久未相见的朋友的面容，感到无限怀念。对于必须在阴山地区越冬的部队来说，毛皮和羊肉均是非常难得的礼物。陆沈康在幕舍前设酒宴热情款待使者。席上他拆阅张安良的来信。陆沈康怀疑自己的眼睛是否看错了，因为竹简上的几行文字告诉他蒙恬将军被赐死之事。”

由人境，至狼境，居然也有这么端正的过渡。在这位落了单的勇士出现在铁勒族的村落之后，异色出现了，氛围渐渐地变了。

狼、边疆、蛮荒族人、古代军人等等元素全都超出日常庸常之外，超出生活经验之外。对有好事者诠释其中暧昧的“同志”元素，也觉得不全为荒诞。有时候人并非生来就会爱上同性，但在一个没有异性的环境里，因为某些生死之交的事爱上同性也是正常的事。后来陆沈康在村庄遇上了女人——铁勒族女人。按小说的设想，孤独，绝望，本性，渴暖等，可以让一个男人不在乎女人身上的尸臭，这个细节在小说里简练干净，入木得让人震撼，可惜电影很难表现。

女人告诉男人，自己部族的人和外族的人一起做七天夫妻，就会变成野兽，而且只能变成狼，所以她让男人在第六夜之后走。但男人走了之后，似乎总听到女人的哭声，由于牵挂，他又折返铁勒族女人的小屋，两人有了真正属于爱情的第七夜。早上起来，他们变成了公狼和母狼。变狼之后，男狼把昔日想念着的生死之交的朋友咬死了。小说先让变狼后的他说了一番悲伤的话，然后告诉朋友他马上要变成狼的心了，“它”会攻击他。电影里，狼不说话，大约导演觉得让狼开口说话还是突兀的吧。于是狼跟着昔日朋友，眼神变得比较复杂。变成狼后的女人要攻击他的朋友，男狼一开始不让，但毕竟已由人为狼，狼心还是在关键时刻替他下了决断。这一改动，倒还是觉得电影比小说好。井上靖的小说有点《聊斋志异》的鬼狐调调，这虽是一个中国故事，却更是一个地道的日本异色故事。

日本战后存在主义代表作家安部公房的代表作《砂女》，也有浓浓的、相似的“异色”。同样是日本小说，在封闭孤绝之地，一个是荒蛮之境的铁勒族地盘，一个是沙穴人的与世隔绝之地。外部世界的中学教师为了采集昆虫标本，误入砂女的部落，女人都是寡妇，都挺诡异，而且身上的味道都不好，一是尸臭味，一是长年缺水的人肉味，这与香草美人何其远也。男性闯入者的精神是完全不同的，但都在极端环境下被原始的男女之欲征服。

一个是甘愿变狼，另一个是矛盾的产物，时时想逃离，不甘被囚禁，沦为砂女的性工具。男人们最后通向“自由”的途径也不一样，一个变成狼后，终于也拥有了另一种自由，和心爱的母狼一起浪迹旷野。（而小说中，男狼对朋友说他变成这个样子生不如死，比较矛盾，似乎也更真实？）《砂女》中，陷在沙丘里的男人，精神上始终是比较强大的，他的支柱实际上是现代文明，并要死死抓住。后来他知道了逃跑的方法却不想马上逃，因为他想把他的发明创造搞成功，让砂村也通上水和电，从蒙昧世界进步到现代文明世界。两部日本人的小说，指向完全不一样，却都有种人心的勾引。也算是一种“异色”吧。

金阁寺

对于犹如夜空之月的京都金阁寺，距离真实去过那里的时间越长，就越只记得三岛由纪夫给我们呈现的金阁寺，而不再那么介意它真实的模样了。

历史通常是这样记载的——

> 足利义满得西园寺家的北山殿，在此大规模建造山庄。主要建筑有舍利殿、护摩堂、忏法堂、法水院等佛教建筑，以及寝殿、公卿间、会所、天镜阁、拱北楼、泉殿、观雪亭等住宅性建筑。舍利殿费工最多，即后来称为金阁的建筑。至于金阁之称始于何时，难以明确定论，一般认为在应仁之乱后，即文明年间。
>
> 金阁前临苑池（镜湖边）为三层楼阁，约建成于 1398 年（应永五年）。
>
> 足利义满死后，北山殿遵其遗嘱改为禅刹，号称鹿苑寺。其中建筑或移往别处或沦为废墟，唯有金阁得以幸存……

想象中的金阁寺，与眼前所见的金阁寺差异是巨大的。不是它不美，而是它太真实了。我们眼前的，无非是一根根立柱、花头窗阁顶上的凤凰、玲珑的细部等。就像万里迢迢地去了埃及，在胡夫金字塔前发了会儿呆，就这么站在丽日沙漠中，内心的失落漫卷开来，真是无药可解。

即便心怀不甘地对着真实的金阁寺看了又看，生怕错过了什么，但要找金阁的美，仍要到三岛由纪夫的《金阁寺》里头去找。一部能够划过时代的文学作品就是这么霸气，这么迷人。也可以说，真正超凡脱俗的、令人窒息的金阁寺，并不在京都，只在三岛由纪夫的个人梦幻里。金阁寺的魂，或存在于1950年之前，或只存在于三岛由纪夫所在的彼处。

战败的冲击，民族的悲哀，对此金阁完全超乎其上，或者装作超乎其上。

我被幻觉中的金阁完全拥抱的时间并不很长。我醒悟过来时，金阁已了无踪影。

不知应说我拥有金阁还是应说我被其拥有。抑或其间出现罕见的均衡，以致我即金阁，金阁即我——莫非这种状态即将成为现实？

金阁虽然同样属于美，但任何一种美都不至于像它这样远离生命，蔑视生存。

美是细部，是整体，是金阁，是包容金阁的夜。如此一想，曾经使我陷入烦恼的金阁那不可捉摸的美，似乎大多可以捉摸了。

此刻我为了最后的辞别而观看了金阁。

从这里已看不见金阁的外观，见到的只有翻卷的浓烟和冲天的火花，无数火星从树间飞起。金阁的上空如撒满金沙……

像发烧患者的呓语，像情人又像仇人，如痴如醉，如怨如诉。与其说这是《金阁寺》的主人公结巴和尚沟口的呓语，不如说是三岛由纪夫对着已经化为灰烬的金阁寺的呓语。

幻想中的金阁，清晰可见，闪闪发光。

呓语者沟口，一个昭和时代的结巴青年，从小就听当和尚的父亲讲金阁寺的美。后来，他真的去了京都，成为金阁寺的小和尚。沟口因结巴而自卑，本来就是消沉的怀疑者，少年时起就觉得自己不被人理解。二十一岁，虽在寺庙，但他无心念佛也无心向学，大学预科毕业时，成绩一塌糊涂，他发现道貌岸然的金阁寺住持竟也狎妓，更觉得看透了世情的虚伪，从此放荡不羁，愤世嫉俗。而世上唯一令他钟情之物，唯有金阁。

日复一日地，他却又生了对金阁寺之美的嫉妒之心，从对金阁寺之美的领略和膜拜，到想以毁灭的方式永恒占有它。结巴的那一把火点得绝，妖是妖，炽是炽，最终却归于寂与空。这又是日本人绕不开的。

1950 年 7 月发生的真实的火烧金阁寺事件，确实是一名金阁寺见习和尚纵火导致的，至于他是否与三岛由纪夫笔下的纵火者一个心思，倒是无人知道了。和式建筑木结构的特征，让火灾成为仅次于地震的人祸。日本有史以来，有太多寺庙毁于大火，唯金阁寺的毁灭，因为三岛由纪夫的迷狂，在毁灭之后又成为一桩惊心动魄的文化事件。

记得电影版《雪国》中，那最后的雪国大火，烧出了人间的大彻大悟。艺妓驹子送别情人，银白的乡村雪世界忽然火光冲天，纯洁的姑娘雪子为救孩子却死了，美好就这样以一场火灾而献祭。眼前的雪国世界，如水银泻地，那个并无深情的外乡男人，终将丢下雪国女人的痴情离开这里。这一场火，仿佛是为了衬托雪国女子难以走出小村的凄美，而终成席卷一切旧事物之势。

金阁寺的那把火，却是蓄意被点燃了的美学寓言。这是三岛由纪夫最好的小说，充斥着日本式的美与寂的哲学。

三岛由纪夫从那灰烬里，提取了他自己的金阁寺文学幻象，那是三岛一个人重建的金阁寺。为了说明“烧掉金阁寺”内在的疯狂逻辑，他还用一则叫“南泉斩猫”的禅宗公案来解释。结巴青年沟口最后吐出了胸中块垒:“美!美这种东西是我的仇敌!”另一位内屈足青年,结巴沟口的叛逆同学柏木,讨厌的是耐久的美。他喜欢的事物有:数日内便枯萎的插花,短命的蜉蝣,稍纵即逝的音乐。灵魂扭曲如柏木,不过是无数个日本人之一。

日本人爱樱花,就是爱樱花的短命之美。樱花落尽,落叶纷披。花期一过,樱花就成了死美人的代名词。

重新修建后的金阁寺,仍供世界各地来的游客观瞻,但我们终有一日都会怀着一种莫名的心绪,走近不复存在的金阁。在四季里,它依然平静地存在着,人来人往中,阳光下也金闪闪的,樱花或红叶的点染、浓绿或白雪的纷披中,它又拥有了妍丽或高洁的美。现实中的建筑,终究只是形似,魂灵没有了,我们也体会不到结巴沟口所感受的“澄莹莹地漂浮在彼处”的美了。

三岛生于 1925 年,从小被出身贵族亲王家庭的老祖母带大,受古老的幕府时代严格的教育,少年时才回到父母身边,此时武士道的价值观已经在他心中形成。与一意孤行地活在旧时代里的老祖母共同生活的经历,仿佛是命中注定他有一个矛盾的灵魂。他年轻时身体瘦弱,后来又猛练肌肉,终于成了力量型肌肉男。他向来都讨厌颓废,觉得同时代作家太宰治的那种“人间失格”的颓废病,只要洗个冷水浴就能治好。但他自己却于 1970 年 11 月 25 日切腹自杀,成为日本文学史上的大事件。那一日,三岛头缠“七生报国”字样的白布,身着奇怪的装束，和另三个同样装扮的男子冲入日本自卫队东部方面总监部，捆了总监，在阳台上发表了一通充满军国主义色彩的讲演，大喊了几句“天皇万岁”，之后就切腹自杀了。三岛由纪夫的忌日叫“忧国忌”，因为他写过《忧国》的中篇小说，当然更有名的是《金阁寺》。“忧国忌”，或许正合了他身上的忧国气质吧。

三岛由纪夫大概也是自恋的，他拍过很多体现健美身材的写真。他看起来相貌堂堂的，八块腹肌加人鱼线，身上确实有一种日本文人缺乏的领袖般的魅力，一股子英武之气。年轻时，他的脸却是清秀的。日本战败之后，三岛由纪夫思想上激进地成了右翼，已经不甘于只以文学言志，他率领的“盾会”，也推波助澜了他最后的惊世之举。他殉的道到底是什么，恐怕只有他自己才真正清楚吧。但是那个时候的日本早已不是他心目中的日本了，他做了不合时宜的悲壮之举，献出了生命，也并没有几个人理会。

三岛由纪夫眷恋旧时代，他写的《鲜花盛时的森林》，讲过平安时代的一个女官的故事，故事唯美，不似在人间。你以为他是这样一个三岛，但他却又极崇尚起武士道精神，把武士道之书《叶隐》奉为经典，他自己还出版了《叶隐入门》，强调要像武士那样，为效忠天皇而死。1970 年 11 月 25 日，他真的死了。虽然切腹前的“兵谏”像一出闹剧，人们或许并不在乎自认为武士的三岛的死亡，但作为文学家的三岛由纪夫，他的死是日本的一个损失。

很羡慕日本有像模像样的“文学忌”，就像羡慕法国有先贤祠一样。这一种对文人的纪念，就好像一颗怀念的明珠嵌入了日历，使那灰扑扑的日常生活也耀眼有光。如果中国有曹雪芹忌、鲁迅忌、爱玲忌、志摩忌，或许也能风雅出腔调来了。

属于三岛的“忧国忌”，听起来倒也十分庄重肃穆。其唯美小说《忧国》，讲昭和十一年的“二二六事件”突发后三天，一对新婚才一年的恩爱无比的青年夫妇，武山信二中尉和美丽的妻子丽子，因“二二六”军中哗变事件中，有挚友参加叛军，武山中尉在家里切腹，丽子随后自尽殉夫的故事。三岛附记：“中尉享年三十，夫人二十有三，行华烛之典尚不足半载矣。”而见过俊男美女照片的人，无不为这样俊美娇艳的生命消逝而叹息。

美丽的妻子丽子得知丈夫的决定，自愿与丈夫共赴黄泉。最后一晚，他们沐浴，饮酒，疯狂缠绵后，庄严地死去。年轻的妻子还被丈夫要求看完他切腹全过程后再自行了断。她完成了这一任务，还勇敢地担任了丈夫的介错人。之后，她回到卧室，平静精心地化了最后的妆。为了让别人发现他们的遗体，她还打开了门，然后用一把短刀对准了自己。《忧国》中光写切腹的唯美悲壮，三岛还嫌不过瘾，干脆自己上阵，自导自演男主角武山中尉。

在看书之前就看过这部唯美缠绵又大扬武士道精神的片子，三岛的形象是端庄英武的，再年轻十岁当然更符合角色。可以想见，电影

《忧国》中切腹殉道的场景，仿佛是三岛对自己死亡的隆重预演。

跟三岛由纪夫之魂对话多了，常有气力不足的感觉。要跟他对话，你得有纳粹的疯狂、法西斯的激情、让·科克托的华丽、劳伦斯的性感和一点唯美的色诱，最后再加上一颗武士道的心，这让普通人如何吃得消呢？所以到最后，渐渐的，所有的声音都退了潮，只有一个初到金阁寺的结巴青年的声音跳了出来："父亲说得不错，天地之间再没有比金阁更美的东西了。"

我们太累了，不想与他激烈地争辩了，就姑且认为他说的是对的吧。就把三岛由纪夫这个名字当成一曲感伤的挽歌吧。

三岛由纪夫爱菊花，称菊花的美并不由于形态，而仅仅是由于我们抽象地称之为"菊"这一名称并由此产生的默契使然。他爱刀，以武士之刀成全了他心目中古老的武士道。日本没有哪一个作家，比三岛由纪夫更适合做"菊与刀"的代言者。

后记

终于又到了写《后记》的时候，有种踏遍千山万水而终于抵达的感觉。这是我的第九本书，又是一个文化随笔集子。在《后记》里的话，照样会说得随性一些。

等到自己最后一遍校过这部十八万多字的书稿时，忽然觉得，有些事就是命中注定的。比如，你看过的世界，遇到的人，要被写出来的书。不早一点，也不晚一点，就在这时了。也许在你还不知道你会写这一部书时，它已经潜在某处生长了。

记得狗年正月初三上午，我的女友王音洁就说要送日本果子来，她进我家小区停好车，顺便在哪儿偷采了一朵粉色茶花插在果子上。茶花娇艳欲滴，我觉得音洁仿佛是《源氏物语》中空蝉家门外风流倜傥的光源氏附体。我们女子之间，也附会着古风，就像平安时代的贵族男女间往来的书信，书信上要插各种别出心裁的花枝，以示情义。而对于我们，这是日常生活中信手拈来的别样审美，矫情是矫情了一点，那又怎样。

我套上女友柳营送的村姑大花棉袄，和音洁下了楼。春节也无处可去，就在小区的树林小径间，顶着正月清早的冷风散步。音洁激动地和我聊她的京都之行。之前，音洁约我们几个杭州女友一起去京都赏红叶，而我们这些女人被各种俗事牵绊，心虽飘去了东瀛，肉身却无法成行。没料想到红叶已落尽的深冬，音洁到底是神奇地自由翱翔了一回，飞去了她心心念念的京都。仿佛这一年里，去一趟京都，是她精神世界里必须做的事。

音洁回来跟我说，日本人脸上的老练气，跟咱们国人过于逐利的老练气不同。又说，在京都的咖啡馆和酒吧里，总能遇上小津安二郎电影里端端正正的人物。我一一地听着，也忆起自己曾经的京都之行。又想起毛尖在新书《夜短梦长》中，写到我特别喜欢的小津安二郎的电影《浮草》；还有七七在《雨中百合般的爱情》一书中，写到我也非常喜欢的电影《其后》；想起去年夏天在柳营纽约的家中小住，她的床头也有一部《源氏物语》。想起某年我和毛尖、七七三个女人一起去清迈，在拜县，我无比执着地拖她们去寻找一条“樱花山道”，最后找到的终究不是西行法师行走过的那样的樱花小道，只有可怜的几株樱花树，全无意趣，她们倒也不说我。可是，我为什么要在那样南辕北辙的清迈寻找樱花呢，回想起来也是够奇葩的。

那日，我跟音洁还很向往地聊了聊宇治。我说《源氏物语》里我最喜欢的是后面的“宇治十帖”，我们终究该一起去一趟宇治，望一望激流奔腾的宇治川。我和音洁一路走着，很向往地说，奈良、京都这种地方，最佳旅伴是女友们，那些细微幽邪处的张致，男人如何能够领略呢。当然，雌雄同体的灵魂除外，或以审美为生命的从前的日本男子除外。

那个上午清寒的风里，浸淫在日本意象中的散步，在我心里也回味了很久很久。记得那天回到家中，我对家人说，改《樱花乱》第二稿的机缘到了。

《樱花乱》对我来说就是一本生长已久的书。对我来说，这本写日本文化的书关联着我的前世今生，这里有我个人对东方文化的探寻，对日本国民性的深究，有从几百万字的日本相关作家的著作中对藕断丝连的中日文化渊源的追溯，还有自己血液里与日本隐约的、难言的联系。

因为我写《樱花乱》，还有一层私人情感。我自小便知与日本有一层稍为复杂的关系。外祖父陈光懋 1912 年曾被公派留学日本东京多年，后来回国效力，与我的外祖母——美丽的师范女校学生项舜英结婚。抗战爆发后，他送三个儿子去台州临海老乡周至柔的国民党空军效力，九死一生。我小时候见过外祖父着和服佩日本刀的老相片，他的神情持重威严，气质表情与秋瑾着和服的那一张著名相片相类。他自然难逃与许多民国人物一样的悲伤命运，我出生的时候他已不在人世了，我失去了一个与亲人促膝畅谈东瀛往事的机会。

于是，这一生中要写一本关于日本的书，成了我的夙愿之一。现在我写了，无论我的外祖父在天之灵知不知道，于我而言，都是对他，还有他那一代走出去的民国青年的告慰。

萧耳

2018 年 3 月 14 日于杭州山水人家白沙岛